転生しまして、現在は侍女でございます。10

こういう気持ちを、誰かに聞いてもらいたいと思った時に……大切な人が隣にいてくれるっていうのは、幸せだね
ええ。話せる時は、いつでも話してね。私も話すから
あのね、おばあさまとさっきね、視察についてのお話をしたのだけれど……目的の町は交易が盛んで、珍しい品も手に入ることがあるんですって！
アルダール
バウム伯爵家の長子で近衛騎士。恋人のユリアへの熱い気持ちを隠さない。
ユリア
王女宮筆頭侍女として、プリメラに仕える。有能だと思われているが、恋愛ごとにはまだまだ疎い。
プリメラ
クーラウム王国第一王女。ゲームでは悪役令嬢になってしまう予定だったが、ユリアの奮闘により才色兼備な姫に育った。
登場人物紹介

マリンナル王国第三王女、
フィライイラ・ディルネと申します。
どうぞフィライイラと
お呼びください
フィライイラ
クーラウム王国王太子殿下の婚約者であり、利発で聡明な南方の国の姫君。
お越しを
お待ちしておりました。
我が主が、
お待ちでございます
ユナ
フィライイラの乳姉妹。現在は文官として仕えている。
ヒロインなんだから……でも、
〝ヒロイン〟ってなんだろう？
ミュリエッタ
ゲームのヒロインで、ユリアと同じ転生者。アルダールのことが好きで、ことあるごとにユリアたちの前に現れる。
一緒に、町、行く？
クリストファ
クーラウム王国の宰相である、公爵に仕える使用人。白い髪を持ち、目立つ容姿をしているものの、性格は控えめ。

Contents

プロローグ

はあ……なんとめまぐるしいことでしょうか。

私はただ、プリメラさまの侍女として日々穏やかに過ごせたらそれでいいのに……。

何故か私がナシャンダ侯爵家の養女になるなんて噂が出たり、それはいろいろな思惑から私を守るためのものだったり……なんだか蚊帳の外であれこれ物事が動いているんですよね。

安全を図るためだったりと理解はできるけれど、自分が何も知らないままにそうやって話が進んでいることに腹が立ったり呆れたりと忙しい日々です。

おかしいなあ、私はただの侍女なんですけどね？

いや、役職もあるのでそれなりに有能な侍女ですけども。

しかしそれを差し引いても高位貴族の方々に気に入られているってだけにしてはあまりにも好待遇すぎて逆に恐ろしいっていうかね……。

とりあえず、ナシャンダ侯爵さまがプレゼントを贈る楽しみに目覚めてしまったらしいので、そこら辺はジェンダ商会の会頭さんを巻き込んで、なんとか落ち着いていただきたいものです。

しかしその流れでご側室さまのお話を伺えたのは、嬉しかったですね！

それからアルダールが『話せない』と言っていたことについても、休みを合わせて話を聞けることになって喜ばしい限りです。

いったいどんな話なのか、少しばかりドキドキしています。

ただまあ、そこでもまた周囲が慌ただしいような雰囲気ですので、なかなか落ち着いていられないのが正直辛いところです。

まあ、そんなこと言ってられませんけどね！

（交際自体は順調なのになあ）

ほんの少し前まではオツキアイできただけでいっぱいいっぱいだったのに、気がつけばこの関係について思い悩んだりと変化はつきものだと理解していても、不思議なものですね。

どこぞの哲学家が『思い描いたような人生を歩めるものではない』とかそんなことを言っていた気もしますし、他人から見て素晴らしい人生でも細やかに見れば波風はあるのでしょう。

実際、私の人生は他人からすれば羨ましいに違いありませんからね！

愛らしくも聡明な王女殿下の信頼厚い専属侍女で、その流れから王族からの覚えもめでたく、本人も下級とはいえ領地持ち貴族の長女。

その上、恋人は近衛騎士隊の若手のホープで次期剣聖との呼び声も高いイケメン。

（……うん、妬まれても仕方がないな！）

とはいえ、だからといって秘密裏に守られるだけ……ってのは性に合わないと言いますか、真っ向勝負ができる性格でもないけれど何も知らされずに全てが終わるのは無責任じゃないのか？　と少しばかり面倒くさい思考に陥っている次第です。

その後は危篤って噂の妖怪爺……じゃなかった、パーバス伯爵の元へタルボット商会の会頭が見舞いに訪れた際にやんわりと縁切りを宣言されたらしく、それが私の差し金ではないかなんて疑

惑の目を向けられたことをお義母さま経由で知らされた日にはもうね‼

（まったく、いい迷惑だわ……）

ただまあ、いろいろと考えの変わったお義母さまがこれまで疎遠にしていた姉君に連絡を取り、仲直りできたというのが幸いでしょうか？　パーバス伯爵家の闇は深い。

でもいずれは私もお義母さまの姉君にお会いしてみたいものです。

そうそう、パーバス伯爵家といえばエイリップさまですが、ミュリエッタさんを口説く以前に大変な口論を町中で繰り広げたんですよね。

その後、パーバス伯爵の訃報を受けてキースさまにも同行いただいて弔問に向かうことになった私たちに、何故かニコラスさんとミュリエッタさんがついてくることになりました。

あの言い争いに関連して謝罪を受けるためだということでしたが……こちらとしては胃が痛い。

まあ、あの騒ぎで割を食ったのはミュリエッタさんですからね、仕方ありません。

ウィナー男爵家のご令嬢が迷惑を被ったのだとしても、爵位の序列の関係でパーバス伯爵家のご令息に堂々と頭を下げさせるわけにもいきません。

そこが貴族間のやりとりで厄介なところですよね……そこで表向きはまだ訃報が出回っていないことから、王太子殿下が善意で私の親戚に治癒師を派遣するということにしたようです。

（実際には善意なんてなさそうだけど。ニコラスさんがいるくらいだし）

これによりイメージダウンした〝英雄の娘〟の名誉回復と、パーバス伯爵家の愚行に対し、反省を促した上で和解させこの醜聞を収めるおつもりなのでしょう。

それに加えて、ミュリエッタさんがうちのお義母さまと会話した際に何故かやたらとショックを受けていたこともあって、もう一度会わせてみるのに都合が良かったのかもしれません。

あの場にいた私も不思議に思ったのですから、きっと周囲もそうなのでしょう。

とはいえ、それがなんなのか結局わかりませんけどね！

なんとなくですが、結婚観ってやつなのかな？　とは思いますけど。

その後ファンディッド領で合流したお義母さまと会った際も、実際にお義母さまの子であるメレクと顔を合わせた際も、ミュリエッタさんはとても動揺しているように見えました。

彼女にとって政略結婚やお見合い、後妻として嫁いだこと……それらが受け入れがたいものなのでしょうか。それにしたって、前世がどうのってレベルではない動揺っぷりでしたが。

結局ミュリエッタさんの様子がおかしかったことが気になったものの、本人が大丈夫だと言い張った結果、我々はパーバス領に向けて急ぎ出立することとなりました。

彼女の顔色が悪いことが気がかりですが、ミュリエッタさんと同じ馬車にはニコラスさんがいるのできっと大丈夫でしょう。

存在がかなり胡散臭いとはいえ、彼は実力ある執事さんですからね！

さすがに具合の悪い女の子に対して、無理はさせないと思います。……大丈夫だよね？

ちなみに私たちの馬車はキースさまと私、レジーナさんに加えてお義母さまが一緒です。

こちらはとても和やかな雰囲気で、それが今回の旅での唯一の救いです！

この後パーバス伯爵家に行くのだと思うと、どうしても気が重いですから。

小さなことでもいいので楽しみを見つけないとやってられないんですよ！

しかしこの件が終われば、きっとお義母さまが実家に煩わされることもなくなるはずです。

だからこのユリア・フォン・ファンディッド！　娘として、親孝行を！
力の限り頑張らせていただきます‼

第一章　何が起こっているのやら！

パーバス伯爵家へ向かう道中、特に何かおかしなことは起こらず……いや起こったら起こったでとても困るんですけどね⁉

とにかく道中は大変穏やかなものでした。途中、舗装されていない道を通る際は随分揺れましたけど……うっぷ。

そんな中、キースさまが私たちを見てにこりと微笑み、提案してくださいました。

「ここまでの行程はとても順調だ。だからここらで休息をとるというのはどうだろう？」

「え？」

その提案内容にお義母さまがきょとんと目を瞬かせ、少し困惑した表情を浮かべました。

私は何も言わず、キースさまの言葉の続きを待ちます。

「この先に町があるだろう？　そこで休息を取ることを提案するよ」

「え？　で、ですが……」

「出立前にウィナー嬢もあまり調子がよくなさそうだったし、少しばかり休ませてやりたいと思うんだ。どうだろうか、夫人」

「え、ええ……そうですね……」

「確かあの町にはとても良い旅亭があったと記憶しているんだ。そこならば彼女もしっかり休めるだろうし、馬たちの様子もみてやれるからね」

「は、はい。セレッセ伯爵さまがそれでよろしいならば、私に異存はございません」

キースさまがウィンクしながらそう朗らかに言えば、お義母さまはどこかホッとした様子で賛成なさいました。

お義母さまもお疲れの様子でしたからね……私も顔には出しませんが安心です。

「ユリア嬢もそれでいいかな？」

「はい、ありがとうございます」

私も気になっていたので、いつ言おうかと思っていたのです。

本当にありがたい提案ですので大賛成ですよ‼

同じ馬車に乗ったお義母さまも身内の不幸にかなりショックを受けているのでしょう、パーバス伯爵領に近づくにつれてどんどんと顔色が悪くなっているように見えましたから……。

（それか、トラウマがあって、実家に帰ることが怖いのかもしれない）

いずれにせよ、一度暖かい場所で心身共に休めた方が良いことは確かです。

その後キースさまのお勧めという旅亭に到着した我々はそれぞれに個室が用意されました。

ミュリエッタさんは少し戸惑った様子ですが、やはり疲れていたのでしょう。

食事をしてすぐに小さな欠伸（あくび）をしていましたし、まだ顔色も青白かったです。

周りから促されて、ミュリエッタさんは食後すぐにレジーナさんによって部屋まで連れて行かれたようでした。ぐっすり寝て良くなるといいですね。

そうしてラウンジにはキースさまと私だけが残ったわけです。

ちなみにニコラスさんは食事の席にはいましたが、その後『やることがある』とどこかに行ってしまいました。胡散臭いですね！

「キースさま、ありがとうございました」

「夫人は特に顔色が優れない様子だったからね、当然だよ」

「ええ……。気丈に振る舞ってはおられましたが、やはり……」

「そうだね……身内のことだ、仕方ないだろう。だがまあ、明日にはパーバス伯爵家に着くことができる。対面すれば夫人の気持ちも落ち着くに違いない」

「はい、ありがとうございます」

なんだかんだと申し訳なさそうにしていたお義母さまですが、食後はミュリエッタさんたちを見送ってご自分も部屋へと向かわれましたから……余程お疲れだったのでしょう。

（まあ、当然よね）

身内の不幸というだけでなく、パーバス伯爵家に着いてからのことを考えると、気鬱にもなるってもんですよ。

ここに来るまで、なんだか気合いが入っているというか……肩に力が入りすぎているようにも思えました。何がお義母さまをそこまで追い詰めているのか、はっきりとはわかりません。

ですが、いずれにせよパーバス伯爵家に行けばどうにかなるのだと思います。

「そういえば、ウィナー嬢はどうしているのかな？　レジーナの姿も見えないが」

「キースさまが宿の方と話をしておられる間にお部屋に戻られました。どうもミュリエッタさんの顔色があまり優れなかったので、同室のレジーナさんが念のため一緒に……。彼女たちに、何かご用がありましたか？」

「いや、レジーナも護衛騎士として今回は一緒にいるのだから大丈夫だと思うが、あいつは苛烈な性格をしているからねえ。あのお嬢さんと気が合わないいんじゃないかと思ってね」

「まあ！」

ウィンクしてそんなことを言うキースさまに、思わず呆れてしまいました。

まあ確かに、レジーナさんはミュリエッタさんに対してあまりいい印象を抱いていない様子。だからといって具合の悪い少女に向かって意地悪なんかするはずもありません。

「確かに気が合わないかもしれませんが……レジーナさんでしたらきっと大丈夫です。それに、ミュリエッタさんは随分と具合が悪そうでしたから、もう休んでいるかもしれません」

「そうだね。まあ、あのお嬢さんに関しては王太子殿下の執事くんにお任せするのが一番だろう」

「……そのニコラス殿はどこに行ったのでしょう」

い、い、い、やることというものが王太子殿下への報告なのか、それとも実際にするべき何かがここにあるのか……それについてキースさまは何かご存じなのでしょうか。

私はそれらの気持ちを込めて、目の前で微笑むキースさまを見つめました。

「さあ、どこに行ったのだろうね。彼の行動に関して私が把握する権利はないからなあ」

そんな私の気持ちなどわかっておられるのでしょうに、キースさまはただ肩を竦めただけでした。

やはり今回の件、それぞれの思惑での行動なのだなあと私も苦笑するばかりです。

（前々からわかっちゃいましたけどね！）

今回ニコラスさん……つまり王太子殿下はキースさまの行動に『乗っかった』だけなのでしょう。キースさまはキースさまで、何かしらの思惑があって私のお誘いに乗っかってくださった、それだけの話です。

パーバス伯爵家を取り巻く問題というものが何かあるのかもしれません。

ただまあ、それは私やお義母さまに関係ないはずなので首を突っ込んだりしませんよ！

とりあえず私は今回の弔事に関してきな臭い噂を耳にして、家族にそれが訪れないように努力して、穏やかに事を済ませるのです。そう、穏やかにね！

弔事を終えて王城に戻り、職務に戻るのです‼

（お義母さまが弔事に出れば家族としての義理は果たせるし、私も顔を出すことでファンディッド家は完全に義理は果たしたことになる。文句のつけようもないでしょう！）

とはいえ……果たしてあのエイリップさまが、おとなしくミュリエッタさんに謝罪するのかって点が心配っちゃ心配なんですけどね？

（まさか彼が謝罪しなかったら私たちも帰れない……なんてことはないと思うけど）

まあ、あの人は権威主義なのかなんなのか知りませんが、どうやら上の立場にいる人間というものに弱いようですので、王太子殿下の専属執事であるニコラスさんを前にしたら本心はともかくとして、従うことは従うでしょう。

なにより新パーバス伯爵さまが押さえつけてでも謝罪させると思います。

跡目を継いだばかりの貴族家で王家に刃向かうようなそんな素振りなんて見せたら、あっという間の転落人生が目に見えていますからね！

そもそもわざわざ謝罪しろと間に入ってもらわずとも、少し考えればこんなことになる前に対処するのが普通なのでしょうが……。

(王太子殿下の中で『パーバス伯爵家』ってどういう扱いなのかな。たくさんある貴族家の一つってところかな？)

まあ、ぶっちゃけ貴族家なんてたくさんありますからね。

領地持ち貴族でさえ王家に名前を覚えられている光栄な家なんて、一部です。

だからパーバス家も今後よっぽどの功績でも立てない限り、王家から声がかかることも、頼りにされることもないんだろうなあと思いますが……。

(なにせ新当主もアレなら次代もアレだからなあ)

お先真っ暗とまでは言いませんが、領地経営が上手くいくことを願うばかりです。

失敗してこっちにすり寄ってこられてもたまりませんのでね！

とはいえ、ファンディッド家の次代であるメレクとオルタンス嬢のカップルならきっと毅然とした態度で対処をしてくれることでしょう！

うちの弟とその彼女は可愛い上にしっかり者ですから‼　ふふん。

「そういえば馬車の中で夫人から聞いたんだが、ファンディッド子爵が絵を趣味にしていたなんて初めて知ったよ。驚いたなあ」

「キースさまは初耳でしたか」

「ユリア嬢は知っていたのかい」

「……なんでも私が王城で勤め始めた頃に、手慰みに始めたのだとか。元々領主になる前から好んでスケッチなどしていたそうです。跡目を継いでからはその暇もなかったそうで」

「そうか、じゃあユリア嬢も子爵の腕前は知らないと？」

「はい」

「夫人の話ぶりではなかなかのようだけれどね。いつか見せてもらいたいものだ」

「はい。きっと父も喜びます」

そうなんですよ！

お父さまはメレクに後を託したら、老後はのんびり絵を描いて過ごしたいんですって‼

勿論、お義母さまと一緒にね？

これは私にとっても予想外でした。いえ、老後のプランが明確なのはいいことですが。

花壇に水やりをして余暇を過ごしているとばかり思っていたお父さまの、意外なる趣味です。

ちなみにお義母さまはその話の中で、頬を染めつつ『それでね、いつかは二人で遠出もしようって言ってくれたのよ』なんてこっそり教えてくれたんですよ。

夫婦仲が良いことは良いことですよね。

遅まきながら新婚旅行ってやつでしょうか。

(うん？　この場合は新婚旅行って言わないか。セカンドハネムーン？)

素敵じゃないですか、二人には第二の人生を謳歌していただきたいものです。

娘としても両親のことを全力で応援したいと思っている次第！

そんなことを考える私を何故かキースさまがジッと見ているではありませんか。

思わず姿勢を正すと、キースさまはおかしそうに笑いました。

「それじゃあ邪魔も入らないようだし、ここからは少し大人同士の話をしようじゃないか」

「……なんでしょうか」

「そんなに身構えないでくれないかな、私と君の仲じゃあないか！　なに、あちらに着いてからの行動についてだよ。お互いに目的があるだろう？　……彼らにも、ね？」

「……はい」

キースさまの仰る『彼ら』がミュリエッタさんとニコラスさんを示していることは明白です。

私はわからないふりをするでもなく、頷きました。

「少なくとも我々とあちらは仲間ではないが、今回に限りはよほどのことがない限り協力関係でいた方が得策じゃないかと思うんだ。だから、それをユリア嬢にも飲み込んでおいてもらいたい」

「承知いたしました」

私は特に質問をするでもなく了承しました。

そのことにキースさまは満足そうでしたが、わざわざそんな釘を刺してくるだなんて……。

まさか〝よほどのこと〟が起きるとでもいうのでしょうか？

私の不安を感じ取ったのか、キースさまはお茶目な笑顔を浮かべてウィンクを一つ。

「安心してほしい、私は君の味方だからね！　私ができる限り二人のことを守ると約束させてもらうよ。ファンディッド夫人も今回の弔問には随分覚悟を決めておられるようだしね」

「……心強いお約束ですわ」

「なにせ夫人に何かあれば私は未来の義弟に顔向けできないし、それこそユリア嬢に何かあったらアルダールに絞め殺されてしまう。いやはや、なんとも責任重大だね」

「まあ！」

大げさに嘆くキースさまに思わず笑ってしまったじゃありませんか！

そんなキースさまは、ふっと真面目な顔をして私を見て、そして少しだけ考える素振りをみせてから、声を潜めてそっと言いました。

「それから……もしパーバス家の坊やが絡んでくることがあったら、遠慮なくレジーナに言ってひねり上げてもらうといい」

「えっ」

「大丈夫、責任はこちらで取るからね！」

大変良い笑顔のキースさまでしたが、そうならないのが一番ですよ⁉

そう思っても突っ込めませんでした。小心者ですので。

おそらくそういう可能性が高いからこそ、わざわざ忠告してくれているのでしょうが……。

いや、忠告というか。つまりそうなるから覚悟しておけってことですよね、それ‼

それから翌日の昼過ぎに我々はパーバス伯爵家に到着いたしました。
事前に到着連絡で人を遣わしていたからでしょう。我々の到着時には新当主で、お義母さまの兄でもあるエイリップさまの父君が待っていました。

（確か……フルネームはマルム・フリガス・フォン・パーバス……だったかしら？）

まあお名前を呼ぶような親しい親戚付き合いをするつもりはないので、パーバス伯爵さまとお呼びするか黙っておくのが無難でしょう。いやもう新伯爵とかでいいや。

なんせ私は血の繋がりもない親戚ってやつですしね！

「よく来てくれた、セレッセ伯爵。新当主として、先代の弔問に来てくれたことに感謝する」

「いやなに、先日会ったばかりの御仁だけに知らぬふりなどできるはずもない」

表向きの挨拶を終えたところで新伯爵はこちらをギロリと睨みました。

お義母さまがその視線にびくりと竦み俯けば、その様子を見て鼻で笑うとか……相変わらずこの家の男性は、他人を不愉快にするのが得意なようです。

「セレッセ伯爵、愚妹がなぜ貴殿と共にこちらに来たのか伺っても？　連絡を送ってからさほど間がないはずだが前々から連絡を取り合っていたのか？」

「いいや。私は王城で訃報を耳にしてね、そこで王女宮筆頭殿にお声がけしただけさ。彼女も親戚の一人だろう？　彼女も弔問に行くというので、どうせならばと私の馬車にお誘いしたんだ。そしてそのままファンディッド家へ寄ってこちらへ来た、そういうわけさ」

「……ほう」

「ファンディッド子爵家は我がセレッセ伯爵家とすでに懇意であるのは君も知っての通り。困った時は互いに助け合うのが美徳だと思うのだが、何か問題があったかな？」

「いや、問題ない。あまりにも迅速な到着だったのでな、不思議に思っただけだ」

当主になったからでしょうか？

年齢を重ねている割に、この新たなパーバス伯爵さまは随分と失礼な態度ではありませんか。貴族当主として先輩にあたるキースさまに対してもどこか尊大な振る舞いをして、本当に謙虚のけの字も見られません！

軍にいた時に一方的にライバル視していたとか、いろいろと噂話を耳にしてはいますが……それでも人として振る舞いには最低限、気をつけるべきものってあるじゃないですか。

私はすっかり呆れてしまいましたね。

（こういう時にどういう態度を取るかで、人間としての差がはっきり出ちゃうものなのねえ）

勿論、ライバル心を抱いたりするのは悪くないんですよ。

切磋琢磨っていうんですか？

メレクとディーンさまのように、あるいはメイナとスカーレットのように、負けてはなるまいと相手を尊敬しつつ、互いに成長しようとするならこちらも応援したくなりますよね。

けれど、パーバス卿の態度はどう見たって尊大で、弔問客に対して取るべき態度ではありません。

こういう時に来てくれたことに対して、新当主として感謝ともてなしをし、今後も良いお付き合いをお願いしますと握手をするところまできちんとやってのけてこそ一流ってもんでしょう。

まあ現実はそんな握手して友情が芽生える……ってな感じにはなりませんので、真摯な対応に加えて、ある種の駆け引きが必要なのでしょうけれどね！

ところが、この新伯爵はキースさまへの対応がなっていないだけではありません。

父親の訃報に動揺する妹……つまり、お義母さまへのフォローがないどころか、出てきた言葉が『愚妹』な上に、キースさま以外の者に挨拶する気もなく背を向けたってところですよ。

（せめて私たちに対してもー言あっていいと思うのよ、礼儀としてさ！）

親しき仲にも礼儀ありって言うじゃないですか。謙遜の愚妹ならまだしもあれは本気だった。

この世界には似たようなことわざは思い当たりませんが、まあとにかく人間関係は身近なところからが大事だと私は思うんですよね。

私の不満を感じ取ったのでしょうか？

新伯爵がこちらにチラリと視線を向けたので、内心「おっ」と思いましたが……残念ながら？フッと鼻で笑われてしまいました。

おおっと、これは挑発かな？　乗らないけど！

（ああ、うん……やっぱりこの人はエイリップさまの親だわあ。納得納得）

むしろまだエイリップさまの方が人として考えた時に好感が持てるかもしれないという結論に至って、思わずスンッとなりました。

「ファンディッド子爵本人が来ないで娘を寄越すとはな。父上にあれほど面倒を見てもらったというのに、本当に無礼な男だ」

「……夫は今どうしても手が離せなかったのです。名代は夫人たる私と、長女であるユリアで十分なはずですわ」

「ふん。血の繋がりだけで言えばメレクが来るのが筋だろうに、不義理もいいところだ」

「お兄さま、そんな言い方……‼」

必死の様子で抗議の声を上げたお義母さまに対してまた鼻で笑った新伯爵。

それを見て私がイラッとしてもしょうがないとわかっちゃいますが、イラッとしますね。

堂々と見下す視線を向けられているってのがね、これまた腹が立つ！

勿論、お義母さまとキースさまの手前ですから？　淑女として無表情を貫きますけど‼

早くこの無礼な人との時間が過ぎちゃえばいいのにと内心イライラですよ。

(とっとと弔問を済ませて、早くお義母さまと一緒に帰ろう)

なんて考えたところで、まあやることは弔問ですからそんな多くないんですけどね！

しかしあちらがとっとと追い出したいと思うのか、それとも私がよそから忠告をされているように私たちを閉じ込めて自分たちの有利になるよう取り計らえと強要してくるのか。

その辺りをきちんと見極めて行動しないといけません。

忠告の内容はきっと正しいと私も考えています。

だけれど、最初から疑ってかかって余計な火種を作ることはない……とも思うのです。

とはいえ最悪の事態にならないように対処は必要ですから、こうしてキースさまに同行していただいたわけですし？　レジーナさんにも護衛をお願いしていますし？

(必要以上に怖がってはいけない)

私はこっそりと深呼吸をしました。

こういう、最初から相手を見下し侮るような相手こそ、落ち着いて対処すべきなのです。

私は堂々とお義母さまの傍にいる、それが一番大事です。

「ファンディッド嬢は相変わらず仕事をしているのか」

「はい」

「……王女殿下の優しさに浸り、己を見誤らぬようにな。女の身で賢しらに振る舞い、いつどこで恥を掻こうがこちらとしては勝手にしろと思うが、巻き添えを食っては割に合わんからな」

「あら、まあ……」

なんてこと言うんだコイツ。耳を疑いました。

これは喧嘩を売られているんですかね？　売られてますよね。

忠告に聞こえるけれど、悪意しか感じません‼

（やられっぱなしでいると思うなよ？）

私は王城にいる時と同じようににっこりと笑みを浮かべました。

嫌なお客さま相手に浮かべる……そう、お手本はニコラスさんの笑顔です！

「そうですわね、何か騒ぎを起こして上司を呼ばれるようなことがなきよう、パーバス伯爵さまのお言葉、確かに心に留めておきたいと思いますわ」

「む……！」

私の返答に、新伯爵の眉間に皺が寄りました。

エイリップさまの行動を当てこすった言葉だったんだけど、無事に伝わったようです。

言い返されるとは思っていなかったのか、それとも反抗的な態度の女にむかついたのかは知りませんが、新伯爵はこちらを射殺さんばかりに睨み付けています。

あらやだ、怖い怖い。

けれど私はそれに気がつかないふりをして、さっと視線を別方向に向けました。

「それはそうと、同行者が他にもいるのですが……キースさま、紹介して差し上げては？」

「ああ、それもそうだね。そうさせてもらおうか」

「……誰のことだ」

私たちの言葉に新伯爵は眉間に皺を寄せながら、歩みを止めてこちらに向き直ります。

訝しげなその様子に、キースさまがにこりと楽しげに微笑みました。

「そちらに控えている人物だよ、さっきからいるだろう？」

「やつらはセレッセ伯爵の執事と、その関係者ではないのか？」

ああ、そう思われても不思議はないか。

むしろそう見えるように振る舞っていたのかもしれません。

まあ、表向きは弔問客ではありませんし、目立つ必要はないのです。ニコラスさんのことだしね。

なんせニコラスさんの目的は、あくまで『パーバス伯爵家にミュリエッタさんへ謝罪をさせる』ことですからね。

「ああ、違うとも」

キースさまは勿体ぶった仕草で手を広げるようにしてニコラスさんの方を示しました。

それに少しだけミュリエッタさんがいやそうな表情を見せましたが……彼女としては目立ちたくなかったのでしょうか？

まあ、ニコラスさんはピクリとも表情を動かさず、笑みを貼り付けたままでした。

そこはさすがですね！　見習いたくはないけど称賛はしますよ‼

「彼は王太子殿下の執事でニコラス殿というんだ」

「王太子殿下の……？」

「ご挨拶が遅れて誠に申し訳ございません」

キースさまの紹介に乗っかることにしたのでしょう。

それまで静かにことの成り行きを見守っていたニコラスさんは、一歩前に出ると優雅にお辞儀をしました。勿論、あの胡散臭い笑みを浮かべてね。

「ご紹介に与りました、ニコラスと申します。このたびはご愁傷さまでした。心よりお悔やみ申し上げます」

「いや……心遣い感謝する。王太子殿下の執事が、何故に我が家へ？」

「はい、王太子殿下よりの指示にございます」

「王太子殿下の？」

おっと、ニコラスさんの言い方だと、まるで王太子殿下がパーバス伯爵家に注目していたかのようにも受け取れますね！

以前から気にかけていたからこそ、自身の執事に弔問させたかのように聞こえるから不思議ですが……そういう感じに誤解させたかったのでしょう。

まったく、お上手ですこと！

（っていうかそんなあっさり喜ぶなんて、新伯爵は随分とたんじゅ……いやいや、素直だなあ）

思わず横で聞いていてそんなふうに思ってしまいました。

普段、王城で偉い人たちのやりとりを耳にしているせいでしょうか？　私も純粋になりたい。

ニコラスさんは笑みを深め、少しだけ声を潜めました。

「ここで立ち話もなんですから、中でお話をさせていただければと思いますが……できれば、王太子殿下からのお言葉を早くお伝えしたいので」

「無論だ。王太子殿下のお言葉とあれば、今すぐにでも」

「ありがとうございます。是非、セレッセ伯爵さまとファンディッド家のお二方にもご同席いただきたいと思っているのですが……」

「……まあ、いいだろう」

ニコニコと笑顔で言葉を重ねるニコラスさんに、新伯爵は人を呼びつけて指示を出しました。

どうやら〝王太子殿下からのお言葉〟というのが相当な威力を発揮したらしく、我々は賓客としての扱いに格上げされたようです。

「ああ、それと……ご子息もご同席をお願いしますね！」

ニコラスさんの言葉に、パッと新伯爵が振り返りました。

良い話ではない、そう感じ取ったのかもしれません。

先ほどとは打って変わって嫌そうな表情をしていましたからね。

新伯爵のその表情に反して、ニコラスさんの笑顔が深まった気がします。

それを見て、私は思いました。こいつ、性格悪いな……と！

まあ、知ってましたけどね‼

我々が案内されたのは、パーバス伯爵家の客間でした。
ニコラスさんの発言が効いているのか、それとも元々用意してあったのか……そこについては言

及いたしませんが、私たち全員の前に置かれた茶と茶菓子はそこそこ良い品のようです。

ファンディッド家を格下だと笑う割に、パーバス伯爵家の内装だって私からしてみればそんな大層なものではありません。

（……しっかし、まあ……）

これでも王城勤めが長いので、見る目はあるんですよ！

歴史があるといえば聞こえはいいですが、古いだけで名品でもなんでもない骨董品を飾っていますし、正直お世辞にもあまりセンスがいいとは言えないようなものも飾ってありました。

全体的に調和が取れているならともかく、なんというか……高価そうに見えるものをとりあえず置いておけばいいだろうって感じです。中には良い品もあるようですが、あの飾り方じゃなあ。

ただ室内は埃（ほこり）一つなく、家人がきちんと掃除をしていることはわかりました。

ゴテゴテとしたインテリアはともかく、清潔感があるって大事ですからね！

そしてここに来るまでに見かけたパーバス伯爵家の使用人たちですが、決してレベルが低いとは思いません。加えて、結構な人数の使用人を雇っているようだと思いました。

そういう点で、爵位も経済力もパーバス家の方がうちよりも上であるというのは事実でしょう。

とはいえ……じゃあ何もかもが立派で由緒正しいものに溢（あふ）れた素晴らしいお宅かと問われたらそこは言葉を濁すしかないかなというところでしょうか。

当主がアレですものね！　うちのお父さまは少なくとも悪人じゃないよ‼

（……まあ歴史的価値のある壺だとか皿って話になると、ファンディッド子爵家も似たようなもんだから……ここでそれに言及するのはどんぐりの背比べにしかならないし、ね）

とりあえず新伯爵は不機嫌そうな様子を隠すこともなく腕を組んで我々の前に座っていますが、息子であるエイリップさまの姿はまだありません。

この部屋に到着するまでの間に、使用人へ指示を出している姿を見ているので誤魔化しているというわけではなさそうですが……。

(そういえば城下での件って伯爵家ではどう説明されているのかしら)

まあおそらく、彼の勤務先である警備隊から説明がいっているのでしょうけどね！

エイリップさまが誤魔化している可能性だってありえる話です。

(となると、私のせいだとかなんとかいろいろ言ってそうだなあ)

そう考えると私が歓迎されないのも頷けます！

むしろ私のせいで迷惑を被ったのだから、商人との間を取り持つことで許してやるとか言われそう……なんて思ってしまいました。

いやあ、さすがにそんな理解不能なことは言わないでしょう。

ですよね？　ないですよね!?

「それで？　王太子殿下からのお言葉を聞かせてもらおうか」

「おや、ご子息を待たずともよろしいのですか？」

「かまわん。当主として把握する必要があるのは私だ。息子ではない」

「さようですか、では……」

どこまでも上から目線な物言いですが、おそらく焦りから来ているのでしょう。

言い方が傲慢な割に、先ほどから新伯爵は貧乏揺すりをしっぱなしですし、苛立ちと焦りが隠しきれずニコラスさんを睨んだりキースさまの様子を窺ったりと大変、忙しないのです。

対するニコラスさんは変わらず、穏やかな笑顔を浮かべたままです。

「それでは。ああ、殿下のお言葉をお伝えする前に、こちらにいらっしゃるお嬢さんを紹介させていただきたく思います。大切なことですからね」

「……」

ニコラスさんの言葉に、新伯爵がミュリエッタさんに視線を向けました。

その睨むような目に怯むことなく、彼女は前を向いていました。

「こちらは〝英雄〟ウィナー男爵のご息女、ミュリエッタさまです」

「……ほう。お前がかの有名な〝英雄の娘〟か。噂は聞いている」

「そうでしたか、さすがは伯爵さま。さあウィナー嬢、ご挨拶を」

「……。ミュリエッタ・フォン・ウィナーでございます」

ミュリエッタさんは無表情を保ちつつもその場で優雅に挨拶をしてみせました。

教育の成果なのか、とても美しい所作でしたが……嫌々なのが傍目にも見て取れるほど、彼女の態度は決して友好的とは思えません。まあそれも仕方のないことかもしれませんが……。

(それにしても『噂は聞いている』って……。噂じゃなくて息子さんが無礼を働いた件、連絡がいっているはずですけど⁉)

それなのに知らんぷりですかそうですか。

あの場にはお義母さまもいたから、言い逃れなんてできやしないのに。

だというのにあの態度はいただけません！　どんだけ上から目線なの‼

たかが男爵家の娘相手だからと侮っているのかなんなのか知りませんが、呆れて物が言えません。

ですが、新伯爵も思うところは多少なりともあったのでしょう。

厳しい顔をしたままではありますが息を小さく吐き出して、猫なで声とまではいかずとも、精一杯の柔らかい声で彼女に話しかけたではありませんか。

「……彼女を連れてきたということは、先日の件か。息子が迷惑をかけたと聞いている。今回の来訪は、それの謝罪を求めてのことなのか？」

「あたしは、別にっ……！」

「ははは、さすがは伯爵さま！　理解が早くて助かります」

ミュリエッタさんは謝罪要求で来たのかと言われてムッとして声を上げようとしましたが、ニコラスさんによって遮られました。

彼女からしてみればあくまで指示されて逆らえなかったから来る羽目になってしまったため、ストレスもあってカッとしたのでしょう。

ニコラスさんが間に入ったことで、ミュリエッタさんは口を閉じて俯いてしまいました。

「ああ、咎めているわけではない」

彼女の様子に唇の端を上げるようにして笑った新伯爵ですが、いやもうそれがただの悪役顔にしか見えず……安心させようとする言葉のはずなのに、表情のせいでまるで安心できませんね！

そう感じて思わずそれを誤魔化すようにお茶を飲みましたが、さすがに誰も口を挟むことはありませんでした。みんな、二人のやりとりを静観しています。

「なるほど。であれば確かに私ではなく本人に謝罪をさせるべきだろう。それについては理解したが、何故〝英雄の娘〟のことで王太子殿下が出てこられたのだろうか？」

「ウィナー嬢は優れた治癒の使い手です。王太子殿下におかれましてはご当主の具合が悪いと耳にいたしまして、その件も併せ穏やかに解決できればというお心遣いだったのですが……残念ながら不幸の方が一足早かったようで」

「お心遣いに感謝しよう。病ばかりはどうしようもないことだ。息子については言い訳になるが、あれももう子供ではないのでな、あえて謝罪に行くよう指示を出さずとも自分で行動するだろうと放置していたのだが……そのせいで王太子殿下にはご心配をかけてしまったようだ」

新伯爵の言葉は、あくまで息子が未熟なせいで自分は悪くないというものでした。

確かにエイリップさまは成人男性ですし、親がいちいち口出しする年齢ではないでしょうが……それでもこの言い分はないですよねえ。

（うっわ、白々しいわあ……厚顔無恥ってこういうことを言うんじゃないかしら！）

きっと私だけじゃないですよ、そう思ったの。

しかしこの白々しいやりとりをして言い逃れをしようとしているのでしょうね。

ニコラスさんもキースさまも追撃をしないところを見ると、それでよしってことなのでしょう。

この件に関しては私が口出しすべきではないと思いますので、お義母さまと揃ってただおとなしく座っている他ありません。

（それにしても、当主として話は知っていたけど息子の自己責任だからって……意訳するとそういうことでいいのよね？）

あの妖怪爺にしてこの息子、そしてエイリップさまに繋がる見事なまでの責任転嫁の連鎖ではありませんか。呆れてしまいます。

（そこは『当主としてお詫び申し上げる』くらい嘘でもいいから言えばいいのに……）

上辺だけでもちゃんとできる方がまだ好感を持てるってもんですよ。

まあ、そもそもがマイナスなんですけどね‼

（この様子じゃあエイリップさまが来て素直に謝罪して終わる……なんてことはないだろうなあ）

あのエイリップさまですからね！

とはいえ、今回ばかりは分が悪いというか、王太子殿下の名前が出てきたことによって新伯爵も息子の味方はしないでしょう。

結果、渋々謝罪する……ってところでしょうか？

（ないよりはマシってだけだから、ミュリエッタさんがそれをどう思うかよねえ）

まあ彼女が許すかどうかはこの際、重要ではないのです。

謝ったか、謝っていないか。そこが争点なのですから。

キースさまや私たちという第三者がいるところでそれが成された、それにより多方面で物事が万事丸く収まるっていうね。

これにより『王家が認めた〝英雄〟とその娘を、クーラウム王国の貴族が軽んじることはない』っていう、些細な問題がちょっぴり解決となるわけです。

ただまあ、いかんせん問題を起こした家については残念な印象を持つでしょうけど。

ニコラスさんを前に、当主がまず謝らない段階で『貴族として理解力と応用力が足りない』って感じで王太子殿下には伝えられるかもしれませんね。

（まあ、私の知ったこっちゃない）

そんなこちらの感情など知る由もない新伯爵は、ミュリエッタさんのことをてっぺんからつま先までまるで品定めするかのように見てにやりと笑みを浮かべました。

「しかし、ウィナー男爵もさぞかし鼻が高いことに違いない。優秀な治癒師ともなれば貴族たちからも引く手数多だろう？　それに、見目もなかなかに美しい」

「……ありがとうございます」

ミュリエッタさんは無表情に淡々とお礼を言っていましたが、目が虚ろで怖いですよ……？

彼女の反応を気にすることもなく、新伯爵は彼女をジッと見たまま言葉を続けました。

「そういえばウィナー男爵家の寄親は今もまだ定まっていないと聞いているが」

「ああ、その件に関しては公爵家預かりとなっているんだ。あまり詳細な話を求めてはいけないよ、パーバス殿」

まるで言葉を遮るようにキースさまがにこやかにそう発言したことで、新伯爵はまた不機嫌そうな渋面を作りました。

ですが、さすがにここで言い争うつもりはないのか……あるいは、公爵家という単語に反応したのか、素直に引き下がりました。

「フン……そうか」

その様子を、私とお義母さまはただぼんやりと見ているだけです。

だってファンディッド子爵家にはこれっぽっちも関係ないので！　関係ないので‼

（寄親に立候補でもしようと思ったのかしら？）

空気同然ですが、お茶菓子を食べるくらいは自由にさせていただきましょう。

お茶ばかりだとお腹がタポタポになっちゃいますしね‼

（うん、このクッキーいける。でもメッタボンが作ってくれたものの方がやっぱり美味しいや）

なんてどこか現実逃避めいたことを考えていたのは許してほしいところです。

いや、でもメッタボンのクッキーはすごいんですよ？

なんならクッキーでお菓子の家だって作ってくれますからね‼

まだプリメラさまがお小さい頃に読み聞かせをした絵本の話題になったことがあったんです。

そこに『お菓子の家』が出てくるのだという話をしたら、彼が面白がってプリメラさまに作ってくれたんですよね。

もうその日はプリメラさまも私もはしゃいでしまって……セバスチャンさんに窘められてしまったけれど、今となっては良い思い出です。

でもさあ、言われただけで再現できちゃうメッタボン、有能すぎない？

はしゃいじゃうのも仕方ないんですって。

（あの日は楽しかったなあ……）

壊すのがもったいないと言いながらこっそりプリメラさまとメッタボンと、セバスチャンさんも交えてクッキーの家を食べた思い出は宝物です。

「ところでご子息は随分と遅いようですが」

「呼びに行かせたが、外出しているようだ。使用人が探しに出ているからそのうち戻るだろう」

おっと、いけないいけない。思い出に浸っている場合ではありませんでした。

確かに新伯爵が使用人に声をかけてから随分と経つのに、エイリップさまがこちらに来る気配は一切ありません。

ニコラスさんの問いはごく当然のことで、けれども新伯爵はしれっとしたものです。

そんな新伯爵の態度に、ニコラスさんがとびっきりの笑顔を見せました。

「……祖父君が亡くなられたというのに、直系の人間が出歩かれているのですか？」

「息子は先代にとても憧れていたのでな、気が落ち込むことも多く、気晴らしになるならばと好きにさせている。肉親のことだ、理解してやってもらいたい。……お前ならばわかってくれるな？」

ニコラスさんの言葉にぴくりと眉を跳ね上げた新伯爵が水を向けたのは、お義母さまでした。

ぎくりとしたお義母さまですが、その視線から顔ごと背けるようにして小さく頷く姿はとても痛々しいです。

確かにお義母さまも『身内』で間違いありませんが、こういう時だけ『肉親』の情に訴えるとは何と小賢しいことでしょうか！

「なるほど。なんとも愛情深いことで」

ニコラスさんの皮肉めいた言葉に、お義母さまはギュッと膝の上で手を握りしめて俯いてしまいました。その背をさすりつつ、私は非難めいた視線を思わずニコラスさんに向けましたね。

まあ面の皮が厚いニコラスさんですから、普通にスルーされちゃいましたけど！

「なんにせよ、執事殿とウィナー嬢も我が家の客人としてきちんと歓待させてもらうつもりだ。息子が来るまでは茶でも飲みながら、ゆるりと過ごされよ」

歓迎の言葉だというのに、私には足止め成功と言っているような気がしてなりませんでした。

エイリップさまが外出し、戻ってこなければ新伯爵はどう出るのでしょうか。

戻ってくるまでここにいろと、謝罪を盾に強要するのでしょうか？

ミュリエッタさんの……ウィナー男爵家の名声を欲しているのでしょうが、本当に何を考えているのか……まったくもって理解できません。

（まあそっちはニコラスさんにお任せです。私とお義母さまは弔問さえ終えれば、すぐにでも帰っていいはずですからね！）

冷たいと言うことなかれ。

それはそれ、これはこれ、です！

それからほどなくして、私たちは弔問を済ませました。

さすがに弔問の場は粛々とした雰囲気で、無事にお別れを済ませることができました。

まだ親しい人たちも来ていない状態でしたから、ゆっくりとお義母さまもお別れを言えたのだと思います。あまり良い思い出のない親子関係だったのでしょうが、それでもやはり身内ですから。

その後、別室でお義母さまが新伯爵にお手紙の返事として、伯爵位に就いたお祝い金は常識の範囲で行うこと、メレクには干渉してほしくないことなどを新伯爵に伝えました。

『お兄さま、私はもうファンディッド家に嫁いだ身なのです。いつまでもパーバス伯爵家のためにばかり行動はできません。それはメレクも同じです。どうかご理解ください』

『愚かなことを言うんじゃない、そも結婚というのは婚家と生家とを繋ぐ役目。両方に尽くしてこそ役に立つものだろう、それを賢しらな言い回しで誤魔化そうとするな！　だからお前は役立たずだと父上のことを失望させてきたのだろう、ここで挽回しようとは思わないのか‼』

『お兄さま……』

まあそんな感じで兄妹喧嘩と呼ぶよりは、一方的に新伯爵に怒鳴られて終わりました。

私もその場にいてお義母さまの隣で支える形になっていたのですが、思いっきり睨まれましたね。

きっと私が入れ知恵したとか思っているんだろうな。

まあ当たらずとも遠からずですが。

（疎遠にしたいと思っていたのはお義母さまも一緒だもんね！）

それでも兄妹で歩み寄れたらと、どこかでお義母さまも期待していたのだと思います。

しかし結果は怒鳴って上から押さえつけて、これまでと同じように自分に尽くせというような態度でしたから……お義母さまはすっかり落ち込んでしまいました。

ちなみに新伯爵が怒鳴り散らしたものですから、部屋の外で待機していたレジーナさんだけでなくキースさまもやってきてくれたおかげで特に怪我もありませんでした。

放っておいたら殴られそうな勢いだったので、正直なところヒヤヒヤいたしました。

まあそんなこんなで、当初の目的である弔問を無事に（？）終えたのです！

（あの様子なら、今後はパーバス伯爵家とファンディッド子爵家は没交渉にできるわよね）

元よりお付き合いは殆どありませんし、金銭だけ要求される関係なんて嫌じゃないですか。

メレクも『一応親戚だから』とは言いつつも、パーバス家のことは面倒くさそうでしたし。

今回の件を聞けばきっとメレクは喜んで没交渉にすることでしょう。

お義母さまは震えながらも、ファンディッド子爵夫人として毅然とした態度を取ってくださいました。過干渉を止めてくれと言うだけでもあんなに震えるだなんて、兄妹の関係がこれまでどんなものだったかわかる気がします。

新伯爵からは『今後謝ってきても助けてやらない』という言質をいただきましたのでね！

聞いていたのはお義母さまと私だけではなく、レジーナさんもいましたからね‼

なによりそこにはキースさまという強い証言者がいるのですから、今後は没交渉でいいのです。

コレは想定外でしたが、ちょっと嬉しい誤算です。怒鳴られた甲斐があります。

（お義母さまは悲しそうだけど、安堵もしていたし……）

これればかりは感情の問題ですから、今後できるだけ寄り添っていきたいと思います。

まずはファンディッド家に戻ってのんびりと過ごしていただきたいところですが……。

ここで、問題が発生しました。

弔問さえ終わればいいと思っていたのですが、まさかの足止めを食らったのです。

（困ったなあ……）

なんでもエイリップさまがまだお帰りにならないから、だとか。

そのため、謝罪の関係でニコラスさんたちが残るのは仕方がないにしても、例の騒ぎを起こした場にいたお義母さまと私も残るべきだと……それがあちらの言い分なんですよね。

弔問が目的だったため、今更『急ぎの用事がある』なんて言い訳は難しいですし……キースさまがお帰りになるのに便乗しようとしたところで『お前たちは残れ』と言われることでしょう。

こちらの都合なんてあの新伯爵は考えません。間違いない。

それがわかっているから、キースさまも一緒に残ってくださっています。

新伯爵の横暴さにちょっと苦笑してましたけどね！

（後でお礼しなくちゃなあ、何がいいかしら。アルダールに相談できたらいいんだけど……まだ忙しいだろうしなあ……）

そもそもエイリップさまの帰宅が遅すぎるのです。

誰もどこに行ったのかわからないってどうなのよって感じですよ、まったくもう！

仮にも跡継ぎになる予定の人間がそれでは困りますよね。

それを容認する新伯爵ってのも、周囲からどんな目で見られるのかわかってないんですかね。

親戚だけならいくらでも丸め込めるでしょうが、キースさまもこちらにいるし、貴族ではないにしろ護衛騎士であるレジーナさんもいるんだから口止めなんてできるわけもないし……。

他の弔問客が来たらどうするんだって話でもあるんですけど。

（本当に……いったい、何を考えているのかしら？）

ニコラスさんはいつの間にか客間から姿を消しているし、ミュリエッタさんは俯いたまま難しい顔をしているし。

レジーナさんは静かな顔をしているけれど、あれはキレていますね……。

お義母さまはこの展開に困惑して震えてらっしゃいますので、私は手を繋いで傍にいることにしました。気を遣ってなのでしょう、キースさまはいろいろと異国の話をお義母さまにしてくださって、おかげで少しだけ笑顔が戻ったように見えます。

さすがキースさま、紳士の中の紳士です。

私としてはエイリップさまに会いたいわけじゃないですし、騒がしくされても困りますがお義母さまには早く安心してほしいから早く来いっていうこのジレンマ。

とっとと来やがって頭を下げて私たちを解放していただきたいものです。

俯いていたミュリエッタさんが時々こちらを見ているのも気になりますが……あえて声をかけることはしませんでした。

彼女も話しかけてくることはありませんでしたし……なんとも微妙な距離感です。

おそらくミュリエッタさんも不安なのでしょう。その気持ちはわかります。

(まったく、ニコラスさんったらどこに行ったのかしら。不安がっている女の子を放り出して……紳士のすることじゃないわあ‼)

後ほど、セバスチャンさんにシメてもらうとしましょう。

なんだかんだ、今回に限っていえばミュリエッタさんも巻き込まれてしまった側ですからね……同情を禁じ得ません。

だからって率先して話しかけたいかって問われるとそうでもないからこそ、この微妙な距離感なんですけど。まあ、あちらも同じような気持ちだと思います。

「ユリア嬢」

「はい」

そんなことを考えていると、キースさまに声をかけられました。

小さい声だったので同じように小さく、短く答えれば満足そうな笑顔が向けられます。

「私も様子を見てこようと思うんだ。なあに、使用人たちに話を聞いてくるだけさ！　ここにはレジーナもいるし、安心して待っていてくれるかな？」

「……かしこまりました」

キースさまはどうやらこの状況をやはりおかしいと思っておられるようです。

ご自分で動くこともないんじゃ……とは思いましたが、不可解な新伯爵の行動について思うところがあるのでしょう。

ついでにニコラスさんについても探すのではないでしょうか。

これも！　セバスチャンさんに！　あとで伝えたいと思います‼

告げ口ではありません。正当な抗議手段の一つです。

（……という冗談はまあ置いておくとして。半分は本気だけど）

ニコラスさんもお役目があるでしょうからね。

王太子殿下のお考えなんて私みたいな凡人にはわかりませんが、何かしらの指示を受けてニコラスさんも行動をしているはずです。ミュリエッタさんの傍を離れることも含めてね。

だからってその巻き添えでいつまでも無駄な足止めを食らうのはごめんです。

ここはキースさまに期待して待機するのが最善でしょう。

もしかしたら本当に出かけているだけのエイリップさまがお戻りになって、何事もなく終わるかも知れないわけですし！

（とにかく、早く帰りたいなあ）

プリメラさまに無用の心配をかけたくないですし、お義母さまも心配です。

やはりいつまで待てばいいのかというのは、不安になるじゃないですか。

最悪のパターン、全員人質……みたいなことも頭を過ります。

レジーナさんは勿論のこと、私はまだ我慢できます。職務上、慣れていますから。

それにいざとなったらミュリエッタさんは強いですから、単独で逃げてもらって助けを呼んできてもらうことも可能でしょう。ただ精神面はどうかな……。

キースさまはもう……ほら、なんだかすごく強いって話ですから大丈夫です。

メンタルもきっと超合金。

(そうなると、やっぱり心配なのはお義母さまよね)

今も顔色があまりよくありませんし、キースさまが離れた途端、震えています。

本当は少し横になることができればいいのですが……この館で部屋を借りようものならそのまま泊まっていけと言われそうでいやなんですよね。

お義母さまもそう思っているからこそ、何も仰らないのだと思います。

(私が今ここでできることはなんだろう……)

キースさまが出て行かれた後、私がしっかりしなくては。

そう考えていると、ふとお義母さまが私の手をギュッと握りました。

「ユリア」

「はい、どうかなさいましたか。お水ですか?」

「いいえ、私は大丈夫。ねえ、ユリア。お願いがあるのだけれど」

「……はい、なんでしょう」

私の手を握ったお義母さまは、ちらりと視線を私から外してレジーナさんを見ました。

彼女も視線に気がついたのでしょう、こちらに歩み寄ってくれて……私たちの視線を受けて、お義母さまは弱々しく微笑んで言葉を続けます。

「私は、大丈夫よ。温かいお茶を飲んで、おとなしくしていればすぐに落ち着くわ。貴女たちのおかげだもの、ありがとう」

「はい」

「だからね、私はいいから……あのお嬢さんにも、声をかけてあげてくれないかしら」

「えっ」

あのお嬢さん。この部屋においてその言葉が示す人物は一人しかいません。

そう、ミュリエッタさんです！

別段仲間はずれにしているわけではありませんが、確かに彼女は一人ですし、お義母さまが気にするのも仕方ないかもしれません。

だけど、えっ、私ですか！　いえ、私以外確かに適任者はいませんね‼

（これまでのこととかもあるし、向こうも話しかけられたいとは思っていないと……いや、でもお義母さまの期待には応えたい。それに、大人として確かにあんな女の子を一人で放っておくのは良心が咎めるのは事実……）

葛藤する私に、お義母さまが期待するような眼差しを向けてています。

複雑な事情があって彼女と私はあまり接触しない方がいいのですが、それを説明するわけにもいかず……くっ、そんな目を向けられたら、引けないじゃないですか！

ええ、ええ、わかりましたよ。

筆頭侍女として年若い見習いから他宮の侍女にまできちんと接する技術を身につけた私です、やらいでか！

「わかりました、お義母さま。お任せください」

「ありがとう、ユリア。ごめんなさいね、今の私では彼女を安心させてあげられそうになくて……あまりにも、心細そうだったから」

「いいえ」

そう、これは善意です。

あちらが断るならそれで引けばいいだけのこと！

私は内心気合いを入れて、立ち上がりました。

視界の隅で、レジーナさんがやれやれと言わんばかりの顔をしていたのは、見なかったことにしました。だってしょうがないじゃないですかー‼

「……ミュリエッタさん、顔色が優れないようですが大丈夫ですか？　もしも辛いようでしたら、ニコラス殿を探して来ようかと思います。それか、人を呼んできましょうか？」

「いえ、大丈夫です」

即答でした。秒で断られるとは思わなかった……。

私に声をかけられて少しだけ驚いた様子を見せたミュリエッタさんでしたが、それでもすぐに外向けの、明るい笑顔を浮かべたのはさすがです。

もう少し、年相応に振る舞えばいいのに……なんてちょっぴり思いましたが、これはこれで彼女

自身を守るための術なのかもしれませんね。

「そうですか。もしも辛くなるようでしたら、いつでも言ってくださいね。私たちは親しい友人というわけではありませんが、この場では助け合うことが大事ですし」

「……はい」

親しい友人ではない、それは間違っていません。

けれど、このパーバス伯爵邸の中でミュリエッタさんがもし助けを必要とするならば、声をかけやすいのは誰なのか……。

お義母さまと、レジーナさん、そして私。

この中で最も彼女のために行動しそうなのはお義母さまですが、今の状況で考えればやはり私になるでしょう。お互いの心証はともかく、現実的に考えれば、ね。

なんせミュリエッタさんが置かれている今の立場はストレス満載だと思うんですよ。

そんな中で、今回のメンバーとの関係性はこうです。

腹の内がわからない、しかも味方とは言い切れないニコラスさん。

表向きは友好的だけれど、セレッセ領でのことから彼女が苦手にしているであろうキースさま。

正直、私の護衛なので、彼女が助力を求めて来ても率先して動いてはくれないと想像に難くないレジーナさん。

なにかよくわからないけれど彼女の動揺スイッチを持っているお義母さま。

（そして、恋のライバル的な……私）

消去法になりますが、私が無難ってどういうこと。

いやあ、なんでこうなったんだってきっと彼女も思っているに違いありません。

私もそう思っていますから、そこはよくわかりますとも‼

偉い人たちの思惑に巻き込まれて利用されているっていう立場は似ていますよね。

(私たちの関係、か……)

自分で言っておいてなんですが、奇妙なものです。

彼女は気づいていないかもしれませんが、私とミュリエッタさんは同じ転生者です。

それなのに、どうしてこうも違う立ち位置になったのでしょう。

私はただ、真面目にプリメラさまの幸せを考えて暮らしてきました。

その働きぶりを認めてもらって、今こうしているわけです。

少々、過分な期待を感じたりもしますが……その辺りもまあ周囲の助けもあってなんとかやっていけているんですよね。

対してミュリエッタさんは〝ヒロイン〟という主要キャラの強みと転生知識をフル活用した結果、その魅力とチート能力を余すところなく発揮しているのではないでしょうか。

ただ、それが【ゲーム】と同じ展開ではないこの世界にそぐわなかったのか、思いっきり空回っているようですが……。

(上手くいかないって彼女は気づいているはずなんだけど、諦めないところは強いんだよなあ)

その方向性さえ間違えなかったら、彼女はあっという間に世間にもっと認められて……それこそ〝英雄〟になった父親を超える人気者になったと思うんですけれどね！

しかし、ミュリエッタさんにはミュリエッタさんなりの考えがあるのでしょう。

「……ユリアさまは、恋愛してるんですよね」

ぼんやりとそんなことを考えていたら、彼女が唐突にそんな言葉を口にしました。

脈絡のないその言葉に、私は思わず目を瞬かせます。

「え？」

「アルダールさまと、恋愛してるんですよね」

「え、ええ。そう、ですね」

「ご両親は、政略結婚なのに？」

まるで非難するかのようなその言葉に、私は困惑しました。

いったい、何を言っているのでしょうか。

どう答えていいのかわからず、私は事実を述べることにしました。

「……父と、亡くなった実母は恋愛結婚だったと聞いています。生憎、私には実母の記憶はありませんので詳しくはお答えできませんが」

「あたし、恋愛って大事だと思うんです」

「……え？　は、はあ、そうなんですね？」

「愛し、愛されて、周りに祝福されるのって素敵じゃないですか。憧れます」

「そ、そうですね……？」

唐突に話しかけられたなと思ったら恋バナですか！

いいえ、別に深刻な話題よりはずっといいんですけども。

だけどなんだかこれは、雲行きが怪しい……？

「憧れなんです。……あたしは、ずっと、それに憧れていました」

「……？　ミュリエッタさん？」

「だから、諦められません。諦めることなんて、できません」

静かな声でした。

お義母さまと、レジーナさんがこちらを気にする様子もなく談笑していることからも、きっと彼女の表情はとても穏やかで、落ち着いた声だったからでしょう。

私も、言われた瞬間は他愛（たわい）ない話をされているな、くらいの雰囲気でしたもの！

「……貴女が、嫌いになれる人だったら、よかったのに」

「ミュリエッタさん？」

「そうしたら、あたしは正しいことをしているって思えたのに」

何を言われているのか、言葉はわかるけれどその意味がよくわからない。

ミュリエッタさんは笑顔なのです。

そりゃもう可愛らしい笑顔なのに、彼女のその目が笑っていなくてゾッとする。

勿論、そんな雰囲気に呑まれるほど私もヒヨっ子ではないですから？

なんてことないようにその視線を真っ向から受け止めましたけどね⁉

とはいえ、内心冷や汗ものです。

数秒の沈黙の後、ミュリエッタさんはすっと視線を外して、冷め切ったお茶に手を伸ばしたかと思うとそれを一気に飲み干しました。

突然の行動に思わず呆気（あっけ）にとられる私をよそに、彼女は笑顔を浮かべているではありませんか。

「あたし、ニコラスさんを探してきますね」

「えっ？　しかし、勝手に出歩くわけには……誰か人を呼んで話を通してから」

「いいえ、大丈夫です。この部屋を出て誰かに聞くだけですから」

私の言葉をバッサリ切り捨てるように拒絶して、ミュリエッタさんは立ち上がりました。

そして軽い足取りで扉の方へ向かったかと思うと、くるりと向きを変え我々に向かってとても綺麗なお辞儀(カーテシー)を披露したのです。

「きっともうすぐ、みなさんは帰ってしまわれるでしょうから。先にご挨拶だけしておこうと思います。ごきげんよう！」

朗らかな、天真爛漫(らんまん)なヒロインらしいその笑顔はどこまでも愛らしい。

けれどそれがミュリエッタさんのものなのか、それとも作り笑顔なのか。

私には、さっぱりわかりませんでした。

そして彼女が何故そんなことを言い出したのかわからず、思わずレジーナさんを見ました。

あちらでも驚いているようなので、ミュリエッタさんが言っているだけなのでしょうが……。

一緒に足止めされているというのに、どうして私たちだけが先に帰ると思ったのでしょう？

（確かに私たちは目的が違うし、私たちが先に帰るのは最初から決まっていた話だけど……）

そうです。ミュリエッタさんはエイリップさまの謝罪を受けたら帰る、私たちは前伯爵の弔問を済ませて帰る。

その目的の違いから、帰りが別になることはすでにわかっていたことです。

わかっているのですが……まるでミュリエッタさんはこういった事態になることを事前に知って

いたかのようで、それが気持ち悪かったのです。

（まさかこれもゲームのイベントにあるとか⁉　いやそんなの私は知らないし……待って、隠しイベントとか⁉）

この世界はゲームじゃない、そう割り切ったとはいえ似通った点が多いことは現実です。

それゆえに、もしそうだとしたなら……何が起こるのでしょうか。

そう考えると行き着くのは一人の女性。

そう、パーバス伯爵家に縁があって、そこからバウム伯爵さまの手を借りて逃げ出すこととなった女性がいるではありませんか。

あのライラ・クレドリタス夫人です。

（いや？　でも待って、ミュリエッタさんは以前、なんて言っていた？）

アルダールが実母のことを誰かから聞いてショックを受けるとかなんとか、それを慰めてあげられるのは自分だけだっていうような発言をしていましたよね？

しかしそれは実際には起きていない出来事です。

それにゲーム軸で考えるならば、主人公である〝ミュリエッタ〟がただの学生になっていない段階でもう別物です。

それにアルダールが誰ともお付き合いしていない状況でもないし……。

ああ、もう！　わけがわからないな⁉

（もしかして……ミュリエッタさんはイベントを強制的に起こそうとしている、とか……？　いや、それはないか。無理だわ）

ふとそんなことを思いましたが、私は思わずそれを心の中で否定しました。

なんせ暗躍では遙かに彼女の上を行く、ニコラスさんがいるのです。

けれど、お義母さまじゃありませんが……私は出て行ったミュリエッタさんを、今まで以上に『危うい少女』と思わずにはいられなかったのでした。


そこからは予想外の早さでした。

ミュリエッタさんが出て行き、そう時間を置かずに戻ってきたキースさまから私たちは帰ることになった旨を告げられ、パーバス家を後にすることになったのです。

新伯爵もエイリップさまも不在のまま、使用人たちに頭を下げられての出立でした。

泊まりがけにならなくて済んだのは幸いですが、あまりの展開の早さに驚きです。

(ニコラスさんとミュリエッタさんはどうしたんだろう)

やはり彼女の発言から考えるに、私たちが追い出されるようにして帰路につくことをミュリエッタさんが事前に知っていたように思います。

彼女は一体、何をするつもりなのでしょうか。ニコラスさんもですが。

エイリップさまに謝罪をさせるといっても本人不在のまま、喪中の家をうろちょろしているなんておかしな話ですが、無事だといいなと思わずにはいられません。

(さすがにクレドリタス夫人関係までは考え過ぎだったかな)

それにしても、新伯爵の奥さま……つまり今の伯爵夫人、エイリップさまの母君とは結局一度も顔を合わせないままだったなと私は思いました。

歓迎されているかと問われれば、顔も知らない相手なのでわかりませんが……少なくとも弔問客に対して挨拶の一つもないのはどうなのでしょう。

新伯爵もそこについては何も語りませんでしたね。

具合が悪くて伏せっているという話も聞いていないので、ご健在だと思うのですが。

（エイリップさまと同じで外出しているという可能性もあるけど、それにしたって普通はお義母さまに対して軽くご挨拶か、あるいは人前に出られる状態ではないならそのフォローを家人がするべきよね？　何もないってどうなのよ本当に！）

まあ今後、縁を繋ぐつもりはないっていう解釈でいいのかしら。いいですよね。

少なくとも私はそう思うことにいたしました！

とりあえず帰りの道中、お義母さまのお加減も安定していたのでキースさまが説明してくださったのですが……。

「ご子息は本当にただ、外出をしているだけだったようだよ」

「えっ」

キースさまの言葉に思わず私は声を上げてしまいました。

お義母さまも目を丸くしています。だってそりゃそうでしょう。

本当に外出していたの？　こんな時に⁉

「ははは、本当にびっくりするよねえ。まあさすがに子息を隠しているんじゃないかって私に言われて伯爵も腹を立てたのか、そんな真似はしないと誓ってくれたから間違いないと思うよ」

「はあ……」

思わずスペースキャット状態になりそうでしたが、まあそういうこともあるのでしょう。

とはいえ、新伯爵はこの状況を……王太子殿下の執事と英雄の娘の登場という予想外の出来事を利用しようと考えていたようです。

エイリップさまの不在も利用して、彼らを引き留めるついでに私たちを引き留める、という体でなんとか説得に当たろうと計画していたんだそうですよ。

（いやいや、穴だらけでいくらなんでも無理がありすぎでしょうに……）

謝罪案件で来てくれた王太子殿下の執事を引き留めるって。

普通だったら使用人総出で速攻エイリップさまを探し出して、新伯爵も一緒に深々と頭を下げていなきゃおかしいくらい失礼な話ですよ。

その上、私たちはともかくまったく関係ないキースさまのことまで足止めしちゃうとか！

なんならキースさまは勝手に帰れくらいに思っていたんじゃないでしょうか？

新伯爵は多分ですが……何も考えちゃいないんだと思います。

でも、私たちに同行しているっていうその意味をちょっとは考えろよって話です。

「まあそんなことだろうとは思っていたから、想像通り過ぎて笑ってしまったよ」

ちょっと突っついただけでそれらを暴露してきたというのですから、新伯爵は本当に駆け引きに向いていない人なのかもしれません。

「私がそんなことじゃあ貴族議会とか他の貴族が弔問に来た時に困ることになるんじゃないかと言ったら、ようやく面倒くさいことになるとわかったのだろうね。とっとと帰れと言われたので、ありがたく帰ることにしたのさ！」

で、私たちを伴って出てきたと。

朗らかにそんなことを言うキースさまに、私は唖然とするばかりです。

（……ってことは今頃、慌ててるんじゃないかしら）

おそらく新伯爵は、キースさま だけ帰れと言ったつもりなんじゃないでしょうか。

それをあちらが見送りに出てこないだろうと踏んで言質をとったとばかりに、キースさまは意気揚々と私たちを連れて出てきたってわけですね。

まあ悪いのはあちらなので、文句を言われることはないでしょう。

っていうか言われても困ります！

（ああ、でも遺産相続とかそういう話は大丈夫なのかしら）

法律では跡取りとして貴族議会に認定を受けた人物が爵位・家屋・土地・その他の財産を相続すると定められています。

そしてその跡取りの兄弟姉妹に関しては、相続した財産の中からの幾分かを跡取りが兄弟姉妹に分け与えること、という法律があるのです。

そしてどのように分配したのか、貴族議会に報告する義務があります。

これって聞こえはいいのですが、とっても緩い制度なんですよね！

要するに、貴族議会には事後報告という形で提出するので書類の偽造し放題なんですよ。

ファンディッド家みたいに家族間で仲が良いならいいですが、パーバス家のように当主の横暴がまかり通る場合は『法律に則って兄弟姉妹に分配した』と貴族議会に報告しつつ、実際は分配なんて一つもしていなかった……なんていう実例が過去にあるのです。

だからといって貴族家に不幸がある度に人を寄越して確認する……なんてことはクーラウム王国としても外聞が悪いので、各貴族家の良識に任されているのです。

もう幾度となく問題視されていてどう法改正するかで貴族議会でも揉めっぱなしな議題なのですが……今回はお義母さまや、お義母さまのお姉さまに遺産の分配はないかもしれません。

(お義母さまが遺産を欲しがっているわけじゃないからいいけど……なんかちょっとだけ悔しいなあ。これで悪縁が切れたと思えばいいんだろうけど……モヤモヤする!)

とはいえ、もしもお義母さまが徹底抗戦をするというならば私も協力は惜しまないつもりです。


まあそんな感じで慌ただしくパーバス家を後にした私たちは、来たときに泊まった旅亭に再び宿泊することになりました。

慌ただしさのせいもあったのでしょうが、なによりあちらでの緊迫感にすっかり滅入っていたお義母さまも解放されたのでしょう。

旅亭に着くなり眠ってしまったので、目が覚めたら摘まむものがあった方がいいだろうと私が軽食をお願いしていたところにキースさまがやってきました。

「ユリア嬢、夫人の様子はどうかな?」

「肩の荷が下りたのか、今はもう眠っています」

お義母さまにとっては緊張の連続でしたからね……。

兄である新伯爵に堂々と意見を言うことは、お義母さまにとってはとてつもない試練のようなものだったのだと思います。

それでもファンディッド子爵夫人として立ち向かったお義母さまは、とても素敵でした。

もうこれで帰るのですから、今はゆっくりと休んでいただきたいものですね。

そんな私の気持ちに気づいているのか、キースさまは優しい笑みを浮かべました。

「ゆっくり休めているならよかった。レジーナは？」

「お義母さまの傍にいてもらっています」

「そうか、それじゃあ少し補足の話をしたいんだが、時間をもらっても？」

「……わかりました」

近くにいた従業員に向かって軽食ができたら部屋へ届けてもらうようにお願いし、私たちはラウンジへと足を運びました。

私としても、あの馬車の中で受けた説明は何かが省かれているように思えて気になっていたのです。それを教えてくださるというならば、お断りする理由もありません。

「まあ、結論から話そうかな」

「……珍しく、性急ですね？」

「ユリア嬢相手にそんなに回りくどいことをしても申し訳ないからなあ」

朗らかに笑ったキースさまは、私に向かって優しく目を細めました。

その様子に、アルダールの恋人だからとかそういう理由以外の信頼を見つけたような気がしてなんだか嬉しく思ったのは秘密ですよ。

とはいえ、厄介なことに巻き込まれているという状況は変わらないんですけどね！

そこが一番問題なんだよなあ‼

「今回あのお嬢さんを連れて来たのは、貴族は甘くないってところを見せるためさ」

「え？」

「つまり、パーバス伯爵家は見せしめにちょいと絞られる。それに彼女は加担するわけだ。望む望まないとに拘わらず、ね。……自分の手を汚したことを、人は忘れがたいだろう？」

「それは……」

それはなんとも大胆なやりようだなと思いました。

確かに今まで何度となく注意勧告を受けている彼女ですが、それなりに改めている様子です。

しかし、それはあくまでもそれなりにです。

それに業を煮やした上層部が、直接的に関与させることで学ばせようとしたわけですか。

だとしたらパーバス伯爵家はいい気味……じゃなかった、いい迷惑でしょうね！

「まあパーバス新伯爵殿も、いつかはいい勉強になったと思ってくれたらいいのだがねえ」

「顔と発言が一致しておりませんよ、キースさま！」

「おやおや」

あくどい顔で笑ってちゃ説得力に欠けるってものです。

まあ、あくまで表面上は『いい勉強』なんて言っているだけで、正直なところキースさまもいい気味だって思っているのでしょう。

私も同じだからそれ以上は言いませんけどね。

「パーバス伯爵家には、どのような処罰が？」

「なあに、大したものじゃない。とはいえ領内にある鉱山を一つ失うから、それなりに痛手じゃないかな？　だけど、領地経営をきちんとしていたら大丈夫な範囲だよ」

「結構な痛手じゃありませんか」

「そうかな？　まあこれで当面はおとなしくせざるを得ないだろうね」

くすくす笑うキースさまは本当に楽しそうです。

確かパーバス伯爵家の資金源は鉱山からの銀だったと記憶しています。

なので、いくつか所有しているとはいえ一つでも欠けるのであれば、代替わりしたばかりということもあって当分は立て直しにかかりきりとなるでしょう。

特にあの新伯爵は聞くところによれば、あまり内政に明るくないようですしね。

ただまあ領民の方々が苦労しないで済むことを祈るばかりです。

「わざわざその話を聞かせていただけたということは、結論だけでなくどのようにしたのかも教えていただけるのですか？」

「ああ、そのつもりだよ」

にっこり笑ったキースさまは手を挙げて給仕を呼び、ワインを頼みました。

勿体ぶっているというよりは、話がもう少しかかるから喉を湿らせるためなのでしょう。

運ばれてきたワイングラスは二つ。

軽く掲げられたので、私も同じようにして喉を潤しました。

（これ、美味しいワインだ）

これも後でお義母さまに飲ませてあげたいなあ。

意外とお義母さまってワインがお好きなんですよね。

思わずワインに気を取られてしまいましたが、すぐに視線は戻しましたよ！

そんな私を前に、キースさまは少し真面目な顔をして口を開きました。

「今回は〝英雄の娘〟に対して謝罪をさせるというのが主目的だったが、それだけではパーバス家を咎めるには弱い。だからね、過去の問題が露呈（ろてい）することを恐れて、ある人物を恫喝（どうかつ）しようとしたという点を突くことにしたんだそうだ」

「……恫喝ですか」

それは穏やかじゃない話ですね！

過去の問題が露呈って……一体、パーバス伯爵家の過去に何があったのでしょう。

私が眉を顰（ひそ）めたところでキースさまは真面目な顔で続けました。

「ライラ・クレドリタス。この女性を、君も知っているね？」

まさかここで出てくるとは思わなかった名前に、私は目を瞬かせました。

ライラ・クレドリタスという女性を……私は確かに知っているのです。

ですが、その名前がキースさまの口から出てきて私は目を丸くするしかできません。

「どのようにあの執事殿が話を進めるかはわからないが……バウム家の元使用人とでも名乗る人物を商人のツテで雇って、アルダールに接触させようとしていたこと。そして、バウム家の醜聞を広めることでダメージを与えようとしているらしい、ということだね」

「……している、ですか」

上手く言葉を濁し、それがあたかも本当のことであるかのように語れば、それが事実にとって代わることもあるのでしょう。

なによりその筋書きは、以前、ミュリエッタさんが私に聞かせてくれた話と一致するのです。

（ということは、パーバス伯爵家がタルボット商会と縁を切られて困るのは、足がつかない人間を用立てるためだった？　それともすでに用立てていて、露見することを恐れた？）

どちらにせよ、碌でもない話だな!!

すでにタルボット商会はパーバス家と距離を置いているのです。今更になって自分たちが不利になるような失敗は犯さないでしょう。

もしもすでに関与していて、それを理由に縁切りをしようとしたならば……おそらくもっと慎重に行動を起こしたに違いありません。

あんな、他国との問題で打ちのめされても恐ろしい早さで再生してくるような商人が、簡単に不利になるような証拠を掴ませるわけがないのです。

「この話はあのお嬢さんには聞かせていない。自分が伯爵家に対して何かしらの行動を起こす理由にされているとは感じているだろうが、何も知らないからこそ責任の重さを考えてくれたらと、そう願うばかりだ」

「……彼女はさぞ驚くことでしょうね」

「ああ、そうだろうね」

（アルダールとクレドリタス夫人のことは、バウム家でも一部の人間しか知らない話。それをミュリエッタさんが知っているという事実を、ここで利用してくるとは思わなかった）

私もそうですが、ミュリエッタさんも『まさか』と思うことでしょうね。

ミュリエッタさんは彼女自身の発言によって、じわじわと追い詰められているような気がします。

ライラ・クレドリタスに関する予知を語ったあの日、彼女はアルダールと私を別れさせるためだけにその話をしたのであって、他意は無かったのだと思います。

ですがまあ、それはあくまで彼女にとっての話であって、貴族家の内情を何故知っているのかという問題はまた別の話。

あの時は私以外にもエーレンさんがいて、貴族家のいざこざに万が一でも巻き込まれてはいけないとエーレンさんには無理矢理買い物に出て行ってもらったのが懐かしいですね。

ミュリエッタさんの『予知』とされるその言葉に、救われる人もいれば、振り回される人もいるんですよね……。エーレンさんがいい例です。

「まあこれで彼女もパーバス伯爵家も、当分は大人しくせざるを得ないだろうさ」

「……そうですね」

「おや、嬉しくないのかい？　まあ、正直やり方が綺麗とはお世辞でも言えないからなあ！」

「そうであってくれれば、と思っただけですわ」

くすくす笑うキースさまに、私は曖昧（あいまい）に笑うしかできませんでした。

いや、そりゃそうでしょうよ。

いい気味だとかホッとしたとか……私だっていろいろと思うところはあります。

ですがキースさまが仰ったように、やり方が綺麗ではない……というかなんというか、正直な気持ちを一言で表すなら『怖いなあ』といったところでしょうか？

今回、ニコラスさんたちが私たちに同行した理由としては、おそらくですがミュリエッタさんが以前にお義母さまを前に不可解な反応を見せたあれを確認したかったのでしょう。

（ニコラスさんが今回の旅でどのように判断したのかはわからないけれど）

いずれにせよ、外側からじわりじわりと狭められている『自由』。

それをミュリエッタさんも自覚せざるを得ない状況であったのは、確かだと思います。

（また利用されたなあ）

悔しいといった感情は特にないです。

どちらかといえば本当にどうしてこう、面倒なことに巻き込まれるのかなって感じですね。

私からしてみると、偶然の産物が重なり過ぎてキャパオーバーしそうです。

パーバス家と縁ができたのも偶然ですし、クレドリタス夫人がパーバス家と縁があるのも偶然、バウム伯爵さまが彼女を助けたのも偶然なんですよ、私からすると！

偶然が偶然を呼んで、いやあ、世間って狭いなあ‼

（そんでもってその結果、面倒な立場になってしまったアルダールと私が恋人になったのも、ディーンさまがプリメラさまに恋したことがきっかけだったわけだし……）

ゲームの展開と違うことがきっかけだし、その付き添いで彼が来たことも、私がプリメラさまに一生懸命お仕えしていたからっていう理由で恋に発展したのも、私からすれば偶然なんですよ。

（普通にお仕事を頑張ってたらいいようになったってだけ）

そしてまさかの転生者なミュリエッタさんが私の恋人に惚れていたってことも、私からしてみれば偶然でしかないのです。

そう、なにもかもが偶然でこんなにも重なりやがってこんちくしょう。

やけっぱちな気分になったってしょうがないじゃないですか！

（まあでもこうやって私に説明してくるってことは、出る幕はないってことですね）

全部計画通りに進んだから、巻き添え食った人間にはお詫びとして説明できる範囲は説明しておこうかなってところですかね。

勝手に探ったりなどしませんが、万が一にでも興味本位で首を突っ込まれては敵わないという部分が大きいような気がします。

それを利用しようとする貴族もいるかもしれないですし。いや多分いる。絶対。

はー、そういうとこだぞ！　貴族社会の面倒くささ‼

「まあこれで、いろいろと落ち着くはずさ。あのお嬢さんも此処らで現実を見据えて、落ち着いてくれるといいんだがね」

「……そうですね」

「アルダールのやつも、もうそろそろ任務から解放されてもいい頃だと思うんだがなあ。腕っ節が強いというのもなかなか面倒なことだ」

苦笑するキースさまは、面倒だとか茶化すような言い方をしてはいますが……きっとアルダールのことを心配しているのでしょう。良い先輩ですよね。

私も、アルダールが会いに来てくれた際に疲労を滲ませていたことを思い出すと、やはり心配になりますもの。

「そのうち、アルダールと共に、キースさまとどこかご一緒できたらいいですね」

「そうだねえ、またセレッセ領に遊びに来てくれたらいい。勿論、メレク殿やディーン殿も一緒で構わないよ。我が家に泊まりがけで遊びに来るといい。お泊まり会を開いてあげようじゃないか」

「まあ！　そんな子供がするような……でも、楽しそう」

ぱちりとウィンクしてくるキースさまに、私は思わず吹き出してしまいました。

ああ、先ほどまで怖いことをさらりと言っていた同一人物とは思えません！

（お泊まり会だなんて！）

突然そんなことを言い出すから、笑ってしまったではありませんか。

こういうところが、人に好かれるところなのでしょうね。

「妻も私もそういうことが好きでね。勿論オルタンスもだ。貴族は見栄と対面を重視するが、それでも気心の知れた相手と楽しむ場合は別だろう？」

「わかる気がいたします。父が隠居をする日が決まり、メレクが正式に子爵家当主となる前に計画できたらいいのですが……」

「そうだなあ。メレク殿が当主になったら結婚式でのあれこれだの、お披露目だの、お偉方に挨拶だの、顔出しだの……多忙になってしまうだろうからなあ」

顎に手を当てて「うーん」と思案げな表情を見せるキースさまは、もう既に計画を立て始めているようです。なんだかすごい計画を立てそうですよね。

ただのお泊まり会では終わらないような気がしますが、私もそれがちょっと楽しみになってきてしまったかもしれません。

いつ実現できるかはわかりませんが！

「ああ、そうだ。企画で思い出したけれど……公爵夫人が何か楽しげなことを計画しているって小耳に挟んだんだが、ユリア嬢も一枚噛んでいるのかな？」

「あら」

すごいな、さすが社交界の達人。

ビアンカさまが身内で遊ぼうと計画をしていることまで知っているだなんて、耳聡いなんてものじゃありませんよ。

私はにこりと微笑みました。

「詳しくは私も存じ上げませんが、ご一緒させていただくことになっております」

「そうか。楽しんでくるといいよ」

「え？」

「アルダールのやつが参加できるかは知らないが、女性には女性の楽しみがあるだろうからね」

話題を振った割に、キースさまは突っ込んで聞こうとはしてこないのです。

再びウィンクをされた私は首を傾げるしかありません。

（それってつまり、ビアンカさまの計画は近日決行ってことなのかしら？）

というか、それをキースさまがバラしたって知ったら、ビアンカさま不機嫌にならないかしらと思いましたが……私もそこはオトナですからね！

胸のうちに収めて黙すると決めました。

「さてそれじゃあ種明かしは終いとしようか。ユリア嬢もいろいろと巻き込まれてしまって大変だったろう？　今日はゆっくり休むといい」

「……いえ、そのような」

「王女宮筆頭としての君は、とても評価されている。そして、君個人もね。少なくとも、英雄の娘よりもずっとだよ」

「え?」

「深く考えずに、この賛辞を素直に受け取ってほしい」

「キースさま……?」

にこりと笑って立ち上がったキースさまが、私に手を差し出して立ち上がらせました。

賛辞を素直に受け取る……つまり仕事ぶりから判断して私は、ミュリエッタさんよりも高く評価されているということになりますが。

(今更、なんで?)

評価していただいていることは知っていますし、自信もありますよ!

だってプリメラさまが笑ってくれる限り私はあの方のために、恥じることない生き方をしていると自負していますからね!

何を言っているんだろうくらいの気持ちでいる私の様子に苦笑しながら、キースさまは紳士らしく私を部屋に送ってくださったのでした。

(なんだったんだろう……)

私は首を傾げながら、長い一日を終えてベッドに身を横たえるのでした。

第二章　乙女心と琥珀糖

そして翌日、私たちはファンディッド家へ寄ってから王城へ戻りました。

別れ際、お義母さまが私の手を握ってこっそり『兄の部屋に絶縁状を置いてきた』と教えてくれました。私が驚くと、お義母さまはまるで少女のように笑ったのです。

『本当は叩きつけてやりたかったけれど怖くて……ふふ、だめねえ』

へにゃりと眉を下げて笑うお義母さまでしたが、私は知っています。

絶縁状を用意して置いてくるってだけでも、ものすごく勇気を出したんだってことを。

『……次は、城下町に遊びに行くわ。もう自分の殻に閉じこもらないって、決めたの』

『お待ちしております。次は他にもいろいろと案内したい場所もあるので、一週間くらい泊まりがけで来てください！　私も休みを取りますから‼』

『あら、まあ。ユリアったら！』

私たちがそんなやりとりをしているのをお父さまとメレクが不思議そうに、そしてキースさまは微笑ましそうに見ていたのが少し恥ずかしかったですけれど。

いろいろな柵（しがらみ）から解放されたお義母さまと、これから母娘としていろいろなことをしたいなあと思うのは当然じゃないですか。

王都で案内したい場所はもうね、ガイドブックにもいっぱい付箋（ふせん）が貼ってありますし？

美味しいレストランとかミッチェランのカフェとか他にもあれこれね！

張り切りすぎではと自分でも少し思って、内心恥ずかしくなっておりますが……。

（いいじゃない、楽しみにしたって‼）

せっかくのお義母さまが勇気を出したのです、私も恥ずかしがってばかりいられませんからね。


さて、そんな感じで王城に帰ってからは日常に戻ったわけですが……。

結局の所、パーバス伯爵家で弔問後に何があったか、私は知りません。

ミュリエッタさんとそもそも会いませんし、彼らが帰ってきているかどうかも不明です。

キースさまが帰りがけに説明してくれたことで、何をする予定で、それがどう作用するのかということはわかったわけですが……ぶっちゃけそれだけです。

詳細は不明。以上。

（まあ、それが普通なんだろうけどね！）

ミュリエッタさんは私の交友関係の中で分類するなら知人ってところですし、あえて彼女がどうなったのかとか報告を受けるような間柄ではないのです。

ただまあ私が王城勤務に戻った翌日には、ニコラスさんも王太子殿下の後ろに控えておりましたので……おそらく私たちが出て行ってすぐ、彼らもパーバス家をお暇したのだとは思います。

ちなみに視線がバッチリ合いましたけど、ニコラスさんから私に接触してくることはありませんでした。だから、まあそんな感じでいいんでしょう。

まあニコラスさんの対応のあれこれはセバスチャンさんに言ってあります。お覚悟を。

（ついでといってはなんだけど……エイリップさまもどうなったことやら）

本当に出かけていただけなら、戻った後に大目玉を食らったのでしょう。ただまあ、その責任をこちらになすりつけようもんなら今度こそ警備隊に突き出してやろうと思います。

その前に、元いた部隊に戻れるのでしょうか?

私が心配することではないでしょうから、その時はその時ですね!

「ねえユリア」

「はい、プリメラさま。いかがなさいましたか?」

「ううん、大したことじゃないんだけど……明日の、ビアンカ先生とのお出かけについてね?」

「はい」

「ユリアも行き先は知らないの?」

「申し訳ございません、存じ上げず……」

そう。そんな鬱々としたお話なんて頭の片隅に追いやってしまいましょう!!

明日は楽しいお出かけの日なのです。

なんと、王城に戻ってすぐクリストファが来ましてね?

口頭での伝言の他に、必要事項を記された無記名の手紙をもらったのです。

こう、秘密のやりとりっぽいじゃありませんか。

お茶目な笑みを浮かべたビアンカさまのお姿が目に浮かぶようです……。

いやまあ、クリストファが伝令に来ている段階で公爵家からの手紙ってバレバレではありますが。

ということで!

なんとビアンカさまは、自身の担当である礼儀作法の授業がある日をまるっと一日お出かけの日

として申請したようなのです。すごいね⁉

名目上は城外での実地指導……となっていますが、それどういうシチュエーション？

城外で礼儀作法の授業って、よくオッケー出たよね？

（そこら辺はごり押ししたのかなあ）

思わずツッコミそうになりますが、通ったんだからいいんでしょう。多分ね。

手紙には服装の指定もあって、可能な限り地味な格好をするようにとありましたが……。

（お忍びだから地味な格好っていうのはわかるけど、行き先は秘密なままなんだよね）

そこは最後まで秘密らしいのです。

プリメラさまも気になっているようですが、私も詳細は何一つ知らされていないのです。

本来でしたら王女殿下の外出なので、護衛の件とか諸々あって把握しておくべきことなのですが、今回に限っては全ての采配がビアンカさまに委ねられていますので……。

私の言葉に、プリメラさまは小首を傾げました。可愛いか。可愛いです。

「ユリアも知らないのね」

「はい。ただ、馬に乗るようなことはないということは聞き及んでおります。なんでも、馬車での移動であることと、行き先も城下町のみと聞き及んでおりますが……」

スケジュールと護衛の都合もあって、遠出は難しいことはわかっていたことです。

ですので、城下町で何か計画を立てておられるということは察しがつくというもの。

ビアンカさまのことですから、心配はしておりません。きっと楽しくなるでしょう。

最近変なことばかり続いたので、こういう驚きは嬉しいですよね！

「一体何をするのかしら？　楽しみにしていてねって以前お会いした時に仰っていたけど……」

「きっとビアンカさまのことですから、素敵な予定を立ててくださったに違いありません」

「そうよね！　どうしよう、楽しみで今日の夜は寝られないかもしれないわ！」

「まあ、プリメラさまったら」

本当に可愛いんだから！　もう!!

でも気持ちは痛いほどわかります。わかりますとも。

社交シーズンも落ち着きましたし、ビアンカさまもきっと楽しみにしていることでしょう。

むしろこのお出かけのために仕事を頑張ったとか言いそうですよ。

「王女騎士団から連れて行ける護衛は一人なのよね？」

「はい、そちらはすでに人選が済んでおります」

「そうなのね。ああ、楽しみでどうしよう。そわそわしちゃうの！　秘密ってわかっているのに、おばあさまに話したくてたまらないわ！」

くすくす笑うプリメラさま、ああうん、控えめに言って天使。

守りたい、この笑顔！

さて、何故プリメラさまが秘密をおばあさまに……と仰ったかと言うと、今日は王太后さまのところで国内の貴族家についてお勉強をするからなのです。

お茶会形式で、基本的に王太后さまが話を聞かせてくださる形なのですが……。

いえ、私は侍女として後ろに控えているだけなんですけどね！

私は私で、お聞かせいただいた話を元に貴族家について学ぶのです。

これも侍女としては必須科目と言えるのではないでしょうか？

貴族家の成り立ちを主に、他家の侍女や執事、秘書官など、どういった人間がその家にとって重要視されているのか、どの人材が信頼されているのか、そういう見極め方ですとか……そういうことも教えていただけるのです。

すごい情報の塊（かたまり）ですよ、これは！

（本当に勉強になるわあ……）

王女としての公務がこれから忙しくなる中で、主人同士が駆け引きをするのと同時に私たち使用人勢も端々（はしばし）に目を光らせ、少しでも主人の役に立てるよう努力が求められるのです。

雑多なことでプリメラさまを煩わせるわけには参りませんからね‼

そういう意味でセバスチャンさんは陛下の執事であったことから百戦錬磨ですが、私はその点まだまだ未熟ですから……くっ、なかなかあの背中には追いつけません。

とはいえ王女宮を預かっているのはこのユリア・フォン・ファンディッドなのです。

私がしっかりしなくてどうするのか！

（そもそも王太后さまのお話は、常に聞いているだけでためになりますからね……）

日頃の会話だけでも淑女として学ぶところがたくさんある御方です。

もうね、日々脳内メモをフル活用しても追いつかないほどの情報量なんです！

すっごいためになるんですが、知恵熱が出そうな勢いだわあ……。

そこは涼しい顔をしてやってのけるのがオトナってもんですけどね！

（でもボイスレコーダーがほしい。切実に）

……弱音を吐きたいこともしばしばありますが、私は元気です……。

だって貴族家の成り立ちとか、そこに付随して周辺の貴族家の関係性ですとか、派閥がそこに加わってどのように他国とも繋がっているとか、一度では憶えきれないんだもの！

まあなんとかやってみせますけども‼

（明日になれば楽しいイベント！　これを糧に今日も頑張らなくては……）

そう、脳みそフル稼働して頑張ったご褒美が私には待っているのです。

この言葉を胸に、今日も乗り切るのです‼

「そうそう。今期の社交シーズンは終わったけれど、プリメラには軽い茶会などに参加してもらうつもりだから、ユリアもそのつもりでいてちょうだい。ドレスの準備をよろしくね？」

「かしこまりました」

「そうねえ、王女とはいえ社交界ではまだ新参者。華やかすぎず、かといって地味すぎず……色は明るめ、装飾品はまだデビュー前の子供だから控えめがいいかしら」

王太后さまの言葉に、私は頭を下げました。

今、顔が緩みそうなのを必死に堪えておりますよ。

（おお……本格的にプリメラさまの社交が始まるのかあ……！）

天使が降臨したって大騒ぎにならないかな？　大丈夫かな⁉

いや、一部界隈（主に国王陛下）がプリメラさまの尊さを訴えているので、貴族たちの間でも有名になっていそうな気はしますが。

そんなプリメラさまは王太后さまの言葉に緊張の面持ちです。

やはり本格的に社交に参加するというのは、ドキドキしますよね！

ううーん、そんな顔もとても可愛らしい。

でもなんとなく、私も緊張してしまいそうです。

なにせ、私もプリメラさまの後ろに控える侍女として参加するのです。

メイナやスカーレットだと年若いという理由で侮られそうですし、セバスチャンさんだとドレスや髪型にトラブルがあった際、あまり手が出せない場合もあるでしょう。年齢差があるとはいえ、異性という部分を問題視されることもあり得ますので……。

そういう点を含め、私が行くのが最適解なのです。

なんたって、私、王女宮筆頭ですが同時にプリメラさまの専属侍女ですし？

私がついていかないで、誰が行く！

「ついでだから貴女もドレスを何着か作っておきなさいね、ユリア」

「はい。……はい？」

「あらいやだ、もう耳が遠くなったの？　まだまだ若いのだから体には気をつけるのよ？」

「いえ、そうではなく。なぜ私も……」

「貴女だって子爵令嬢として、買い揃えるばかりじゃなくてきちんと一から採寸をして誂えたものをいくつか持っておくべきよ？」

くすくす笑う王太后さまがひらりと手を振れば、針子のおばあちゃんがいつの間にか私たちの傍にいました。

おばあちゃんの手には巻き尺が握られているではありませんか。

ニコニコ笑うその姿は愛らしいですが、どことなく……気合いが入っているような……？

「し、しかし、社交界デビューの際もドレスをいただきましたし」

「あらあら。それとこれとはまた別よ？　さあさ、今回はわたくしが手配してあげますから、諦めて受け取りなさいな」

「お、王太后さま……」

ホホホと笑った王太后さまですが、私も『じゃあ喜んで！』とはなりません。

だって『ドレスを何着か』なんて軽く仰いますが、フルオーダーってことですよね⁉

普段から着るわけではないのですし、別に既製品（プレタポルテ）でも十分じゃないかと言いたいところですが……言えるわけもなく。

そんな私をよそに、王太后さまはプリメラさまの背を軽く押すようにして歩き出しました。

「プリメラはあちらでわたくしと次の社交についてお話ししましょうね。わたくし主催で行う茶会からになるから、招くのは高位貴族になるわ」

「公爵家の夫人たち？」

「ええ。まあそれ以外にもいるのだけれど……そこで注意なのはね……」

あああ、なんだか重要そうな話をしておられるのに遠ざかってもう聞こえません。

私はおばあちゃんに連れられて採寸のために別室へと手を引かれ、お二人の姿を後ろ髪を引かれる思いで見送りました。

その話、もう少し詳しく聞きたかったです！

後ほど、プリメラさまに教えていただきましょう。

ちなみに別室に着いてすぐ採寸されましたが、社交界デビューの時とサイズは変わっていないと言われて胸をなで下ろしました！

これでほら、いろいろとサイズアップしていたら慌ててダイエットしなくてはいけませんから。決してね、あれですよ？

最近ちょっとオヤツ食べ過ぎているかしらなんて不安はないですからね‼

「ババア、頑張る、からね……」

採寸メモを書き終えたおばあちゃんはやる気を表すかのように力こぶを作るポーズをして笑顔を向けてくださいました。可愛い！

思わず胸がキュンとしてしまいましたが、やはり可愛いは正義なんですよ。

そこに年齢とか関係ないのです！

だって可愛いんだもの‼

張り切った様子でスケッチブックを取り出し、デザインに取りかかろうとするおばあちゃんを見て働き者だなあと感動しつつ、私はきちんとお礼を言うことにしました。

そうです、季節に合わせてこれまでも何着か、おばあちゃんが善意で私にワンピースなどをくれたことがあるのです。

それらは着心地も良くて、デザインも素敵で……働いている宮が違うことに加えて王太后さま付きであるおばあちゃんとはなかなか時間も合わず、お礼を言うなら今なのです。

「あのっ……いつも素敵なドレスやワンピース、ありがとうございます」

「喜んでくれたら……嬉しいわ……」

「本当にいつも嬉しくって！　あの、でも！　代金は必ず支払いますので‼」

そうです、いつまでもご厚意に甘えてばかりはいられません！

今回に関しては王太后さまからのものなので、お断りする方が失礼でしょうが……これまでいただいたものに加え、これからも相談をするでしょうし、アレンジなどでお手伝いいただいた分も含めて私としてはきちんとお支払いしたかったのです。

親しき仲にも礼儀あり、こういうところは大事ですよね！

けれど、おばあちゃんは私の言葉にキョトンとしていたかと思うと、はにかむように微笑んだではありませんか。

うん可愛い。可愛いが過ぎる。

また胸がキュンってしまいました。

「あのね、王太后さまは、ああ、仰ったけれど……」

おばあちゃんが、そっと私の手を取って優しく撫でてくれました。

最近忙しくてなかなか一緒にお茶もできませんが、ああ、おばあちゃん……！

思わず手を握り返した私ですが、誰も見ていないので許して。

「頑張ってる、孫に、ババアからの、ご褒美をあげたいの……ね？　いいでしょ……？」

お、おばあちゃあああああああんん‼

そんなの言われちゃったら受け取るしかないじゃありませんか！

ええ、ええ、私は孫ですからね！

今度はおばあちゃんに私からもたくさんプレゼントを贈りますからね‼


はあ、幸せ。

そしてやってまいりました、ビアンカさまプレゼンツのピクニックデーです。

待ち合わせは、王城の裏口。

プリメラさまは目立たないようにフード付きのマント姿です。ちなみに私も。

まあこれらはレジーナさんを通じて言われたものを用意して着用したのですが、なんというか。

（逆に怪しくないかな？）

全員フード付きマントで王城の裏口集合って、逆に目立たないのかしら……。

どう考えても怪しい集団でしかないような気がしてなりません。

そう思った私は多分悪くないはず！

しかしなんだか、イケナイことをしているみたいでワクワク気分もあります。

反省はしていない！　だって楽しいことをしているんですからね‼

「ねえユリア、なんだかドキドキするね！」

「はい、プリメラさま」

今回は指定されているとおり、プリメラさまには普段よりも簡素なドレスをお召しいただいております。やはり王女殿下のお忍びですからね！

とはいえ、いくら簡素なドレスにしても麗しいプリメラさまの輝きを隠し切れていないのでそこが少々難点と言えば難点でしょうか。

いいえ！　むしろ簡素なドレスを身に纏っても、まるでそれが最先端の流行であるかのように着こなしてしまわれる、やはりプリメラさまの魅力はすごいのです‼

まあそれはともかくとして、目立たないように……っていう意図があるのは理解しているのですが、それだったら私はそのままでもよかったのでは……。

なんせ、モブ・オブ・モブなこの私ですから。

普段から地味だって言われているのでより地味になることに意味はあるのでしょうか？

そう思いましたが、プリメラさまが楽しそうでなによりです！

やはりそこが大事ですものね‼

ちなみにレジーナさんも騎士隊の制服ではなく、動きやすそうな私服です。

「レジーナも、素敵よ！」

「ありがとうございます、殿下。みなさまとご一緒するのに妥当か自信はないのですが……精一杯、本日の護衛を務めさせていただきます」

護衛役として来たとはいえ、レジーナさんも今日はお忍びという扱いですからね。

騎士隊の制服よりは防御力も劣るでしょうし、騎士隊の紋章付きの剣を持ち歩くわけにもいかないので……その点が彼女にしても少し懸念材料でしょうか？

なにせ今回はビアンカさま主導のミステリーツアーのようなもの。

どこに行くかもわからないだなんて、王族を連れてのお忍びとしては許されないものです。

まあ、ビアンカさまのことですから要所要所で安全対策を講じてもおられることでしょう。

（それにしても……）

私はレジーナさんをジッと見つめました。

彼女は男装に近い格好で腰に細身の剣を佩いてマントを着用しているので、見ようによっては冒険者のようで……うん、なんだろう女性にモテる女性ってこういう人を言うんだろうな！

レジーナさんは私の視線に気がついて、にこっと笑って私に耳打ちしました。

「冒険者を意識してみたんです。これなら町中で剣を持っていてもおかしくないでしょう？」

「ええ。とてもかっこいいわ」

「ありがとうございます」

レジーナさんなら頼りになるって知っていますからね！

それに冒険者のようだと言ってもその服、結構いいところのブティックで買ったヤツですよね。

かっこ良すぎて町中で女性たちにキャアキャア言われちゃうんじゃないでしょうか？

（そうなったらメッタボンもやきもちを……やかないかあ、メッタボンだもんな）

ラブラブだからなのか、レジーナさんたちってあまり嫉妬している姿が想像できないっていうか
……大人なんだよなあ。

少々憧れる関係性ですよね。

（私ももう少し、アルダールのことでやきもち妬かないようにしなくちゃ）

妬かれることもあるので、まあ私たちは私たちできっとお似合いなんでしょう！

そんなこんなで私たちがビアンカさまの用意した馬車に乗り込めば、ビアンカさまが大輪の花のような笑顔でお出迎えくださいました。

おおう、笑顔がまぶしい！

今日も大変美人です、ありがとうございます。眼福眼福ゥ！

「おはようみんな、待たせてごめんなさいね？　それじゃあ行きましょうか！」

「あの、ビアンカさま。それで一体どちらに……？」

張り切っておいでのビアンカさまは美味しいお茶菓子とお茶を準備してくれていました。

とはいえ、馬車が走り出しても行く先についてはまだ教えてくれません。

思わず焦れて私が問えば、ビアンカさまがより笑みを深いものにしました。

「まあまあ。大丈夫よ、変なところではないから安心してちょうだい」

「それは、信じておりますけれど……」

「あらそれは嬉しいわ！」

可愛らしい笑顔のビアンカさま、尊い。

もうこの方どうしてこんな無邪気に喜ぶのかしら。

年上のお姉さまで色気もすごくてキリッとした美人でまさしくザ・高嶺の花！

なのに、ふとした時に見せるこういう笑顔が可愛いとかさあ！　ギャップ萌えがすごい。

「プリメラも、ビアンカ先生のこと信じてます！」

「ありがとうございます、プリメラさま」

私とのやりとりに割って入るようにして主張するプリメラさまも尊い。

ああもう。この空間は尊いが過ぎる！

なんという天国でしょうか。

思わず感激する私へレジーナさんが若干残念なものを見る目を向けていましたが、そこはあえてスルーです。

いいんですよ、素晴らしいものは素晴らしいんです。

それでいいじゃないですかー！

（でも、ビアンカさまの護衛はどこに……？　もしかして御者さんがそうなのかしら）

私が視線を御者さんの方に向けていることに気づいたのでしょう、ビアンカさまはふふっと妖艶に笑いました。

（えっ、その笑みの意味は……？）

思わずドキッとしてしまいましたね。いやあ、美人の意味深な微笑みごちそうさまです！

そんなこんなでお茶を飲み干したビアンカさまが、笑って私たちを見渡しました。

「行く先なのだけれど、そう遠くないところなの。安心して、ちゃんと手配してあるから安全も確保してあるわ。まず、今日の予定から説明するわね？」

ようやくビアンカさまが詳しいことを教えてくださいました。

それによると、とある商会を今日は貸し切りにしているらしいのです。

そこで一般庶民のように品を直接見て選び、買い物を体験する計画だそうです。

そして買った品を持って公爵家の町屋敷に向かい、それをもって授業の一貫とする……計画なのだとか。

シンプルで動きやすい服装というのは、野外での活動を想定に入れたお茶会のためらしいんですが……ちょっとそれ、言い訳としては苦しくないですかね？

（それを追及するとなると、矢面に立たされるのはおそらく私なんですけど……）

筆頭侍女として何故お諫めしなかったのかとあれこれ言われる未来しか見えない。まあその辺りも配慮していただいていると思いますので心配はしておりませんが！

しかしプリメラさまもビアンカさまも、とても楽しそうです。

何故かって？

私やレジーナさんは普段から自分で買い物に出たりすることができます。

いや、私も護衛を必要とする側の人間ではあるのですが、それでもアルダールやレジーナさん、メッタボンのように気心の知れた間柄の人が付き添ってくれることを考えると、一般の令嬢たちに比べて自由に振る舞えている方だと思います。

けれど、プリメラさまとビアンカさまは違います。

いつだって注目され、その身分の高さから寝食関わらず常時護衛がつき、食べるものでさえ限られた人間を介してであり、直接店へ見に行くなんてもってのほか。

気まぐれにウィンドウショッピングなんて、できる立場ではないのです。

そうしたかったらお店ごと呼べって世界ですからね。

彼女たちが望むのは、そういうものではないのだとしても……そうせざるを得ないのが、身分というものなのです。貴人には貴人の苦労があるんですよ。

そして、それを理解している貴婦人たちでもあるからこそ、今日が楽しみなのだと思います。

（……ビアンカさまったら今回の社交シーズンで相当、鬱憤が溜まっていたんでしょうねえ……）

今年の社交界は、ウィナー男爵とミュリエッタさんの話題で持ちきりだったでしょうから！

おそらくそれに付随して、私とアルダールのこともさぞ噂されていたことでしょう。

そうなると、私と個人的に交流があって尚且つウィナー家の後見役を任されている公爵家の夫人として、ビアンカさまはきっと多くの方々から探りを入れられたに違いありません。

あの宰相閣下に直接探りを入れに行くのはきっとみんな怖いでしょうからね……いや、おそらく数人程度はいたと思いますけども。

いずれにせよ、ビアンカさまの心労は計り知れません。

「わたくしが連れてきた護衛は、気づいているかもしれないけれど御者の二人よ。腕は確かだから安心してちょうだい。基本的に彼らには周辺警護を命じてあるから、店内や私たちの身辺についてはそちらの女性騎士殿一人にお任せすることになるけれど……」

「承知いたしました」

「ええ、よろしく頼むわ」

「大丈夫よ、先生。レジーナはとっても優秀な護衛騎士ですもの！　ね、ユリア‼」

「はい」

プリメラさまの太鼓判に思わずレジーナさんが咳払いで誤魔化していましたが、私は見逃しませ

んでしたよ！　その耳が赤いのをばっちり見ましたからね‼

普段は凜(りん)としているレジーナさんですが、やっぱりこういうところが可愛らしいですよね。

はあー、天は二物を与えずって言いますがこの世界、二物どころか三物とか与えすぎじゃない？

大盤振る舞いだったのでしょうかね？

おかげで目の保養で忙しいですありがとうございます！

とはいえヒシヒシと感じていることがあります。

（……まさかだけど私だけ、場違いな感あるな……？）

可愛くって将来美人になることが確定していて、天才な上に天使な王女殿下でしょ？

美貌の才媛、社交界の頂点である気品と色気を備え持つ公爵夫人でしょ？

そしてクール系美人で実力派な護衛騎士ときたもんだ。

（ちょっと豪華が過ぎませんかね）

私なんて努力系地味女子ですが何か⁉

なんだこの女子会……。圧倒的に不利だぞ……。

いえ、競っているわけじゃないんですけど。

それにしても居心地が良い空間です。本当に私は周りに恵まれたのだなあと改めて思いました。

この人たちと一緒にいられる幸せを、噛みしめちゃいますよね！

「ああ、ほら。着くわよ？」

じーんと幸せを加味して見ていると、ビアンカさまが意味ありげに私に向かってウィンクしてくるではありませんか。

窓の外を見ろと言われた気がして、私は思わず声を上げました。

「……あ……！」

そうです。外の景色を見て、私は馬車がどこに向かっているのかわかったのです。

この道に続く、商店。

それは私もよく知っているところ。

慌ててビアンカさまを見れば、悪戯が成功したと確信した笑顔があります。

（ああ、ああ、この人は！）

私の様子に気がついたプリメラさまとレジーナさんが不思議そうに私たちを見ていましたが、私は彼女たちに何も言えませんでした。

「さあプリメラさま、着きましたわ。こちらが今、庶民の間で人気のマシュマロやグミを多く扱う店ですの。きっとお楽しみいただけます」

「まあ！　マシュマロ！」

ぱっと笑顔を浮かべたプリメラさまに、ビアンカさまは笑顔で頷きました。

そして馬車が止まり、御者さんたちが扉を開け、私たちは降りて……プリメラさまが、ゆっくりと頭上の看板を見上げて足を止めました。

その様子に気がついておいでなのを理解した上で、ビアンカさまが優しく言いました。

「ここはナシャンダ侯爵さまが懇意にしているジェンダ商会ですわ」

呆然とした様子のプリメラさまの手を取って、ビアンカさまがドアを開けました。

チリリンという軽やかな鈴の音が私たちの耳をくすぐり、そして明るい店内に足を踏み入れれば

そこは私にとって見知ったものでした。

いつも通りの品揃え、いつもの飾り。

それは普段、近所の人たちが買いに来る日用品だったりお菓子だったり、贈答品だったり……そう、それこそ日常通うスーパーマーケットみたいな。

しかし今日は、他のお客さんの姿は人っ子一人いません。

奥の会計所に、ジェンダ夫妻の姿があるだけです。

だって、貸し切りだから!!

「さあプリメラさま、好きにご覧くださいまし」

「う、うん……」

ジェンダ商会の会頭さん夫婦が、おっかなびっくり商品を見ているプリメラさまを優しい目で見守っている姿を、私は隅で見ていました。

(ビアンカさまから連絡もらった時……会頭さんはさぞかし驚いただろうなあ)

私にはできない芸当だと、そう思いました。考えたこともありませんでしたが。

王女を城から連れ出すことも、商会を貸し切ることも、私には……できませんから。

いえ、おそらく……望めば、きっと。

多くの人が、手伝ってくれて、私でも実現させることは可能だと思うのです。

でも、私はそうしませんでした。

(プリメラさまが、喜ぶと知っていても)

それをしてはいけない気がしたから、です。

言い訳になるでしょうか？

侍女として、プリメラさまに『かあさま』と呼ばれている段階で、距離感を間違えていると言われてもおかしくないというのに。

それでも、私は〝侍女として〟その境界線を侵してはいけないと、思ったのです。

（……難しいなあ）

いや、以前ナシャンダ侯爵さまのところに会頭さんを呼ぶ案を出した身としてはね！

いろいろと思うところは勿論あるわけですが‼

しかしこうやって、堂々と……というのは語弊がありますが、『お忍び』だからこそできることがたくさんあるということはまた別の問題なのです。

こうしてここまで近い距離でプリメラさまのお姿を見ることができて、言葉を交わすこともできて……祖父母と孫という関係での会話は無理ですが、王城やそのほか、貴族邸宅での会見に比べればフランクなものになりますよね。

きっとそれが、あの方たちにとっては今現在における最良なのでしょう。

「あら、難しい顔してるわね？」

「ビアンカさま」

「……貴女の考えていることを当ててあげましょうか。どうせユリアのことだから、身分だの立場だの……複雑に考えすぎているんじゃないかしら？　どう、違う？」

隅の戸棚を見るふりをしていた私に、ビアンカさまは笑顔で話しかけてくださいましたが、どうやら私がなんとなくもやもやしていることなどお見通しのご様子。

うん、いや別にね？

やろうと思えばできたけれど、いろいろな人に迷惑を掛けるからやってはいけないと思っていたことをあっさりビアンカさまが叶えてしまったところにこう、呆然としたというか、別に嫉妬とかそういうのではなくて……。

そうです。なんだか、こう、呆気に取られてしまったのです。

ただそれを上手く言葉にできなくて、私は曖昧に笑って返しました。

ビアンカさまも呆れたように笑顔を見せて、受け入れてくれたように見えます。

これが大人の配慮と距離感ってやつなのかもしれません。

いずれにせよ、それに勝手に救われた気持ちになって私は視線をプリメラさまの方に向けました。

プリメラさまは気になった商品を手に会頭の奥さんに質問をしているようで、細かい会話はわかりませんが……楽しそうに笑い合っています。

「ねえユリア？　もし、ユリアが考えていることがわたくしの予想通りだとしたら、一つだけ言えることがあるわ」

「なんでしょうか」

楽しげに笑うプリメラさまの姿を見つめる私は、ビアンカさまにどう見えているのでしょう。

視線をそちらに向けられないのは、私が少しだけ後ろめたさを感じているからでしょうか。

そんなネガティブに陥る私に、凛とした声が聞こえました。

「ユリア・フォン・ファンディッド子爵令嬢。貴女が、プリメラさまの侍女で良かったわ」

「……え？」

あまりにもこの場には似つかわしくない言葉に、私は思わずビアンカさまを見ました。

ビアンカさまはこれまでの朗らかな笑みや、呆れた様子などではなく……ものすごく、真面目な表情でこちらを見ているではありませんか。

それは、公爵夫人として大勢の前に立っている時のお顔のようで、私は思わずドキリとしました。

当然といえば当然ですが、別に叱られているわけではありません。

けれど私は言われたその内容を上手く呑み込めず、ただ目を瞬かせることしかできずにいました。

いいえ、言われた内容は理解できています。

しかし、どうしてそんなことをビアンカさまが仰ったのか、私には判断できなかったのです。

(似たようなことを……つい最近、キースさまにも言われたばかり)

私が侍女で、良かった。

侍女である私を評価している。

評価されないよりは、ずっといいです。筆頭侍女なんて立場になっている以上、後輩たちの規範でありたいし、そうなれているとも受け取れますから。

それにボーナスやお給料だってそれなりにもらっている身ですし、ちゃんと評価されることは本当にありがたいことだと……そう思っています。

でも、ビアンカさまのお言葉はそういう意味じゃないってことも、わかっているつもりです。

「ビアンカさま……？」

「ナシャンダ侯爵さまのところで、プリメラさまはジェンダ商会の会頭と顔を合わせたそうね。客人に商人を紹介しただけだとナシャンダ侯爵さまは仰っておられたけれど……ユリア、貴女の発案なんですって？」

「は、はい」

ナシャンダ侯爵さまがお話になったのであれば、私が隠す必要は無いのでしょう。

ふと視線を外し、戸棚にあったキャンディの瓶を手に取ったビアンカさまは少しだけ寂しそうな笑顔を浮かべ、私に視線を戻しました。

「……ここがご側室さまの生家であることは、わたくしも知っているわ」

ぽつりと、そう零（こぼ）すように仰るその声は、どこか申し訳なさそうでした。

ご側室さまの生家がジェンダ商会であることは、多くの貴族が知る事実。

とはいえそれはご側室さまが貴族たちの間で有名な美少女だったとか、天才だったから……というようなものではありません。

ナシャンダ侯爵さまが養女として迎え、国王陛下の側室として後宮に入ったから、です。

今の若い貴族たちの間では、知らない人の方が多いのではないでしょうか。

私も行儀見習いで王城にあがった時、そんなこと知りませんでしたしね！

「プリメラさまは母君という後ろ盾がなくても、王太后さまもいらっしゃるし陛下に愛されている。そしてなにより、貴女がいるから大丈夫だと……わたくしは、そう思っていたわ」

「……え？」

ビアンカさまの言葉は、仰った内容はただの事実です。

プリメラさまはご家族と、私たちに囲まれて日々を暮らす中で、何不自由なく愛されて成長あそばしたとそう、思っております。

けれどビアンカさまは私のその反応に、小さく首を振ったのです。

「ナシャンダ侯爵さまからそのお話を伺った時にね？　わたくしは、思い違いをしていたのではないかと……そう思ったのよ」

「ビアンカさま……？」

あの日、あの時確かに私はプリメラさまのために行動したけれど、プリメラさまが必要としていたかと問われればそれは違うと思います。

祖父母に会ってみたい、そして亡き母親の話を聞いてみたい……それは他愛もない願いで、別に実現しなくても困らない、そんなささやかなものでした。

王族の一人としての矜持を胸に生きているプリメラさまにとっては余計なお世話だったのかもしれません。あれは、あくまで私のエゴで行ったことなのです。

ただそれをプリメラさまが受け入れて、喜んでくださったから成り立っただけの話。

だからそれに対してお褒めの言葉をいただくのは、なんとなく……居心地が悪いと言いますか。

「いやあね、そんな顔をしないでちょうだい」

「ですが」

「……わたくしなら、もっと早くにああやって会わせてさしあげることができたのだと、今更になってだけれど気づいたのよ」

「ビアンカさま……」

公爵家の力なら、確かにできることでしょう。

今回のようにお忍びでどこかに行くことだって、礼儀作法の教師かつ筆頭公爵家の夫人としての立場があればいくらでも可能なのです。

多少はまあ、方々に許可を得るなど骨を折る作業があるでしょうが……。

けれど、ビアンカさまはそれに今まで気がつかなかったと後悔しているようでした。

「決して領民を、一般の民を軽んじているつもりはないわ。けれど、ご側室さまはすでにナシャンダ侯爵家の人間だからと……プリメラさまのご家族は、もう王家の方々だけなのだと、心のどこかでそう思っていたのよ」

「……それは、貴族として正しい考え方と存じます」

「そうね。だけど、私はプリメラさまの『先生』なのよ」

ビアンカさまはそっと目を細めて、プリメラさまをまぶしそうに見つめました。

そこには色とりどりのキャンディを前に、無邪気な笑みを見せるプリメラさまの姿があります。

レジーナさんと会頭さん相手に楽しそうにはしゃぐそのお姿に、私もビアンカさまもつられて笑顔になっていました。

「あんなに嬉しそうになさるなら、もっと早くにこうしてあげれば良かったと思ったの。……貴女が気がついてくれなかったら、誰も会わせてあげなかったんだわ」

「そのようなことは」

「いいえ、そうなのよ」

ビアンカさまは、力なく左右に首を振りました。

私はそれに対してなんと答えていいかわからず、ただ口を噤むだけです。

だけれど、心の中では複雑な感情がいろいろと渦巻いて……難しいなと思いました。

ナシャンダ侯爵さまが外戚となっても領地からなるべく出ずに大人しくしているのは、各貴族たちに対し、王権に介入するつもりはないと態度で示したからです。

もしも侯爵さまがご側室さまの後ろ盾としてあれこれと動いてしまったら、王妃さまは周囲から『側室に寵愛を奪われた』などと陰で言われることもあったでしょう。

そして、多くの貴族たちがナシャンダ侯爵家がご側室さまを通じて王家に影響を及ぼすと危惧(きぐ)するあまり、軽はずみな行動をしかねないという警戒もあったと思います。

そして何より悲しいことでもありますが、ご側室さまが他の貴族たちから無闇に攻撃されないようにという配慮でもあったのです。

(ご側室さまが貴族として『ナシャンダ家に養女となった以上、市井(しせい)の民と縁戚ではない』と考えていたように……互いを思いやればこその、距離だった)

それは、一言ではきっと表せない複雑さを内包(ないほう)しているからこそ、誰が悪いなんて簡単に言える物事ではないと思いました。

「だから、ユリア。貴女がプリメラさまの侍女で、あの方のためを考え行動をしてくれること……本当に、感謝しているのよ」

ビアンカさまの言葉に、私はただ……小さく頭を下げるだけでした。

その後、私たちは心ゆくまでジェンダ商会で〝買い物〟を楽しみました。

会頭夫婦は自分たちには娘がいたこと、もう嫁いで会えずにいるが幼い頃はお転婆で、甘いものが大好きだった……ということをビアンカさまと世間話をするような形で聞かせてくれました。

プリメラさまがとても嬉しそうにしていたのが印象的でしたね。

会頭夫妻の娘が誰を示すのかを、この場にいる全員がきちんと理解しているのにその名前が出せないだなんて奇妙に思えるかもしれません。

ですが、これが貴族になったという……身分の壁なのでしょう。

名前を出さずに語ること、それが最大の譲歩なのです。

ビアンカさまのおかげでプリメラさまの望みがまた一つ叶ったのだと思えば、複雑な気持ちではありますが、同時になんとも嬉しくありました。

ちなみにジェンダ商会でのお買い物ですが、会計についてはビアンカさま持ちということで、後ほど公爵家に請求がいくそうです。

それでは庶民のお買い物体験、中途半端じゃないのか？　と思ったのは内緒です！

多分レジーナさんも同じことを思っていたはずですよ⁉

まあ現金を持ってお買い物なんて高位貴族はしませんから……これればかりは仕方がない。

（あえてツッコむことでもないですしね！）

買い物を終えて馬車に乗り込んだ私たちですが、プリメラさまは名残惜しそうにずっと窓の外を見ておいででした。

見送りに出てきてくれた会頭夫妻の姿が段々と遠ざかっていくのを見つめるその姿に、思わずキュンと胸が痛んだのは私だけではないはずです。

「……プリメラさま」

「なあに？　ユリア」

「バウム家に輿入れをした後でしたら、またあの店に行くこともできるかもしれませんね」

「！」

まあ、それでも貴族家の女主人が庶民に交じって買い物というわけにはいきませんが。

それでも王族のお忍びに比べればハードルが下がるというか……なんといってもプリメラさまは陛下の溺愛（できあい）する姫君ですから、いろいろとね！　大変なんですよ‼

少なくとも、バウム家に嫁いだ後なら〝懇意にしている商会〟とかなんとか理由をつけて会頭夫妻を招くことくらいは可能なのでは？

それもディーンさまの協力は必要だと思いますが、ディーンさまならばきっとプリメラさまが望むことを叶えてくれるような気がします‼

（今の王族という立場だと、王室御用達（ごようたし）の看板がないジェンダ商会を招くのはなかなか難しいのよね……前回はナシャンダ侯爵家でお買い物をしたって理由で王女宮まで届けてもらうことができたけど、それだと会頭の奥さまが一緒に来るのは難しいし……）

ご側室さまの件があるから、ご夫妻は王室御用達の看板を狙おうにも狙えないだろうしね。

そもそも、そういうことも考えていなさそうだけれど。

いずれにしても無理をお願いして娘を側室に送り出したのは、愛ゆえだったわけだけれど……孫可愛さに今度も無理を通せば周囲から『やはり利権狙いだった』なんて中傷を受けて、それが巡り巡ってプリメラさまに影響を及ぼすかもと思うと難しい問題だと思うんですよ。

ナシャンダ侯爵さまにもご迷惑がかかると思えば、きっと会頭さんはそんなことを望みません。なにより地元の方々とお話をしながら商売をするのが楽しいのだとご夫婦揃って仰ってましたし……今が、きっと彼らにとっても一番いい環境なのでしょう。

「ジェンダ商会のお菓子を是非、ディーンさまにも召し上がっていただきたいですね」

「ディーンさまにも……そう、そうよね！」

「はい」

「……いつか、もっとわたしが、ちゃんとした淑女と認められたら。その時はディーンさまと一緒にジェンダ商会に行きたいわ。……一緒に行ってくださるかしら」

「はい、きっと」

ディーンさまなら絶対にいやとは言わないと思います！

むしろ『プリメラさまが行きたい場所を言ってくれた……しかも一緒にって!!』と感動するんじゃないでしょうか？

ああ、なんだかすごく想像できますね。可愛い。ないはずの尻尾が見える。

プリメラさまも安心したのか笑顔を見せてくださって、私たちはジェンダ商会で買ったお菓子を手に予定通り公爵家の町屋敷へ向かいました。

本当はもう少し買い物を楽しんでいただきたかったそうなのですが、やはりプリメラさまが王城から離れている時間が長くなると国王陛下のご機嫌を損ねるだろうとビアンカさまがこっそり教えてくださいました。

（というか、やっぱり国王陛下はご存じなんだ!?）

いやまあ、王女騎士団のレジーナさんがいる段階で上の方々もご承知とはわかっておりましたが……本当に、よく許可をもぎ取って来られたなあと思います。

それにしたっていろいろな建前が必要なのですから、本当に権力者というのは大変ですよね。

「ああ、楽しかったわ！　プリメラさまはどうだったかしら？」

「本当に、楽しかったです。ありがとうございます、ビアンカ先生！」

「……そう仰っていただけると、わたくしも嬉しいですわ」

プリメラさまはよほど嬉しかったのか、胸の所を押さえてほうっと溜め息を零していました。

口に出しては呼べないにしろ、祖父母であるジェンダ夫妻から亡き母の話を聞けたことは、プリメラさまにとって大切な思い出となったことでしょう。

それが今後、プリメラさまの成長にどのような影響を及ぼすのかはわかりません。

ですが、そのご様子は……そう、まるでとても大切な、宝物を手にしたかのようでした。

「……ありがとうございます、ビアンカさま」

「あら、なあに？　わたくしはただ、庶民の買い物を体験してみたかっただけよ。貴女は楽しめたかしら？　ユリア」

「はい、とても。……とても、楽しゅうございました」

「なら良かったわ」

くすくす笑うビアンカさまに、私はただ感謝するだけです。

何に対して、なんて言葉にするのは無粋（ぶすい）というものでしょう。

いずれにしても、私では……このような形で会頭夫妻とプリメラさまを会わせて差し上げることは難しかったでしょうから。

できないとは言いませんよ？　難しいだけです‼

（ビアンカさまにそのうち私なりにお礼をしたいなあ）

言葉だけでは足りないこの感謝の気持ちを伝えたい。

そう！

日頃のあれこれも含め、ビアンカさまに感謝を伝えなくては‼

感謝の方法は言葉だけではありません。この日のために用意しておいた、秘密兵器。

それを今こそ渡すタイミング！

「ビアンカさま」

「なあに？」

「実は本日、こうしてお招きいただきましたことに対し、私も感謝をお伝えするのにどうしようかと悩んだのですが」

「あら、そんなこと気にしなくていいのに」

小首を傾げるビアンカさまに、私はにっこりと笑ってとっておきを取り出しました。

これについてはプリメラさまもご存じのため、私たちのやりとりで察したのでしょう。

ワクワクした表情でこちらを見ています。

「実は新しいお菓子を作りまして」

「まあ！」

お菓子。

その言葉を聞いた途端に目を輝かせたビアンカさま。

それを見て掴みは上々だと私は満足しつつ、テーブルの上にある小皿にそれを出しました。

そう、試行錯誤の末に完成した、琥珀糖です‼

オーソドックスな琥珀色と透明色以外にも、花から抽出(ちゅうしゅつ)した赤と青の色を準備いたしました。

ちなみに色を混ぜて紫も作ってみたんですが、なかなかの力作ですよこれは。

(満足いく色が綺麗にできなくて、何回作り直したことか……!)

失敗分はメイナとスカーレットにも協力してもらって、頑張って消費いたしましたとも。

ちょっぴり体重と虫歯が心配な今日この頃です。

健康には気をつけよう、そう心に刻む日々でした……。

とにかく、そうして完成した琥珀糖。

私が取り出したそれにビアンカさまはもう釘付けです。

そうでしょうそうでしょう、これは私も自信作ですからね!

透明度もさることながら、形にだって拘(こだわ)っております。

より宝石に近づけるように努力したのです。そう、食べる宝石ですよ!

砂糖と水、粉寒天と食紅モドキだけでできているって知ったら、もっと驚くのではないでしょうか?　ええ、勿論レシピの準備もバッチリですとも。抜かりはございません。

花から色を抽出する時間や配分だって、きちんと記しておきましたとも。

「素敵……!　これは宝石ではないのよね?　お菓子と言っていたものね⁉」

「はい、こちらは砂糖菓子になります。量を召し上がるには少々甘いかと思いますが、渋めの紅茶と楽しんでいただければと」

「早速いただきましょう‼」

ビアンカさまが琥珀糖から視線を外さずに手を叩けば、あっという間に公爵家の使用人のみなさんが現れてお茶の準備をしてくださいました。

そこからはもう琥珀糖と、グミや庶民のお菓子類を楽しむだけの時間でした。

毒見役を介さなくていいのかって？

本来は必要なのですが……私の手作りということと、ジェンダ商会についてはビアンカさまも信頼しているということで、細かいことは言わせないというストロングスタイルでした。

本当はいけませんけどね！

公爵家ってすごい……‼

それでも念のため、プリメラさまがお召し上がりになるお菓子については私が……と言いたいところですが、レジーナさんが先に食べるということで落ち着きましたが。

そこはそれ、大事なことはちゃんとしなくちゃいけませんからね！

ビアンカさまとの楽しい楽しいお忍び日帰り旅行を終え、私たちは普通の生活に戻りました。

とはいっても、アルダールはまだまだ忙しいらしく、私としては少し心配だったり寂しかったりな日々です。

まあそれでも侍女としての仕事に支障を来すことはありません。

それに王女宮はとても穏やかで平和です。

ええ、ええ、問題がないことこそが一番大事ですからね！

事件なんかあってたまるものですかってんですよ。

基本的にはこういう当たり障りのない生活が普通なのだし。

（そういえばエイリップさまはどうしているのかしら。とんと話を聞かないけれど……）

平穏な生活はありがたいですが、こうも姿が見えないとそれはそれで心配です。

別にあの男の心配なんざしておりませんが、警備隊を辞めたという話は聞いていません。

勤務先が王城ではなくなったのかなとも思いますが、軍の人事まではわかりませんからね……。

かといってわざわざ聞いて回って、藪をつついて蛇を出すこともないでしょう。

ミュリエッタさんもどうしているかわかりませんが、そこはニコラスさんの担当ですし。

（それよりも、よ）

私は書類を手に口元がにやけるのを感じました。

手の中にあるこの書類は、メイナとスカーレットの昇給に関する申請書です。

これから統括侍女さまにこの書類を提出して、プレゼンを行う予定なのです！

勿論、あの子たちにはまだ内緒。

通せるかどうかは私のプレゼンにかかっているのです……！

なにせ王女宮を預かる人間とはいえ、昇給などに関しては私の一存で決定できません。

上の役職である統括侍女さまの許可を得てからなので、いかに優秀で頑張っているかを私がプレゼンしきれなければ現状維持となってしまうのです。

責任重大ですが、やってのけてみせますとも‼

（頑張るからね……！）

しっかり働いてくれるあの子たちのためにも、ここは私が頑張らなくては！

メイナは勤めて長いですが、平民出身ということで最低賃金スタートでした。

ですが、最近ではプリメラさまのヘアメイクなどはあの子が受け持っていますし、落ち着きや礼儀作法に関しては少々危ういところがあっても機転が利くところは二重丸です。

スカーレットは今でも他者への態度で気になるところはあるものの、貴族令嬢としての素地があるため礼儀作法などはバッチリです。そこに加え、とても字が上手で真面目に取り組む姿勢から、難しい案件でない限り彼女には書類の大部分を任せられます。

この内容はセバスチャンさんとも話し合い決めたことです。

（きっと統括侍女さまもあの子たちの成長を認めてくださるに違いありません‼）

ちなみに内外宮のように人数が多い部署はグループ分けがされており、そのグループ長が各メンバーの報告を作成、そのグループ長をまとめるリーダー格がグループ長たちを査定、そしてリーダー格とそれらの報告書から筆頭侍女が判断ということになっているのです。

毎年、必死の形相（ぎょうそう）でこの時期にその書類と格闘する先輩方を見て、大変そうだなと思って見ていたものです。ちょっとだけ羨ましいと思ったこともあります。

でも私も王女が複数人いたらそうなっていたのかと思うとゾッとしますが、まあそんな状況だったら私はプリメラさまの専属侍女って立場だけでいいかな……お給料は少し下がりますけど、暮らしていくには十分ですから！

「……というわけで、二人を昇給させ、より責任ある内容を任せても良いものと思われます」

「なるほど」

「いかがでしょうか？」

「良いでしょう、二人の昇給を認めます。こちらの申請書類は受理しますから、あの子たちに早く伝えてあげなさい」

「あ、ありがとうございます‼」

そんなこんなで、脳内でシミュレーションしておいた通りにプレゼンをした結果、認めていただくことができました！

まあね、あの二人は園遊会でも活躍しましたし？　可愛いし？　素直だし？

最近ではよその宮からの評判もいいって話は耳にしていますからね！

あとは男性文官たちの中であの子たちに声をかけようとしている人がいるって話もあって、そちらについてはセバスチャンさんが見定めるとかなんとか言っていましたが……。

まあそれはともかくとして、良かった良かった！

統括侍女さまの執務室を後にして、私はホッと胸をなで下ろしました。

却下される要因はないと信じておりましたが、やはり緊張はするものですから。

なんにせよ、あの二人に告げるのが楽しみです。

きっと手を取り合って大喜びするんじゃないでしょうか？

今からその光景が目に浮かびますね‼

（ささやかだけど、お祝い膳でもメッタボンにお願いしておこうかしら？）

そこまでするのも変かなとは思うんですが、あの二人の面倒を見てきた私からするとあの子たちは後輩なんだけど同時に妹みたいなものでもあるのです。

あの二人がどう思っているかはわかりませんけどね！

でも彼女たちの頑張りが認められたのだと思うと、私も嬉しいのです。

（ああ、気分的には走りたいくらい！）

勿論、淑女としても筆頭侍女としてもそんなことはいたしませんがね。

スキップをしたいくらい嬉しい気持ちは本物ですよ‼

ご機嫌な気分で王女宮へ戻る道を歩いていると、前方に揉めている男女の姿が見えました。

と言っても回廊のど真ん中とかではなく、廊下の端っこの庭に出るか出ないかくらいの位置ですので休憩中の人がちょっとした諍いでも起こしたのかな？

殴り合っているだとか、大声で怒鳴り合うとかそういうのではないですね。

物陰ということもあるのでしょう。

行き交う人も『おやっ？』と気づいて怪訝な表情はするものの、スルーするレベルです。

（そのうち巡回の兵士に注意されるでしょ）

どこの誰が揉めているのか知りませんが、私も他の人々と同じように反対端を通ってやり過ごすことにしました。

わざわざトラブルに突っ込んでいく気も、野次馬する気もありません。

今の私はメイナとスカーレットにこの朗報を早く届けなくてはならないのです！

（そういえば、この間持っていった琥珀糖の残りがあったな。それも二人にあげようかしら）

ビアンカさまには良い出来映えのものを持っていったわけですが、手元に残したものの中には形の良いものもありました。

さすがに全部持って行くわけにはいきませんでしたからね。

（綺麗だって喜んでくれていたし、二人のオヤツになったら嬉しいいし）

ああ、喜ぶあの子たちの笑顔が目に浮かぶようです。

二人の昇給申請の件はプリメラさまにもご報告済みです。

職務上の決定権は統括侍女さまですが、王女宮の主人はプリメラさまですからね！

プリメラさまも『きっと認めてもらえる』って笑顔で太鼓判を押してくれていたから、この決定に喜んでくださると思います。

（そうだ！　プリメラさまからもあの二人に労い（ねぎらい）のお言葉をいただこう）

うちの王女さまは最高のプリンセスで天使で可愛さが天元突破していますからね！

私の提案に、むしろ喜んでお祝いの言葉を考えてくださるに違いありません。

こういう時が働いていて良かったー！　って思える瞬間です。

良い上司に良い後輩、恵まれた職場環境。

メイナとスカーレットにはこれからも頑張ってほしいですし、あの子たちだったらもっと上を目指せるはずです！

私も彼女たちを導く側の人間として、より一層精進しなければ‼

「ユリアさまあー！」

そんなことを考えていると、前方からメイナがこちらに駆けてくるのが見えました。

ああもう、折角褒めた傍からそんなふうに走り回ってはいけません。

（もう少しお淑やかにしなさいといつも言っているでしょうに）

呆れつつもそんなメイナが可愛くて、私はあの子が近くに来たら注意するだけして一緒に王女宮に戻ろうと思いました。

ところが、駆けてくるメイナの様子がおかしいじゃありませんか。

なんというか、顔色が悪い？　ものすごく慌てている？

（まさかプリメラさまに何か⁉）

そう思ってメイナの方に駆け寄ろうとする私に、メイナの後ろから同じように走ってきたスカーレットがバッとその場に立ち止まって私の方を指さすではありませんか。

えっ、なにごと。そう思った瞬間です。

「後ろ、後ろですユリアさまあああああ！」

「えっ、後ろ？」

言われて踏み出した足を軸にくるりと体ごと振り返れば、そこには迫りくるエイリップさまの姿と、それを止めようとするミュリエッタさんの姿があるではありませんか！

思わず喉からヒュッて音がしました。

えっ何これなんのホラー？　すっごい鬼気迫る顔なんですけど⁉

とはいえ、怯んでばかりはいられません。理性フル活動‼

王城と言うこともあって悲鳴を上げれば誰かが助けてくれる、それを理性と日頃の訓練で知っている私は怯えるのではなく、制止と人を呼ぶ意味で大きな声を出そうと大きく息を吸いました。

「ユリアさま！」

私の名前を叫ぶ声は、メイナなのか、スカーレットなのか。

あるいは、ミュリエッタさんだったのか。

しかしこういうのは目を逸らしたら負けなのです。

いや、それも違う。それはクマの対処法だっけ？

ともかく、もう四の五の言っていられません！

「王城の廊下は――」

何を言えば止まってくれる？

堂々と、そう、堂々とですよ私！

「走るものではありません！　控えなさい‼」

思わず叫んで、注目が集まるのは理解しました。

そうじゃない。しんと静まり返ったその場で私は心の底からそう思いました。

（叫ぶにしても、他に何かあったでしょ⁉　私よ……‼）

学校の先生かお前は！　と自分にツッコミを入れて絶望的な気持ちになりましたよね。

他の人の目がなかったら膝から崩れ落ちているところでしたよ。

（よりにもよって、そんな子供にするみたいな叱咤が出てくるだなんて……‼）

そんな対応をされたエイリップさまの身になるといたたまれな……いや、同情はしなくていいか。

走ってくる方が悪いんだもんね？

ちなみにそんなエイリップさまですが、私の声に足を止めていました。わあ、律儀。

ですがその顔は怒りでもう真っ赤です。プルプル震えています。

血管切れるんじゃないかってくらい真っ赤です。

(どうしよう)

周囲もぽかーんとしてしまう中で、いち早く復活したのはミュリエッタさんでした。

何故か彼女は私の前に立ち、庇うように両手を広げたのです。

前回といい今回といい、どうした⁉

「これ以上、あたしたちに、迷惑をかけないでください……！」

え、いや。それ貴女が言うの？

即座にそう思った私、悪くない。

「む、なんだ。何の騒ぎだ？」

そんな私たちの所に、また別の人がやってきて私はぎょっとしてしまいました。

ああ、なんということでしょう。

「な、何故、貴方様がここに……⁉」

そう、私たちの前に現れたのは脳筋――じゃなかった、シャグラン国の公爵となったギルデロック・ジュード・フォン・バルムンクさまだったのです！

この場はなんとも不可思議なメンツで成り立っていました。

きょとんとした様子でこちらに歩み寄るバルムンク公子あらため公爵。

私が子供に対する叱責のような言葉を投げかけてしまったことにより、怒りでプルプルと震えるエイリップさま。

そして何故か私を守ろうと立ちはだかるミュリエッタさん。

（なんだろう、私は何か悪いことをしたでしょうか神さま）

おかしいな、後輩たちのために昇給をかけてプレゼンしてきただけなんですけど。

むしろ上司としてはいい働きをしだと思うんですけど⁉

「ええと、ミュリエッタさん、あの……」

「大丈夫ですユリアさま！　あたしがお守りしますから安心してください！」

「いえ、そうではなく……」

そもそも動きやすそうに見えるとはいえドレス姿のミュリエッタさんに守ってもらうまでもなく、この騒ぎにすぐ警備兵も駆けつけてくるっていうか……そこらで休憩している人の中にも兵士らしき姿も見えるのでできたらこれ以上の大騒ぎにしないでいただきたいなと思うばかりです。

何故彼らが行動を起こさないのかといえば、取り押さえるほどの騒ぎでもないし、状況が呑み込めないから……でしょうね。

それに、脳筋公子……じゃなかった、公爵がいるってのもあるでしょう。

状況に関しては私もまだ呑み込めておりません！

「ユリアさま……！」

「ああ、もうなんでこんなことになっているんですの⁉」

「メイナ、スカーレット……いえ、私もよく事情が呑み込めないいんですが」

私の後方からメイナたちがやってきましたが、二人も困惑しているようです。

いや、この状況に一番困惑しているのは私ですからね⁉

「わたくしたちはユリアさまを探していたんですわ」

「そうです、あちらのパーバス伯爵家のご令息がユリアさまに面会申し込みをして却下されたらしくて、中庭で休憩中の侍女たちにユリアさまを呼べって騒いでいるって聞いて……」

「わたくしはあちらのバルムンク公が城内にいると聞いて、ユリアさまにお知らせすべきだと思って探しておりましたの。それなのに……」

いやあ、そのどちらもに加えてミュリエッタさんまでいるとか！

とんでもない組み合わせですね。偶然とはいえ、まったくもって嬉しくない組み合わせです。

それぞれが単体でも面倒……いえ、ちょっと手間のかかる方々だっていうのに、三乗で現れるとか……私からしてみると災害レベルなんですけども。

しかもそれぞれがそれぞれの目的で、協力態勢にないからこそ何が起こるかわからないっていう恐ろしさがあるではありませんか！

（ミュリエッタさんは、多分まあ本当に偶然なんでしょう。あれだけ釘を刺された後だし……ニコラスさんもいる王城で私と接触しようなんて、危険は冒さないだろうし）

さすがに彼女もいろいろと逆らったらマズイ相手を学習していると思うんですよ。

エイリップさまは便宜（べんぎ）を図れとか取りなしをしろとか、そんな感じでしょうか……。

まさか全ての苦情を私にぶつけてくることもないでしょう。ないよね？

じゃあ、バルムンク公爵は？

(というか、国が違うのになんでここにいるの⁉)

いやまあ公務なのでしょうが。さすがに公爵になってまでアルダールに時候の挨拶で決闘申し込みをしに他国の王城に乗り込んでは来ないはずです。

脳筋ではありますが、そのあたりの常識は持ち合わせていたはずです。

割となんというか、傲慢は傲慢なんですが、彼なりの貴族的ルールを持ち合わせているし良識もあるようでしたので。

ただまあ、押しつけがましいところがあるので端的に言って迷惑なんですけどね‼

(いや、タイミングさえあえばそりゃ挨拶くらい快くしますけど)

もしかしたら妙なところが律儀な方なので、見知った人間に挨拶をと思ったのかもしれません。

そもそも私を探しているとは限りませんし？

公務でクーラウム王国にやってきて偶然この回廊を使っただけかもしれません。

はなっから警戒しては失礼というもの！

この脳筋男とも浅からぬ縁と言えば浅からぬ縁です。

一応、アレをカウントに入れるのは非常に不本意ではありますが、私にとって人生初のプロポーズをしてきた相手でもありますし。

ああ、よく考えたらこの人もアルダール絡みなんですよね……。

(アルダールって、こういう人たちに好かれる体質なのかしら)

脳内アルダールがものすごく嫌そうな顔をしていますが、いやもうホントのことだからね？

とはいえ、彼が悪いわけじゃないからなあ……。

私もアルダールも、正直なところ平和に暮らしたいので放っておいてもらいたいくらいなんですが、どうしてそっとしておいてくれないんでしょうね……。

「おお、久しいな！　ユリア・フォン・ファンディッド‼」

「……お久しぶりでございます」

脳筋公子改め、脳筋公爵は空気を読まずに大声で私に声をかけてきました。

いや、なんかやたらフレンドリーに笑顔を向けられましたが、どうした？

思わず変なモノを見る目を向けてしまいそうになりましたが、そこはちゃんと気をつけて表情を引き締めましたとも！

とりあえず、私は丁寧（ていねい）にお辞儀をして挨拶をすることにしました。

それに倣（なら）うようにメイナとスカーレットも頭を下げたのが衣擦（きぬず）れの音でわかります。

ですが私の前に立つミュリエッタさんは相手が誰だかわからないのでしょう。

不思議そうに、公爵と私を見比べています。

「ミュリエッタさん、あちらの方は隣国シャグランの公爵、ギルデロック・ジュード・フォン・バルムンクさまです。頭を下げて」

「えっ！　こ、公爵……？　も、申し訳ありません‼」

ミュリエッタさんも慌てたように頭を下げ、私の発言に周囲も誰だか理解して慌てて頭を下げたり距離を置いたりと一気に慌ただしくなりました。

こういう雰囲気になりたくなかったからスルーしてもらいたかったんだよと思いましたが、ここで無礼発言などが誰かから出て、より厄介になるよりはマシという苦渋の決断です。

いやもう挨拶したから帰ってとは思っていますが。

「せっかくこの国を公務で訪れたのでな。アルダールのやつの顔を見てやろうと思ったのだが……あいつは任務で城外にいると先ほど聞いた」

「はい、さようにございます」

「残念ではあるが仕方のない話だな。騎士であれば当然の責務。そこでお前のことも思い出してな、挨拶の一つもしておくかと思い立ったわけだ！」

うんうんと頷く脳筋公爵は、そのついでで私に挨拶をしに来たらしい。

だからいいんだって！　変な律儀をここで発揮しなくていいんだってば‼

（……あれ？）

しかしこの人、随分態度が穏やかになったような気がします。

以前はもっとオラオラ系だったような気がしますが……公爵になって成長したのでしょうか。

「何故……何故、貴様のようなただの女が隣国の公爵さまに親しげに話しかけられているんだ⁉」

思わずと言った様子でエイリップさまが大声をあげ、周囲が慌てて頭を下げさせました。

ですが脳筋公爵は気にする様子もなく、小首を傾げてエイリップさまを見下ろしてから私に視線を向け、にやりと笑ったではありませんか。

あれっ、なんか余計なことを言われそうな予感がします。

「この女がただの女？　そんな訳があるまい。あの男に恋われ、このオレの求婚を撥ねつけた女だぞ？」

「え、ええっ⁉」

驚きに声を上げたのはミュリエッタさんでした。

止めて、それは私にとって触れられたくない話題ですからね⁉

とはいえ、園遊会で堂々と発言していたことは一時期話題にもなりましたし、同時に王太后さまがやり込めたことも茶会での話題として、賑やかでしたねえ……。

あの時は本当にもう、笑い話にしていいやらなにやらで、今でも思い出すだけでチベットスナギツネのような顔になるってもんですよ。

まあそれも結局アルダールとお付き合いすることになったら、すぐにそっちの話題で盛り上がっていたらしいんですけどね！

いやあ、あの直後は投書とかで嫌がらせとか、ヒソヒソされるのとか多かったなあ……。

あっ、思い出すだけでちょっと胃が。

「モンスターを前に我が母を庇い、守り抜き、傷を負った名誉ある侍女だ。そして決してその功を驕らずにいたと聞く。それだけでも十分価値がある女だろう」

「バルムンク公爵さま……」

まさかそんなまともなことが言えるだなんて知りませんでした。

実際には職務に忠実だっただけなんですけれども。はい。

「まあ、見てくれがもう少々……そこは変わらんな……」

だから！　残念そうな顔でこっち見るな！　ついでに手でくびれを描くな‼

まったく……ちょっと見直した傍からこれですよ。

しかし私がそうやって他国の人間に評価されたことが驚きだったのか、エイリップさまもミュリエッタさんも、まるで鳩が豆鉄砲を食ったような顔でこちらを見ているではありませんか。

それはそれで怖いので止めてもらいたいです。

「ぼ、ぼっちゃまー！　こちらにおいででしたかー‼」

「む、爺や。おれも公爵になったのだから、いい加減その『ぼっちゃま』呼びは止めろ。……おい
ユリア・フォン・ファンディッド！」

「はい」

「またいずれ公務でこの国を訪れることもあるだろう。その時には挨拶をしにまた来るから、きちんと首を洗って待っていろとアルダールのやつに伝えておけ！」

「かしこまりました」

返事をして頭を下げましたが、首を洗って待っていろってそれ果たし合いですか？

公爵になって落ち着いたのかと思ったんですが……あまり変わっていないのかもしれません。

幕間　知っていた、知りたくなかった

バルムンク公爵がその場を去った後、周囲は慌ただしかった。
俺は頭を押さえつけられたまま、ただただ、目の前の現実が受け入れられないでいる。
伯爵家に生まれ、待望の男児だと言われ続けた人生が、全て否定されていく。
パーバス伯爵家では女の価値は男に仕えるだけだと言われていた。

母親も静かな人で、父親の後ろをついて歩くばかりで意見など口にしているところを見たことなんてなかった。今だってそうだ。

つい最近まで当主であった祖父の妻、つまり俺の祖母だってそうだったのだから、それが世間一般でも当たり前だと俺は思っていたのだ。

それが、崩れたのはいつだった？

俺の前に立つ、女の姿を見上げる。

（なんで、お前が、どうして！）

俺を見下ろすように立つ女と、地に押さえつけられる自分。

どちらが正しいと周囲が判断しているのかは、明白だ。

俺が何かを言おうとするのを周囲が許すことなく更に力ずくで押さえ込まれ。

押さえつけられたせいで胸が圧迫され、苦しくて呻き声が出た。

（どうして、貴様ばかり評価されるんだ）

ユリア・フォン・ファンディッド。

取るに足りない子爵家の、見目も平凡以下と言っていい地味女のくせに。

金の髪も、青い瞳も、愛想もない。

そんな女がどうしてこの俺よりも周りに評価されるのか。

「ユリアさま、行きましょう！　後はきっとあちらの騎士団の方たちがやってくれますよ！」

文句を言いたくても言えず、ただ睨み上げるしかできない俺をよそに、あの女の後方で騒いでいた王女宮の侍女があの女を連れて行こうとする。

「え、ええ……でも」

「いいからいいから！」

（ああ、クソ、待て‼）

貴様が俺を一言『許す』と言えば、周りに取りなせば、それで済むのだと何故わからん！

俺は、パーバス伯爵家の跡取りなんだぞ。

青き血筋のこの俺を、男を立てるのが貴様のような女の役目だろうが！

それを言いたくても押さえ込まれて声が出ない。

どいつも、こいつも……何故だ、何故だ、何故だ‼

「そろそろ放してやってはどうかしら。彼の部署で裁かせるのがよろしいのではなくて？」

遠ざかったあの女に変わって、同じ侍女服を身に纏った小娘が俺を見下ろしていた。

赤毛の、小生意気な顔で俺を冷たく見下ろす小娘は、確か……侯爵家の出自（しゅつじ）だと名乗っていたことを思い出す。

ようやく緩んだ拘束に、俺は喉をさする。

まともに呼吸ができたことに安堵するが、押さえ込まれていた胸部が痛んだ。

「いい加減に学んでくださる？　あの方に迷惑をかけないでいただきたいわ。貴族の面汚しが」

「なん、だと……」

「ワタクシは侯爵令嬢としても、ユリアさまを尊敬しているの。それは、未熟であったワタクシを導いたその手腕と、令嬢としての手本を示してくださったからよ」

「な、に……？」

「バルムンク公も仰ったでしょう」

俺に対して臆することなく真っ向から睨み付ける小娘に生意気だと怒鳴ってやりたいのに、何故かその言葉の続きが知りたくて、俺は押し黙った。

「あの方は、ご自分の役目をきちんと担（にな）い、全うなさっておられるの。身分がどうこうアナタは言うけれど、貴族の義務を果たせない男があの方に偉そうな態度をとらないでくださる？」

ふふんと顎を逸らして笑う小娘に、瞬間的に怒りが湧いた。

カッとなって思わず拳（こぶし）を振り上げたが、立ち上がってもいなかった俺の拳が届くはずもない。

悔し紛れに拳を振り下ろして廊下に叩きつければ、じわりとした痛みを感じた。

だが、そのおかげで幾分か冷静になれた気もする。

「俺が……この俺が、貴族としての役目を担っていないとでも言うのか」

「そうでしょう？　伯爵家の名前だけで偉そうにふんぞり返っているアナタに何ができるっていうのかしら？　それに加えて兵士としての役目もこなさず、伯爵家の名前だけに縋（すが）って……」

ふんぞり返っていたかと思うと一転、真面目くさった顔をした小娘がびしっと俺を指さした。

そんな小娘の後ろで、英雄の娘が顔色をなくして俺たちのやりとりを見ていた。

周囲も止めない。呆れたようにこちらを見るその目が気に入らない。気に食わない。

何故だ、何故俺だけが咎められている。

どうして誰も俺のことを庇わない！

「ワタクシは侯爵家の娘。それを誇りに思っているわ。だけど、それだけではこの尊き血筋の正しさを示せないいってユリアさまに諭されて、知ったわ」

「……あの女に、なんの価値があるというのだ」

「そんなの、あの方を慕う人間が決めるんだからアナタには関係なくってよ。とにかく！　これ以上ユリアさまにつきまとわないでくださるかしら！」

言いたいことだけ言って去って行く小娘に俺は文句の一つでも言ってやりたかったが、何も思いつかなかった。

今の俺は、パーバス伯爵家の人間だと名乗ることを許された、ただの貴族。

失態続きだと俺を見捨てた父親は、ユリア・フォン・ファンディッドの許しを得て周囲と繋がりを作れとしか言わない。

俺を助けようとは欠片もしなかった。

（……俺は、パーバス伯爵家の、正当な……跡取りで）

俺の価値はいったい何だ？　わけがわからなくなってくる。

頭を下げるなど論外だと思っていた。

だが、もし……俺が間違っていたなら？

今の俺の立場がただの〝貴族籍にある人間〟でしかない以上、あの女よりも立場は下なのだ。

認めたくないが、それはどうしようもない事実だった。

「クソ……」

今の俺には、何もない。

地位も、権力も、金も名誉も。

……俺のモノだと信じていた何もかもが、俺のものではなかったのだ。

伯爵家の男として、俺は優秀だと信じて止まなかった。

だというのに俺よりも強い人間も、博識な人間も掃いて捨てるほどいるではないか。

それも、俺よりも身分が低い人間が俺より優れていることがある。

あのアルダール・サウル・フォン・バウムがいい例だ。

俺と同じ伯爵家の人間で、長男で、近衛騎士。

だがあの男は庶子であるため、将来は弟に顎で使われる立場なのだと思えば溜飲も下がった。

それなのに、周囲からあの男を評価する声が聞こえてくる。

剣聖候補だなんだと……褒めそやすそれを耳にする度どれほど業腹だったことか！

（ああ。そうさ、知っていたさ）

居丈高に振る舞おうがなんだろうが、俺はそれを許されていた。

いいや、許されていたのは伯爵領の中でだけ。

子供の頃はともかく、大人になってくれば見えてくる現実。

（俺だって本当は理解できているんだ）

知っていたさ。

知りたくなかっただけで。わかりたくなかっただけで。

（……もう、いいんじゃないか）

無責任だと言われようが、なんだろうが。

いずれは自分が伯爵になるのだと、それだけを慰めに生きてきた。

好き勝手しても、みんなが俺を嘲笑っているように感じていた。

だからこそ余計に腹が立った。

あの女は、俺に怯まなかった。媚びなかった。

脅しても、傷つけようとしても、嘲ようとも一歩も引くことなく俺を睨み付けて意見を言った。

(認めてやる)

あの小娘が、あの地味女を慕う気持ちは理解できない。

だが、価値があるのは——何も持っていない俺ではなくて、何かを得ようと努力したあの女の方だということは、認めざるを得ない現実だ。

のろのろと立ち上がる。

俺が暴挙に出るんじゃないかと寄ってきた兵士の手を振り払い、俺は詰め所へと歩き出した。

押さえ込まれた箇所が痛んだが、今はそれで良かった。

「あっ……」

「なんだ」

「……なんでも、ない、です……」

横を通り過ぎる瞬間、英雄の娘が何かを言いかけたが……結局何も言わない。

その姿に苛立ちを覚える。

見た目は悪くないと思ったが、今はその清楚ヅラが妙に気に食わなかった。

罵倒の一つでもしてやろうかと思ったが、今は何も思い浮かばない。

まあそんなことをすればそれこそ俺が牢に入れられかねないからやらないが。

舌打ちをして、今度こそ振り返らずに俺は歩き出す。

（ああ、そうさ）

何も持っていないなら、これから俺はパーバス伯爵家とは別に俺自身の力で成り上がってやる。

たとえ、どれほど時間がかかろうともだ。

あの女が、俺と親戚であって良かったと言わしめてみせる。

アルダールのやつが歯がみするほど良い女を手にしてみせる。

地位も名誉も、努力だけでどうにかなると安易に考えるほど俺は馬鹿じゃない。

だが、俺は貴族の、青き血筋の男だ。

そこいらの連中に劣るはずがないのだ。

（そうだ、親父を超えてやる。俺は、俺自身の力でいつか親父すら屈服させてやる）

お祖父さまに頭が上がらなかった親父よりも、お祖父さまに愛された俺の方が優れているに違いない。お祖父さまにただ付き従うしか能のなかった親父よりも、俺の方が！

ああ、そうさ。そうに違いない。そうでなければならない。

この俺を、エイリップ・カリアン・フォン・パーバスを馬鹿にした連中に、いつか目に物見せてやろうではないか！

幕間　現実

どうして。

何度となく自問自答するそれに、答えが出ない。

「あーあ……」

今日は治癒師としてのお仕事がない日。

だからってどこに出るにも教育係さんには『一人で出かけるな』とかいろいろ文句を言われるし、お金もそんなにあるわけじゃないし、それに何かほしいってわけでもないし……。

結局、家でゴロゴロする以外なくて、あたしはため息を吐く。

（どうして、なんだろうなあ……）

最近の、あたしの頭の中は『どうして』でいっぱいだ。

治癒師としての活動を始めたおかげで、周囲からの反応が少しは良くなったと思う。

ちょっと前までは『英雄』の娘だからとちやほやしてくれていた人たちも、あたしが礼儀知らずだとかなんとかって話が少し出てから難色を示す人も現れるようになった。

確かに貴族になってから、もう数か月。

家庭教師をつけてもらっている以上、それ相応の成果が求められるものだって教師の人にも言われているからわからないでもないけど……でも急に賢くなりすぎたって、不自然だ。

それにアルダールさまと親しくなりたくて、ちょっと無茶をしてしまったという自覚もある。

そういう意味では、人望のあるあの侍女さんを相手にしくじったと今は反省している。

それらを挽回するために、切り札でもある治癒魔法を武器に治癒師になってみたけど……。

初めこそ、みんな褒めてくれた。さすがは〝英雄の娘〟だってね。

英雄の娘はすごい。

英雄の娘は天才。

そんな風にもてはやしていたのは周囲の勝手なのに、ちょっと時間が経ったらもう特別でも何でもなくなっちゃうだなんて……なんて、呆気ないんだろう。

(そうよね、なんて薄情な人たちなんだろう‼)

その癖、要求ばっかりなんだからいやになっちゃう。

治癒師として活動を始めても、いろいろ制限があって……それも厄介だ。

もっとバーンと活躍してみんなに認めてもらうつもりだったのに、当てが外れた。

といっても、それも治癒師を守るための制度だっていうから、あたしの能力が否定されたわけじゃないし、文句はない。

そのおかげで面倒そうな貴族からの依頼を断ってもらったりもできているわけだしね。

だけどその代わりに、聖女扱いされるとか……そんな感じの、特別なことも起きないわけで。

しかも治癒師といってもまだ見習いってことで、お給金は最低ライン。

(つまんないの。お金だって思ってたより稼げないし……)

一人前の治癒師だと一般の人が稼ぐより少し多めの月給って感じなんだろうけど、見習いのあたしには少し多めのお小遣い程度だ。

それでも男爵の娘という立場だから、生活費に関しては国庫から出ているとかなんとかで、安定して暮らせているのも事実。

冒険者時代は、お金の心配をしないでいいなんてあり得なかったもの。

酷い時は狩りをしなきゃ食べるのも難しいこともあったし、野宿だって何度も経験している。

割のいい仕事が入るなんてことは、そうあるもんじゃないしね……。

それを考えれば安定した暮らしはとてもありがたいけれど、この貴族生活はあたしが想像していたようなきらびやかな暮らしとはほど遠い。

これが現実だ。

（お父さんは喜んでるけどね）

あれだけ紙切れとか読むのは性に合わない、計算なんてできなくても適当に食っていければそれで十分だと言っていたのに。

あの頃が懐かしい。

最近のお父さんは、勉強に熱心で家庭教師の人に質問をしたり、わからないことを自分で調べたりと忙しそうだ。

家庭教師さんも、そんなお父さんを相手に嬉しそうにしている。

あたし？

あたしは優秀だから、最低限のことはきちんとこなしているよ！

いつだってオッケーをもらっているからこそ、治癒師として行動しているんだから‼

まあ、そこにはタルボットさんの口添えがあってこそ、なんだけど。

……ちょっとだけ悔しいけど、あの口添えがなかったらあたしはまだ令嬢教育だけをやってなきゃいけなかったんだと思う。

(あたしは、ヒロインなのに)

そう、ヒロインだ。

ヒロインなんだから……でも、〝ヒロイン〟ってなんだろう？

この世界は現実で、あたしはここで生きている。

それはわかってる。理解している。

あたしが知っているゲームの通りの展開があって、登場人物たちも実在している。

だからこそ、あたしは自分がヒロインだと確信していた。

なのに、ようやくゲームスタート時点までやってきてみたら驚きの連続だ。

あたしが知っているはずのキャラクター同士の関係性だったり、彼らの感情だったり、そういったものの一つ一つが、あたしの知っているものとは違っていたのだ。

それについてはあたし自身も本来のミュリエッタじゃないわけだし、そのくらいの誤差があったっていいと考えることにした。

だけど……そもそもが、そういうことじゃないのかもって最近になって思い始めた。

(ううん。違う、そうじゃない)

本当は、もっと前から気づいていた。

あたしはヒロイン。

ヒロインだからこそみんなの好感度が低くたって、あたしがちょっとくらい失敗しても見捨てたりなんかしない……そう思っていた。

（だけど、現実はどう？）

王太子殿下はあたしに興味なんて欠片もない。

そりゃゲーム開始前だから、始まればまた何か変わるかもしれないけど……ゲームに縋るには、あまりにも今現在の状況がハードモードすぎる。

（それに）

この間、あのワガママ坊ちゃんが仕事で疲れているあたしに難癖をつけてきた時。

あのワガママ坊ちゃんが侍女さんの姿を見つけて突進していくもんだから、あたしは思わず庇ってしまったのだ。

（まあ、そこはヒロインとして当然よね！）

あたしだったら並の男……少なくともあのヒョロっちいワガママ坊ちゃんくらい、なんだったら一捻(ひね)りできるもの！　あたし、ヒロインだけあって可愛いけど強いのよ？

庇ったのは本当に無意識だったけど、侍女さんのことは嫌いじゃないしね。

まあ、アルダールさまと別れてほしいなとは思ってるけど……。

でも庇ってから、これってちょっとした好感度アップのイベントじゃないかなって思ったの。

ほら、ゲームでのアルダールさまルートのライバルキャラって、本当だったらスカーレットだけど……現実は違うじゃない？

で、あたしは思ったの。

きっとこの現実でのライバルキャラは侍女さん……ユリアさんなんだろうなって。

（スカーレットと同じ〝侍女〟だもんね！）

なら、ライバルキャラとの好感度イベントがあったっておかしくないじゃない？

あのゲームはライバルキャラとの友情エンドもあったもの！

（なのに、なんで？　ゲーム開始時期でもないのに、なんで隣国の人がこんなところにいるの？）

隣国の公爵だというギルデロック・ジュード・フォン・バルムンクって人。

ゲームの中でのあの人は、アルダールさまのルートで現れる敵キャラみたいので……アルダールさまに対して嫌味なことばっかり言う人だった。

（そうやって心が疲れちゃったアルダールさまは、とどめと言わんばかりにクレドリタス夫人の話を聞いて『ミュリエッタ』と手を取り合うことになるのに……）

あの時、ユリアさんに話しかけていた〝バルムンク公爵〟は、まったくもってゲームとは別人じゃないの！　全然怖い人なんかじゃなかった。

朗らかで、親しげにユリアさんに話しかけて、アルダールさまによろしくってなによ？

なんで？　なんで友情築いちゃってるの？

剣聖になるためにいがみ合っているんじゃなかったの？

あたしは混乱して、何もできなかった。

しかもその後、本来ライバルキャラになるはずのスカーレットが現れて、あのワガママお坊ちゃんに説教をしていった。

あたしには、わからない。

あの時あそこで起こった全てのことがあたしには理解できなかった。

だって、スカーレットはワガママで、能力が低いのに自分はできる！　って言い張って失敗ばっかりして、本当の意味でできるヒロインであるあたしを敵視してくるキャラだったはずなのに。

でもあの時のスカーレットは凛として、堂々とあのお坊ちゃんに正しいことを言っていた。

難癖とか癇癪(かんしゃく)とかじゃない、言い方はゲームと同じでちょっと上から目線だったけど……それでもあたしが聞いても正しいと思える意見を言っていた。

『あの方は、ご自分の役目をきちんと担い、全うなさっておられるの。身分がどうこうアナタは言うけれど、貴族の義務を果たせない男があの方に偉そうな態度をとらないでくださる？』

そうやって、ユリアさんを慕っているってはっきり言ったスカーレット。

バルムンク公爵も言っていた。

『モンスターを前に我が母を庇い、守り抜き、傷を負った名誉ある侍女だ。そして決してその功を驕らずにいたと聞く。それだけでも十分価値がある女だろう』

そんな、まるで。

まるで……そんなのあの人の方が主人公(ヒロイン)みたいじゃない。

ただ、普通に仕事をしているだけで、地味で真面目なところが取り柄の人でしょう？

なのに、なんで？　あたしがヒロインなのに！

（違う、そうじゃない）

そうじゃない。これが、現実なんだ。

あたしは、ぐっと唇を噛みしめる。

でないとよくわからない叫び声を上げてしまいそうだから。

（真面目に生きて、ちゃんと評価されている普通の人。……それだから大切にされている）

それがあたしから見たユリアさん。

これが、現実だ。あたしの理想とはまるで違う、現実の世界。

バルムンク公爵の言葉はまだよかった。

でも、追い打ちを掛けるみたいなスカーレットの言葉に、【ゲーム】なんて関係ないところで起きている生活の、当たり前の評価はこういうことなんだと……すとんと、理解してしまった。

あれはあたしに向けた言葉じゃないってわかってる。

（ヒロインなんて、関係ないんだ）

ううん、ヒロインはヒロインなんだろうけど。

でもそれは、ミュリエッタの人生におけるヒロインだってだけの話。

（じゃあ、あたしと何が違うの？）

あたしだってみんなの幸せを願って行動してきたし、ちゃんと真面目に暮らしている。

ユリアさんと何も変わらないじゃない。変わらない、はずだ。

（それなのに、どうしてあたしじゃだめなの）

どうしてあたしは評価されていないの？

どうして、どうして、どうして？

目を逸らしていた現実を理解してしまうと、どうしていいのかわからなくなってしまった。

（あたしは、ヒロインのはずなのに）

幸せが確定しているって、思っていたのに。

だからこそ、頑張れたのに。

（そうじゃないんだとしたら、あたしはこれから何を目標にしたらいいの？）

憧れていた、恋していたアルダールさまと現実に恋ができるって思ったから頑張れたのに！

今のままじゃ、誰にも祝福なんてしてもらえない。

（そんなの、いやだ‼）

考えれば考えるほど辛くて、あたしは知らず知らず親指を口元に持っていっていた。

噛みつくその瞬間、ノックの音に体がびくりと跳ねて自分が何をしていたのか気づく。

「ミュリエッタ？　お前にお客さんが来ているよ」

「……はぁい、ちょっと待って」

ノックの音の後に、いつも通りのお父さんの、優しい声がした。

でもなんだか楽しそうだから、お客さんっていうのは多分、顔見知りなんだろう。

動きたくなかったけど、行かないわけにもいかない。

あたしはのろのろした動きで髪を手で整えて、客間に向かう。

するとそこには久しぶりに会う人がいた。

「や、久しぶりだねミュリエッタちゃん！」

「……ハンスさま」

お客さんは、ハンスさんだった。朗らかな笑顔は、変わらない。

ああ、コレはチャンスかも知れない。ふと、そう思う。

アルダールさまが何しているのか知る術のないあたしにとって、アルダールさまと同じ近衛騎士隊に所属している上に友人だっていうハンスさんなら。

（そうよ）

あたしに好意を寄せてくれるハンスさんなら、きっとあたしの味方に違いない。

やっぱりあたしはヒロインだから、幸運の女神が応援してくれているんだ！

精一杯の笑顔で歓迎しなくては。

「会いに来てくれたんですか？　とっても嬉しい！」

「あは、そう言ってくれるとオレも嬉しいよ」

照れ笑いを浮かべるハンスさん。

そうよね、あたしのことを可愛いって言ってくれる彼の反応が普通よね？

ハンスさんの反応に、あたしはそっと胸をなで下ろす。

「そうそう。ミュリエッタちゃんにお土産！　城下で人気のお菓子を買ってきたんだ」

「わあ、嬉しい！　なんですか？」

「マシュマロだよ」

にこっと笑ったハンスさんに、あたしの笑顔は引きつらなかっただろうか。

マシュマロ。

狐狩りの日に食べた、あの嫌な思い出が蘇る。

「好きだって聞いたんだよね」

あたしの様子に気がついているのかいないのか、ハンスさんがにっこりと笑った。

第三章　母から娘へ繋ぐもの

強烈なメンバーの登場とバルムンク公爵の成長？　というか、真っ当になった？

そんな姿を見せられて唖然としている間に、私はメイナに連れられて王女宮に戻っていました。

いやまあ、あそこに残る理由もないので問題ないといえば問題ないのですが……。

その後、メイナには心配されましたしスカーレットは私の代わりに苦情を言ってやったと胸を張って言われるしで、もう大変でしたよ！

（……あれ？　私が悪かったのかな……？）

あんな大災害みたいな人々……といっては失礼でしょうが、濃いメンツが一堂に会したのは私の責任ではないと思うのですが……。

とりあえずあの子たちを宥めてから、昇給の話はきちんと伝えましたよ！

それまで怒ったりしていた二人ですが、あっという間に機嫌を直したかと思うと手を取り合って跳ね回り喜ぶからこちらもほっこりしました。

でもまあいつまでも騒いでいてはいけないので、そこはきちんと叱りましたけどね。

可愛いじゃありませんか、頑張った甲斐があります。

この昇給が彼女たちにとって、これからのやる気に繋がれば嬉しい限りです。

（まあ、心配をかけちゃったことは反省しましょう。……特にあの時の、あの発言は格好つかなかったなあ……噂になったらどうしましょう）

ビシっと言ってやりたかったのに、いざ発言したら『廊下を走るな』だなんて！

自分でもちょっとね、恥ずかしい限り。

私も相当テンパっていたんだと思います。そういう点はまだまだです。

（いやでも、あれはなかったな……うん、ないわ）

さすがにエイリップさまにも申し訳なかったと少しだけ思っています。

謝る気はこれっぽっちもないですが‼

だってほら、廊下は走っちゃだめなものですからね。ある意味は正解なのです‼

（とかなんとか言い訳してみても、あれはないわー。うん……）

エイリップさまとの接触がないだろうと油断していたのは確かです。

それと、ミュリエッタさんについても。

だから咄嗟の判断が遅れた……ってのは言い訳になりますかね？　ならないなあ。

（ミュリエッタさんといえば、あの時……どうして私を庇ったのかしら）

正直、彼女の行動がまったくもって、これっぽっちも理解できません。

私のお義母さまに対しての反応だったり、あの時パーバス伯爵家での発言だったり……。

それまではもう猪突猛進に『自分こそがヒロインだから、アルダールと恋仲になるのだ！』というそれだけを目標に動いていたように思えましたが……。

なにかしら、彼女に変化をもたらすことがあったのでしょう。そこはなんとなくわかるのですが、それによって彼女がどういう方向に進んでいるのかがまったくもって理解不能と言いますか。

（庇われたってことは、嫌われていないってことなのかしら……）

彼女もアルダールが関係しなければ基本的に悪い子じゃない、とか……？

まあ、だからといって私も仲良くしたいとかそういうのはありませんけどね！

とりあえずよくわからなくて、もやもやするってだけです。

何度目かのため息の後、私は今日の日誌を書き終えて戸棚に戻し、お茶でも飲んで寝ようかなと思ったところでノックの音がしたので、思わず身構えてしまいました。

勿論、昼間の件があるからですよ！

どうしましょう……開けてまたエイリップさまのところの隊長さんがいたり、統括侍女さまからの呼び出しだったりしたら！

いえ、私は一ミリたりとも悪くないので、堂々としていればいいんですけど……。

そうです、むしろ堂々としていなければ！

内心ビクビクしつつ小さく咳払いをしてまず自分を落ち着かせ、それからドアに向かって「どうぞ」と声をかけました。すると、入ってきたのは予想外の人物ではありませんか。

「やあ。……声が随分固かったけど、どうかしたのかい？」

「アルダール！」

そう、それはアルダールだったのです。思わず安堵から笑顔になっちゃいましたね。

いつもと変わらない彼の姿に……ってあれ？　少し様子が違う？

パッと見ただけでもわかるくらい疲れているようですし、よく見れば隊服と共に着ているマントも少しだけですが汚れている気がします。

ただ見た感じでは怪我(けが)はないようで、そこだけは安心です。

「アルダール、まあ……どうしたの、あの、その格好……」

「ああ、ようやく任務が一段落してついさっき帰城したんだ」

入室してきたアルダールが後ろ手にドアを閉めて、ふーっと息を吐き出しながら喉元を緩める仕草はなんかこう、色気たっぷりで。私は思わず目を逸らしてしまいました。

いや、あれは別に深い意味なんてない！

だって、近づいてみるとはっきりわかる疲れの色。

「報告を終えて、その足でユリアに会いに来たんだ。ごめん、こんな格好で」

「いいえ！　……あの、お疲れさまでした。おかえりなさい」

「うん、ただいま。着替えてから来るべきだったんだろうけど、どうしても顔が見たくって」

「謝らないで。来てくれて嬉しい」

私が労いの言葉を口にすれば、アルダールは嬉しそうに微笑んでくれました。

あちこちのモンスター退治に駆り出されて忙しかったのが一段落！

これを朗報と言わず何を朗報と言いましょう‼

（あれっ、でも今のやりとり、なんか新婚夫婦っぽくない？）

思わず自分でそんなことを意識してしまうと一気に恥ずかしくなってしまいました。

そんな！　つもりじゃ！　なかったんです‼

ですが、その恥ずかしさもすぐに吹き飛んでしまいました。

アルダールが私を抱きしめたまま、ぐったりとしていたから。

「……お茶でも、と思ったところだけど本当に疲れているのね」

「まあ、ね……。モンスターは昼夜問わずだったから。さすがにここまであっちこっち連れ回されるとは思わなかった」

「そう……あの、怪我とかは」

「ないよ」

アルダールがくすくす笑いながら私をぎゅうっと抱きしめてきました。

決して苦しくはないんですが、強くて身動きができません。

(いやじゃないけど、アルダールの顔が見えない)

私が身じろぎしたからでしょうか、アルダールが肩口で笑うのをなんとなく感じました。

でもそれもやっぱり力がないっていうか……。

「ごめん、汗臭いかもしれないけど……もう少しだけ、こうしていたい」

「え？　いえ、そうじゃなくて。あの、これじゃアルダールの顔が見えないなって」

「……あー……」

私の訴えに、アルダールはまたため息と一緒にぎゅっと抱きしめてきました。

うっ、今度は少し苦しいぞ？

思わず抱きしめ返していた手でアルダールの背中を叩けば、すぐにその力は和(やわ)らぎましたが。

「ユリア」

「はい」

「……ようやく休みがもらえるんだ」

「？　はい、そうですね……？」

アルダールの言葉に私は首を傾げました。

いや、ほら。私たち公務員ですからちゃんと休日とかあるので変だなって。

そりゃまあ仕事柄、決まった曜日とかそういうのではないのですが……。

だからアルダールの言葉に疑問が浮かんだわけですが、そこは突っ込まないでおきました。

しかしそんな私の様子から疑問を抱いていることはお見通しなのでしょう、アルダールは私を抱きしめたまま笑っています。

「前に、話したろう？　ちゃんと、話をするって」

「え、ええ……」

「だから、休みの日がわかり次第知らせる。……ユリアにも休日を合わせてほしい。おそらく二日間まとめてもらえるはずなんだけど……両日、合わせてもらいたいと言ったら難しいかな」

「わかりました」

何の疑問もなく即答すれば、アルダールがパッと体を離して私のことを呆れるように見ているではありませんか！

いやなんで？　そっちが言い出したことなのに⁉

思わずこっちがきょとんとしちゃったじゃないですか‼

「え？　はい？」

「あーいや、うん。私を信頼してのことだとわかっている。わかってるけどね、そう即答されるといろいろとこちらとしても思うところがね……」

「はい？」

「……いや、なんでもない。それじゃあ、そろそろ戻るよ」

歯切れの悪い物言いでしたが、アルダールは最後にはいつもの様子で去って行きました。

なんだったんだと首を傾げて、内容に問題があっただろうかと考えてみました。

話をしてくれるってこと自体は問題ないわけですよね？

じゃあ、休日を合わせるって部分？

それはいつもの……いや、いつものじゃないいな？

（二日間、連日。……つまり、どこか泊まりがけで出かけるとか？　いや、泊まりがけ⁉）

あー！　ああー‼

ようやく理解して私は愕然としました。そりゃアルダールもああいう反応するわあー‼

未婚の男女が休日合わせて泊まりがけでお出かけしようって誘いに即答オッケーってはしたないって思われたりしたかな⁉　私はようやくそこに考えが至って、がっくりと膝をつきました。

恋愛度成長したと思うのに、ここでこんな凡ミスをするなんて……。

くっそう、まだまだ未熟……‼

あれから数日が経ちましたが、アルダールは以前と同じようにちょっとした時間の合間を縫って私に会いに来てくれています。そこには気まずさなんて微塵も感じさせません。
あの日、『泊まりがけ』の可能性を示されて即快諾……という、私の理解が追いついていなかっ

ただけなんですが！　結構大胆な答えを！　返してしまったというね……。

その辺りについては、触れてくることもないです。

私から言うこともないですけど。

（いや、だって二日連続でお休みを取ってねって言われただけだし。それが泊まりがけっていうのは私の早とちりかもしれないし。気にしちゃいけない。気にしすぎちゃ……くっ……）

気にしてはならないと思えば思うほど気になる！

私は意を決して、夕飯を一緒にと誘いに来てくれたアルダールの手を掴みました。

「ユ、ユリア。どうかしたのかい？」

ん？　掴む必要はなかったな……？

あまりにも唐突な私の行動にアルダールも少し驚いているようです。

いや、なにより私自身が驚いているっていうか……それはともかく。

「あ、あの！」

「うん？　城内の食堂じゃなくて、どこか行きたいお店でもあった？」

「そ、そうじゃなくてですね……」

あれ、この掴んだ手っていつ放せばいいですかね。むしろ強く掴んでしまう始末。

だってタイミングを完璧に逃してしまったんですよ、どうしましょう‼

「うーん？」

アルダールは煮え切らない私の態度に不思議そうにしつつ、何を思ったのか少し考える素振りを見せて何故か手を繋ぎ直しました。

にぎにぎとなんだか楽しそうで、わあ可愛い……じゃない！　なんでそうなった⁉

妙に照れくさい感じになりましたが、私は気を取り直して咳払いを一つ。

……その間も手は握られているわけですが。

「この間、休みを合わせるって話をしたじゃありませんか」

「うん？　ああ、したね。都合がつかなそう？」

「いえ、当面忙しい行事もありませんからそこは大丈夫かと思いますけど。そうじゃなくて、二日間って言っていたでしょう？　それって、どこかに行くのかなって……」

「ああ、なるほどね」

私の問いに納得したようにアルダールは頷くと、にっこりと笑いました。

その笑顔はなんだか晴れ晴れとしているというか、本当にいろいろな面倒事が片付いたんだろうなあと私にもわかるようなものでした。

「せっかく休みが取れるんだし、バウム領を案内したいなと思って」

「え？」

「……実を言うと、義母上にもユリアを連れて遊びに来いと何度かせっつかれていてね」

「まあ！」

そういえばバウム伯爵夫人であるアリッサさまは、殆ど王城で過ごすバウム伯爵さまに代わって領地を代官と共に守っていらっしゃるのですよね。

だから、社交シーズンくらいしか王都にはおいでにならないという話を耳にしたことがあります。

（前に町屋敷でお会いしたのは本当に偶然だったものね）

あの時はクレドリタス夫人の件でバタバタしてしまいましたから、ご挨拶だけで終わってしまったわけですし……歓迎してくれているというのなら、とても嬉しいです。

「なるほど、それで二日ってことだったんですね……」

「うん。バウム領だとさすがに日帰りは厳しいかなと思ってね。本当はもう数日あると余裕があるんだけど……ユリアの職務上、難しいこともあるだろうし、私もそこまでもらえるかどうか」

「わかりました。その辺りは調整してみせます！」

「え、いいのかい？」

アルダールは驚いた様子で困ったような顔を見せましたが、それでも私の返事に嬉しそうに笑ってくれました。

いやいやそんなに純粋に喜ばれると、私がこう……疚しい気持ちはないですが、お泊まりと聞いてちょっとだけ……ちょっとだけですよ？　脳内で勝手にあれこれ想像してしまった罪悪感から休みくらいもぎ取ってやらぁ！　って思っただけなんです‼

疚しいことなんて何もなかった！　自意識過剰、おつかれさまでーす‼

そんな風に自分を戒めたばかりなので、アルダールの爽やかな笑顔が眩しくて浄化されそう……。

なんかごめんね！

（そうよね、泊まりがけだからって別にそういう雰囲気になるとは限らないっていうか……いや待て、そもそもアルダールが前にもそういうのを何回か匂わせたからいけないんだ！　だから私が意識しちゃうのだってしょうがないっていうか）

責任転嫁も甚だしい？

でもほら、意識してしまうじゃないですか！

こちとらそういう経験値はまったくもって手探りなひよっこですからね⁉

「ユリア」

「は、はい⁉」

「……期待してもいいの？」

「な、何がですかいえ答えなくていいです！　そうそうバウム伯爵家へお邪魔するなら手土産が必要ですよね何がいいですかねチョコレートなどはもうたくさん召し上がっておられるでしょうからもっと別のものがいいですよねそうですよねこちらでもいろいろ検討してみますけどアルダールも思い当たることがあったら教えてくださいね‼」

我ながらよく回る口だなとどこか冷静に思いました。

というか、あからさまにこの話題を避けた私ですがこのノンブレスでの発言にアルダールはまた目を丸くしてから、ふはっと笑いました。

それでも私の手を放さない辺りが、もう……もうね！

（ああ、もう……好き！）

きっと今の私は真っ赤な顔をしているんでしょうね。

通常運転ですけど何か⁉

アルダールはそんな私に対し、誤魔化したことを追及することなく相変わらず余裕で……おかしいな、私はレベルアップしていてちょっとずつ彼との経験における距離が近づいているはずなんですが……どうにも越えようのない、天地ほどの差があるような気がしてなりません。

いえ、問題はそこじゃない。そこではないのです。

やっぱり、大人の階段を上っちゃうフラグ⁉　もう大人なんですけど。

やだもう、意識しちゃうじゃないですか！

「顔、真っ赤だ」

「アルダール！」

「うん、可愛い」

「ま、またそういう……！」

恥ずかしくて俯いていた私にまたそういう追い打ちを掛けるアルダールに、思わず顔を上げると触れるだけのキスが落とされました。うわあああほらあぁ！　またそういうことする！

どうしてそういうことしちゃうかな⁉　そして私も学習能力どこいった！

キスすることには慣れましたよ？　そりゃもう初めてではないですし……。

でもまだ不意打ちはダメなんですって。これだからイケメンは！

（心の準備がほしい！）

いつだってこの流れで好きなようにされちゃうのが悔しい。

さすがにこれから食事に行くわけですし、いつまでもこうしていちゃついているわけにはいきません。いや、いちゃついているわけじゃないよ⁉

「そ、そういえばアルダールはバルムンク公爵さまがおいでだったことは耳にしましたか⁉」

「……ああ、来ていたらしいね」

私のあからさまな話題転換に、アルダールは少しだけつまらなそうな顔を見せながらも話題に乗ってくれました。

うーん、その優しさに惚れてまうやろ！　いや惚れ直してしまうじゃないですか。

「私の所にも、ご挨拶に来てくださいましたよ」

「ええ……」

「そんなに嫌そうな顔をしなくても」

「面倒なことにはならなかった？」

「いえ、なんというか……」

どちらかといえば、面倒だったのはエイリップさまとミュリエッタさんですからね……。

あの時のことを話すとますますアルダールとの食事が遅くなりそうですから、この件は食べながら話した方がいいと判断しました。

「ちょっと、ね。いろいろとあったので、それについては食事をしながらでもいいですか？」

「……いろいろ？」

「ええ、いろいろと。でも、バルムンク公爵さまは……なんというか、変わられましたね」

「変わった……？」

アルダールは半信半疑というような表情ですが、私はあの時のことを思い出して頷きました。

うん、脳筋具合は相変わらずだと思いますけど、なんというか……前向きになったというか。

ミュリエッタさんについても、面倒だったというか意味不明だったというか。

エイリップさまも相変わらず不機嫌そうだったし。あ、それはいつも通りか……。

「そうそう、次にまた来た時にはアルダールに会いたいそうですよ」

「……なんとか理由をつけて遠慮しないといけないね、それは」

げっそりとした様子で言うアルダールがおかしくて、私は堪えきれず吹き出しちゃいましたね。

それから繋いだ手はそのままに、私たちは食堂に向かうのでした。

……いや、手は放してもいいんじゃないかな⁉

プリメラさまが、とても緊張した顔をしています。

私は、その背中をただ見つめて心の中でエールを送ることしかできません。

何故ならば……。

「待たせて悪かったわ、呼び出しておいてごめんなさいね」

「いえ……大丈夫です、お義母さま」

なにせ今、プリメラさまとテーブルを挟んで対峙(たいじ)しているのは王妃さまなのですから……‼

一時期に比べるとお二人の関係はかなり改善されたとはいえ、今もどこかギクシャク気味。

そんな中、王妃さまから直々(じきじき)にお呼び出しがありました。

まあお断りする理由はありませんからね！

きちんと作法に則って伺わさせていただいております‼

むしろお断りなんてしてしまったらそれはそれで角が立って、それを聞きつけたどこぞの貴族たちが好き勝手に噂話に花を咲かせる……なんてこともあり得ますから。

王妃さまは断られたとしても特に何か思わないでしょうが、周囲はそうと受け取らないのです。

それは、プリメラさまがご側室さまの娘である以上避けられないこと。

なにせ陛下の寵愛がご側室さまにあることを、王妃さまは以前から大変苦々しく思っておられた……なんて世間では言われているのです。

私もつい最近までそう思っておりました。

しかし、実際は異なります！

王妃さまはご側室さまのお立場を理解して慮（おもんぱか）ったからこそ、同じ後宮にいても寄り添うのではなく、距離を保つことでお守りしていたのです。

表立って庇うように王妃さまが動けば、ご側室さまは社交の場で後々周りからやっかみを受けていたことでしょう。

そこで王妃さまが冷たく接しているとなれば、ザマアミロってな感じで高位の人たちもそう手出しはしてこないだろうという逆心理みたいな……ね。

全く以（もっ）て複雑怪奇で理解しがたいことですが、長い目で見た場合にはそれが必要だったのでしょう。ただ、ご側室さまがお亡くなりになったことで全てが泡となってしまったわけですが。

その後は元々後ろ盾が弱いとされていたプリメラさまのために、母のいない子だからと甘やかさず自立した子に育てようと王妃さまは考えられていた……というわけです。

とはいえ、そんなわかりづらい思いやりを幼いプリメラさまに理解しろっていうのが無理な話で、つい最近までは非常にお二人の関係は……こう、なんというか、ね。

まあ誤解はなくなったというか、プリメラさまの優秀さもあってディーンさまとの婚約話が出た

頃から王妃さまも態度を軟化させたので、最近は良い感じなのです‼

（それにしても何の用事なんだろう……連れてくるのは、王女宮筆頭のみとまで制限して……）

まさかとんでもない王家の秘密が明かされるとか⁉

社交界デビューを控えた王女に伝える、そんな大事な席なのでしょうか⁉

ないとは言い切れません。

プリメラさまのご生母であるご側室さまはすでにおらず、そうなるともしも〝母親から伝えるべき内容〟といったものがあるなら、ご側室さまに代わってそれを教えられる女親の立場にあるのは……王妃さままただお一人ですもの！

いいえ、王太后さまもそれに該当するかしら。

しかし親から子へと引き継ぐものとかなら、王妃さまがやはり適任でしょうか。

（って、まだそんなとんでもない話と決まったワケじゃないけどね！）

まあそんな風に『家族でする話題』ではないかと考えた理由としては、王妃さまの傍に控えていたのが内宮筆頭ではなく後宮筆頭だったからなのですけれど……。

招かれたのは、王妃さまの執務室でした。この場合、担当するのは内宮筆頭となります。

後宮筆頭はその名の通り、後宮……つまり国王陛下の〝妻〟にあたる女性たちが暮らす場所を守り、管理し、よりよい環境で過ごして跡継ぎを設けていただけるよう気を配ることがお仕事です。

ちなみにこの国の主が国王陛下ならば、後宮の主は王妃さまになります。

たとえば陛下に側室、愛人など複数の女性がいた場合、その女性たちはみんな後宮でそれぞれに部屋を与えられて過ごすことになります。

そして王妃さまは彼女たちを従え、秩序を保たせ、時に陛下のお渡りに対して偏りが出ないように配慮するなど、様々なことを取り仕切るのです。

これ正妻の務めってヤツなのだそうですが……聞いているだけでもとても大変そうですよね。

（……当時、ご側室さまも後宮で生活をしていたのよね……）

私が見習いだった頃は後宮でも掃除や書類を運ぶ手伝いなどで駆り出されていましたから、それがきっかけでお会いしたんですけどね！

今となっては懐かしい話です。

（なんて思い出に浸っている場合じゃなかった）

私はそっと失礼にならないよう、周囲を見渡しました。

王妃さまの執務室に入ったのは、幼い頃、見習いだった際に見学した程度でしょうか……？

豪奢な内装に大きな仕事机、そして来客用のテーブルと椅子。

部屋の面積で言えば、私の執務室と私室を合わせたものが二つは入りそうな広さです。

それでも王妃さまには書記官や秘書官、侍女たちに護衛の騎士と常に周りに人がいるのですから、このくらいの広さが必要なのでしょう。

そんな執務室の応接用テーブルには見事な茶器と紅茶、そして茶菓子の数々。

（……これは、長い話になるってことなのかしら）

単純におもてなし、とも考えられますが……今まで王妃さまが率先してプリメラさまと関わりを持とうとしてこなかったので、なんとも緊張してしまうのは仕方のないことではないでしょうか？

おそらく、プリメラさまは私などよりもっと緊張しているはずです……！

「……わたくしと話すのは辛いかしら。いえ、当然のことよね。プリメラ」

「えっ」

「ですから、用件を手短に済ますこととします」

王妃さまはプリメラさまと向かい合ってしばらく沈黙していたかと思うと、ばっさりと挨拶も何もかもすっ飛ばしてそんなことを言い出しました。

いや、一応家族なのだから挨拶はいいのか？

しかし挨拶は人間関係の基本だよね？

そんな風にいきなり切り込まれたらたとえプリメラさまじゃなくたって畏縮しちゃいますって王妃さま！　と思わず言いそうになってしまいました。

落ち着け私。

私が動揺してどうするってんですか。

（むしろ私が考えなくてはいけないのはこの後のことなんだわ）

話を終えた後に、内容によってはプリメラさまをお慰めすることもあり得るのですから。

雰囲気的には悪い話ではないと思いたいのですが、万が一を考えてね⁉

専属侍女として、王女宮筆頭として、責任重大です‼

「今日呼んだのは他でもありません。これを、そなたに託すためです」

王妃さまの言葉に後宮筆頭が小さな箱を恭しく持ってきて、プリメラさまの前に置きました。

小さな宝箱のような形状のそれは、プリメラさまの両手にちょうど収まる程度の大きさです。

素材は銀でしょうか？　王宮にあるものとしては、随分とシンプルに見えます。

「……これは？」

「そなたの母が生前よく身につけていたものです。他に彼女が持っていた装飾品は葬儀の際に共に埋められたため、もう残っていません」

「……おかあさまの……」

　プリメラさまはそう零すように呟いて、ゆっくりとした動作で箱を手に取り視線を落としました。

　王妃さまが何故、ご側室さまの装飾品をお持ちだったのでしょうか？

　お二人の関係は同じ国王陛下の妻というものでしたが、わざと接点を持たなかったがために疎遠と言っていいものだったはずです。

「それは彼女がこの城に実家から持ってきた、唯一のもの。それ以外の装飾品は陛下からの贈り物であり、それらは彼女への愛ゆえに宝物庫に戻されることもなく、また、娘であるそなたに引き継がせることもなく共に埋葬されました」

　生前身につけていた物を、その持ち主と共に埋葬するのはこの国でごく一般的なことです。

　それでも、母から子へ受け継いでいくということもよくある話なので、家族は手元にいくつか残して埋葬するのです。

　ちなみに私の実母はあまり装飾品を好まない方だったそうで、私は何も受け継いでおりません。

　実母はお父さまとの結婚指輪だけを大切にしていたと、そういう話を聞いたことがあります。

（でも、そうかあ）

　ご側室さまはたくさん装飾品をお持ちだったのに、何一つプリメラさまに残っていなかったことについて私も疑問に思っていたのですが……なるほど、そういう理由があったのですね。

つまり、陛下が原因か！

（ご側室さまは身分を得た後、本当に身一つで嫁がれたんだなあ……）

それは、どれだけ強い覚悟を持てばできたのでしょう。

私は想像してみて……何もわかりませんでした。

アルダールと身分差があったら、私は家族を捨てる覚悟で彼の元へ行ったでしょうか。

誰一人知らない場所で、今まで感じていた自由を手放して、本当の家族を家族と呼べない生活を送る……そんな暮らしができるでしょうか。

愛という言葉は美しいですが、それは相当の覚悟がなければできなかったに違いありません。

「わたくしと彼女は、役目が違いました」

「役目、ですか……？」

「そうです。陛下が背負う責任は、我々などが到底肩代わりできぬ重いもの。それはそなたも日々学ぶことで知っているはずです」

「……はい」

王妃さまはプリメラさまをひたりと見据えて、淡々とした口調で言葉を続けました。

けれど、その眼差しは……幾分か、優しいもののような気がします。

「わたくしは国王の妻として、内外共に公務をお支えするのが役目。そして彼女の役目は、あの方の、人としての心を支えることでした」

「……」

「お前はもう幼い子供ではありません。知っておいてもよいと判断しました」

「……はい、お義母さま」

王妃さまはプリメラさまを見つめ、そして時間にして数秒という僅かな間だけ目を伏せておられたかと思うとスッと立ち上がりました。

「話はこれだけです。わたくしは視察に出ねばなりません。それを持って下がりなさい」

颯爽(さっそう)と出て行ってしまった王妃さまの背を、プリメラさまはどこかぼうっとした面持ちで見送って、それから緩慢(かんまん)な動作で私の方へと振り返りました。

「……プリメラさま。王女宮に戻りましょう」

小さな宝箱を持つその手は、かすかに震えているように見えます。

「ええ……」

「それでは後宮筆頭、失礼いたします」

「王女宮筆頭も、ご苦労さまでした」

穏やかに微笑む後宮筆頭に見送られながら、私たちは王妃さまの執務室を後にしたのです。

廊下を出て歩き出したところで、懐かしい庭が目に入りました。

（ああ、あそこは……）

思い出すのは、在(あ)りし日の幼い自分とご側室さまの姿。

女の子ならば花の名前をつけるのだと優しく笑っていたご側室さま。

それでも、いつもどこか寂しそうに笑う人でした。

（王妃さまは……ご側室さまの気持ちを、誰よりも理解しておられたのかもしれない）

だったらいいなと、思いました。

国王陛下や王弟殿下が傍にいたけれど、同じ夫を持つ女性という理解者がいたのなら……ご側室さまは、私が思っていたよりかは孤独ではなかったのかもしれません。

少しだけ……そう思ったら、どこかホッとしたのです。

そして、それはプリメラさまも同じだったのかもしれません。

私と同じように足を止めて、まだ蕾（つぼみ）も何もつけていない木々を見つめ、そして私の手をぎゅっと握ってきました。

ほんの少しだけ、私よりも小さなその柔らかい手の感触は温かくて、震えていて。

私たちは、しばらく何も言葉を発さずにその場に立ち尽くすのでした。


プリメラさまが譲り受けた品は、髪飾りとイヤリング、ネックレスのセットでした。

アクセサリーの品質としては〝それなりに良い品〟という程度のものです。

国王の寵姫（ちょうき）という立場で考えれば安価なものに見えるかもしれません。

ですが王妃さまが『生前よく身につけていた』『陛下が贈ったものは共に埋葬されている』と言っていたことから考えるに、これはジェンダ夫妻からの贈り物だったのではないでしょうか？

ナシャンダ侯爵家の養女となり、二度と会えない立場になってしまった娘に贈った品だと思うと、金銭には換えられない価値があると思います。

王妃さまとの一件があった後、王太后さまに教えていただいたのですが……。

今回アクセサリーを渡す際、プリメラさまが『母親の遺品を何一つ残さなかった父親』に対して嫌な気持ちを一人で抱かないで済むように、私を同席させることを薦めたのだとか。

まあ、王妃さまも淡々と事実だけを述べられていましたからね……陛下に対するフォローが何一つなかったから、それを見越して王太后さまが手を打ったという感じでしょうか。

ただ、そういった想定とは裏腹にプリメラさまはとても落ち着いていらっしゃいました。

あの日、ご側室さまの遺品を大事に抱きしめていたプリメラさまですが、国王陛下に思うところは特に何もなかったようです。

（むしろ、陛下はああいう人だから……的な感じでさっぱりと受け止めていたところに逆に衝撃を受けたっていうか……）

そのことも王太后さまにお話しさせていただきましたが、苦笑を浮かべておられましたよ！

王太后さま、または王妃さまから国王陛下にこの件が伝えられたかどうかは知りませんが、プリメラさまは普段お部屋にいらっしゃる際にはその髪飾りをつけたいとよく仰います。

「姫さま、今日はこちらの編み込みでいかがでしょうか！」

「わあ、可愛い！　ありがとう、メイナ‼」

「この髪飾りがとても可愛いので、どんな髪型もお似合いです！」

プリメラさまがそうやって髪飾りを愛用なさるので、ヘアメイクを担当するメイナが日々張り切ってあれやこれやとアレンジしている姿がみられるようになりました。

キャッキャと楽しげな声をあげながら鏡を見て笑い合うプリメラさまを見ると、こちらも心がほっこりして潤います。

どの髪型も可愛くて甲乙つけがたい、そう悩む日々はなんて幸せなのでしょう！

可愛いが渋滞していて、もう顔が緩んでしまいそうですよ‼

「でも、そうよねえ」

「どうかなさいましたか？」

ふと、プリメラさまがそんな中でぼんやりとティーカップを見つめて零しました。

穏やかな日々の中、何か心配事でも⁉

内心慌てましたが、プリメラさまは私を見てにっこりと笑って首を振りました。

「ううん、大したことじゃないの。お母さまのアクセサリーが手元に来て、それで胸がいっぱいで
……王女宮のみんなも喜んでくれて、わたしは幸せだなって思って」

「それはようございました」

「でもね。お義母さまの、王妃としてのお言葉の意味も、考えるようになったの」

プリメラさまのお言葉に、私はなんとも言えない気持ちになりました。

陛下に対して『夫の』心を支える役目を担ったご側室さま。

陛下に対して『国王の』公務を支える役目を担った王妃さま。

プリメラさまはもう幼い子供ではないのだから、理解できるはず……そう、王妃さまは確かに仰いました。

（それでも、私はまだ子供でいてもらいたいと思ってしまうんだわ。でも、王妃さまはきちんと大人となる娘を見定めていらした。……ああ、私は自分勝手なのかしら）

王妃さまのお言葉について、私なりに考えなかったわけではありません。

確かにプリメラさまはすでに王族として公務に正式に携わる準備を始めており、社交界デビューも遠い話ではありません。

それでもせめて、社交界デビューまでは。

そんなことを思ってしまう私の方が、甘っちょろいのかもしれません。

「わたしはいずれディーンさまのお嫁さんになるでしょう？　そうしたら、次期バウム伯爵家の女主人になるんだわ」

「はい」

「王家を守る盾であり、敵を払う剣であるバウム家の当主。ディーンさまはいつか当主になられるのよね。じゃあ、その妻であり家を守る立場のわたしは、どんな大人になったらいいのかしら」

「それは……申し訳ございません、私にはお答えできません」

プリメラさまのご質問は、必ずとも答えを必要とするものではありません。

むしろ、明確な答えなど必要としてはいないのだとも思います。

わかっているからこそ、私の答えを聞いてプリメラさまは微笑みました。

「そうよね、それはプリメラが自分で答えを出さなくっちゃ！」

うん、と両拳を握ってやる気を見せたプリメラさまはこちらを向きました。

そして恥ずかしそうにしながら、蕩（とろ）けるような笑みを見せてくれたのです。

「わたし、ユリアかあさまが喜んでくれる素敵な花嫁になるわ。それからディーンさまが安心してお仕事にいけるくらい、立派な女主人になってみせるからね！」

「……プリメラさまなら、きっとできますとも」

「うん……あのね、かあさま。わたしのお母さまがお父さまの心を支えたって話を聞いた時、わたしはユリアかあさまのことを考えたのよ」

「え？　私ですか？」

思いがけないことを言われてきょとんとした私ですが、プリメラさまは恥ずかしそうにしつつ頷きました。

なんでしょう、つられて私も恥ずかしくなってきちゃうんですけど！

「プリメラも、ずっと、ずーっとユリアかあさまが傍にいて支えてくれたから、立派な王女になれたの。だから、王妃さま……お義母さまも認めてくれたんだと思うの」

「プリメラさま……‼」

「ありがとう、かあさま。これからも、よろしくね？」

「勿論でございますとも！」

おっと食い気味に返事してしまいました。

だってしょうがなくない⁉

うちのプリメラさまが、こんなにも……こんなにも尊い……‼

不肖ユリア、いつまでもプリメラさまのことをお支えしたいです。

むしろ私の方がプリメラさまの存在にいつだって支えられていますからね！

（でも……そうか、結婚して女主人になるのも覚悟ってものがいるんだなあ）

それから私たちは少しのんびりとした時間を過ごしたのち、プリメラさまはお勉強の時間となったためメイナを伴ってそちらへ向かわれました。

それを見送ってから、私は少し考えました。

結婚してめでたしめでたし。二人は幸せに暮らしましたとさ……。

現実はそんな甘い言葉で終わらないことは百も承知ですが、何にせよ〝その後〟のことについて私もあまり考えたことがなかったというか……。

貴族の娘として、私も女主人の役割というか、結婚したその後についてですとか……その辺りのことについては一通り説明を受けて育ちました。

一応これでも領地持ち貴族の長女ですからね！

もしもメレクが生まれていなければ、私が婿を取ってファンディッド家を守っていかなければならなかったわけですし、貴族令嬢としてはごく一般的な話です。

でも弟がいて、天職とお仕えすべき相手に巡り会えて、プリメラさまがお嫁にいっても引き続き侍女としてプリメラさまのお傍で働くつもりでしたからね……。

（子爵令嬢としての〝その先〟については、自分にとってどこか遠くの世界の話くらいにしか思っていなかったっていうか……）

人間の記憶ってほら、不必要だと思うとコロッと忘れちゃったりするじゃないですか。いやむしろ考えたくなくて見ないふりをしていたっていうか。

まあそれはともかく！

（もしアルダールと結婚ってことになったら、私はどうするべきなんだろう。どうあるべきなんだろう。だって、彼は分家当主になるのよね？）

もしそうなった場合、私は分家当主の妻ってことになりますよね。

分家当主の妻としてやらなきゃいけないことが出てくるわけですよね。

一般的な貴族家の本家と分家の関係性でいけば、分家筋の女性代表として降嫁なさったプリメラさまの侍女も務めなければならないということになります。

あらやだ、なんだか業務が渋滞していませんかね？　女主人と侍女の兼業！

（……いや落ち着こう。そんな先のこと、決まってから考えないと）

アルダールだって結婚とかそういう雰囲気出してないんだし、そういうことを考えすぎるとよくないってついこの間、反省したばかりでした！　また反省し直します‼

しかし、確かにプリメラさまは私が考えるよりも成長していると感じざるを得ません。

もうすっかり、心も体も大人になる準備に入っているのでしょう。

その点では、王妃さまはとても正しい。

（だけど……そう）

きっと、私の考えも間違ってはいないのでしょう。

プリメラさまが見せてくださった、あの笑顔が証拠です。

ああ、今日はもう胸がいっぱいですね！

自分の執務室に戻って幸せを噛みしめつつ書類を片付けていると、ノックの音が聞こえました。

「はい、どうぞ」

「ユリア、今大丈夫かな？」

「アルダール！　どうしたの？　勤務中でしょう？」

「いや、休憩に入ったところ。今夜時間が取れそうだから、食事でもどうかなって。……少し、話したいことができたから」

アルダールの様子からして深刻なものではなさそうなので、私はすぐに笑顔で承諾しました。

彼は私の返答にどこかホッとした様子を見せているので、少しだけ不思議に思いましたが……まあ、食事の時に話をするのだから焦って聞くことでもないのでしょう。

「それじゃあ後で迎えに来るよ。ユリアはいつもの時間？」

「ええ」

「じゃあ、その頃にまた。どうせだったら外に食べに行こうと思うから、着替えて待っていて」

「はい、待っています」

笑顔で手を振って去って行くアルダールを見送って、私は首を傾げました。

それにしても、話したいことっていったい何でしょうか。

外に食べに行きがてら……なんて珍しいなあ。

（いつもなら、王城内の食堂とかなのにね？）

王城内は人の目もある反面、秘密の話ができる場所もいろいろとありますからね！

ってことは、人の目を気にするような話ではないのかもしれません。

（ハッ……これはまさか、フラグというやつなのでは⁉）

まさかプロポーズ⁉

ふとそんなことを考えて一人で赤くなりつつ、即座に『ないわー』と自分で突っ込むのでした。

さ、馬鹿なことやっていないで大人しく書類仕事でもやろっと。

アルダールと一緒に来たのはいつもの野苺亭……ではなく、今日はもう少し落ち着いた雰囲気のレストランでした。

なんだかドレスコードについて言われそうな空気が漂っていますが、私だってそこはなんてことない顔で当然かのように振る舞って見せましたとも。

これでも！　貴族令嬢なんで‼

いやまあ、内心は心臓バックバクでしたけどね。

（まさかご飯食べに行くだけでこういうところに行くと思わなかったんだもの……）

仕事上がりに恋人と、いつものように食事に行くだけ。

特別、記念日だとかそんなことでもないので……私の中ではもっと気軽に楽しむようなお店かと……いや待てよ、貴族としてはこういうお店の方が一般的ですかね……？

とはいえ、今日はそう、何でもない日のはずです！

えっ、多分そうですよ記念日とか私たちの間には今のところまだ何もないはずですが……付き合って一年経っていませんし、〇日記念日（はぁと）を毎月やるタイプでもないですし。

せいぜい、お互いの誕生日とかそのくらいですかね？

ああ、そういえばアルダールの誕生日ってプリメラさまのお誕生日と近いんでした。

といってもプリメラさまの誕生日と園遊会の間ぐらいですね。

あの頃はまだお付き合いもしていませんでしたから……知らなかったんです。

知っていたら、友人としてもお祝いはしていたと思います。

でも、今は……恋人、ですからね。

(今年はお祝いしたいな)

レストラン側から何か言われることもなく、私がすこーし、そう。少しだけね？　少し緊張していただけで、普通にお食事を楽しみました。

コース料理のみのご提供って聞いた時にはお値段が心配になりましたけどね！

(……いざとなったら、王城に請求書を送ってもらおう。アルダールに知られる前に)

一応お財布は持ってきていますけど！

念のためそういう所も気にしておかないとね‼

(でないとアルダールがさっさと支払って、何事もなかったかのようにされちゃう……‼)

そこはきっちりしときたいんですよ、私は！

しかし、それにしても料理は全て絶品。特に白身魚のムニエルがこれまたね……！

メッタボンの料理も美味しいのですが、それとはまた違った美味というか……とても繊細で、かつ上品な味付けに目にも鮮やかな盛り付け。さすが一流店。

レジーナさんとメッタボンにも教えてあげようと心に誓いました。

くう、こんな美味しいお店しょっちゅう来られないだろうけど、私もまた来たいな……‼

「……それでね。この間、ユリアが聞いてきたことがあっただろう？」

「え？」

「実母に会いたいか……って話」

「え？　あ、あー……ありましたね、そんなことも」

エーレンさんとのお茶会の話をした時に、ちょっとだけ。

でもアルダールの答えは、バウム家の家族がいるからもう気にしていないっていうものだったと思いましたが……私が首を傾げると、アルダールはくすっと笑いました。

「今日、話したいことがあるって言ったろう？」

「え、ええ。……何かあったんですか？」

「うん、実は昼間、親父殿に呼び出されてね」

「まあ！　バウム伯爵さまに？」

「王城で私を呼び出すなんて珍しいから何事かと思ったよ」

アルダールはおかしそうに笑いながらワインを飲んでいました。

私は何があったのだろうと首を傾げるばかりでしたが、彼が『話したい』というのだからと黙って続きを待つべきだと彼の真似をしてワインを飲みます。

ふと、アルダールは真面目な顔をしました。

「実はね。親父殿は私の実母が、クレドリタス夫人だと……教えてくれたんだ」

「えっ！」

驚いて思わず大きな声が出てしまい、私は慌てて周囲を見てしまいました。

幸いそこまでではなかったようで、誰もこちらを気にする様子はありません。

けれど、これは驚かずにいられませんよね！

「親父殿に言わせれば、今の私だったら話しても問題ないと判断したとのことでね。今更になって実母について話すのかと呆れもしたが、まあわからなくもないかな……」

困ったように笑うアルダールも、家族のことで悩んでいた時にこの事実を聞かされていたら、心穏やかにはいられないと思ったのでしょうね。

まあ、ミュリエッタさんの〝予知〟によれば、アルダールはその事実に打ちのめされるということでしたから……。

実際には、そうならなかったわけですけど。

思わぬ話に心臓がバクバクしましたが、私はアルダールをじっと見つめました。

彼の様子はとても穏やかで、落胆しているとか……苦々しいとか、そういう雰囲気はまるでありません。むしろ拍子抜けなくらい、いつも通りです。

「あの、アルダール……その。随分と落ち着いている、のね……？」

「……そうだね、自分でもびっくりするくらいなんとも思わなかったんだ」

私の言葉に少しだけ驚いた顔を見せてから、困ったように……というよりは申し訳なさそうに笑うアルダールは、言葉を続けました。

「親父殿にも驚かれたんだけど、その話を聞いても『ああ、だから憎まれていたんだな』と腑に落ちただけだったんだ」

「そう、なんですね……」

「これまで何故あそこまで憎まれるのかわからなかったからこそ、余計に私は……彼女に対して嫌悪感を抱いていたんだと思う」

思い出すのは、アルダールが町屋敷で使用人たちに対して距離を置いた態度で接していたこと。

その中でクレドリタス夫人に対してだけは負けたくないという、意地が見えたこと。

アルダールの中で、クレドリタス夫人は……いろいろな意味で『特別』だったのでしょう。

「バウム家の縁者や使用人たちの中にも、私を軽んじる人間は大勢いた。だけど、彼女は、クレドリタス夫人だけは違った。私を軽んじるのではなく、疎(うと)むのでもなく、憎んでいた」

「アルダール」

「憎しみをぶつけてきた初めての人間で……私が憎らしく思った、初めての相手だろうと思う」

そっと目を伏せたアルダールの表情は静かで、何の感情も見えません。

きっと……なんとも表現できない、そんな感情なのだろうと、思います。

だから私も、何も言えませんでした。

「親父殿に対しては、あまり……そうだな、クレドリタス夫人が私の家庭教師になる前までは、父親というものがどういうものかもよくわかっていなかったから」

アルダールに言わせれば、バウム伯爵様は『父親』という存在というか、概念というか……まあ、顔も碌に合わせていなかったんですからそれは仕方のないことだったのかもしれません。

その後、物心ついた時にクレドリタス夫人が家庭教師として現れたことで、バウム伯爵さまに対する印象がより悪くなったのだとか！

まあ彼女の発言を考えるなら、とにかく『バウム伯爵さまのために』『バウム家のために』を連呼していたのだろうなと想像がつきます。

それらを延々聞かされた上で『庶子であるお前はバウム家の恥』だのなんだのと罵(ののし)られ、憎しみをぶつけられたらどんな子供だって『バウム家』の人間に対して複雑な感情を抱くことでしょう。

だからこそ、家族として迎えられた後も素直に受け入れられなかったわけですよね。

「まったく、奇妙な話だった。あんなにも会いたいと願った実母がそれこそ私の傍にいて、私を誰よりも嫌っていたんだからね。そして、私もそうだったなんて」

「……」

「ああ、ごめん。暗い話になってしまったけど……その、ユリアもクレドリタス夫人の存在も、言動も知っているから。話しておきたいなと思って」

「アルダール……」

「本当に……何かを気にしたりとか、そういうことはないんだ。それに、もう理由もわかったならクレドリタス夫人のことを気にすることもなくなりそうだって話しておきたかったんだ」

ただ、君には隠しておきたくなかっただけ。

そう囁（ささや）くように言われて、私は目を瞬かせてしまいました！

嫌な記憶だから、嫌っている相手の話だから。

そんな風にして、なかったことにするのはとても簡単なのに……。

「他の誰かからユリアの耳に入るくらいなら、私が、私の言葉できちんと話しておきたいと思ったんだ。事実だけならともかく、勝手な憶測や噂話まで付随したらたまったもんじゃない」

「まあ！　……でも、わかる気がします」

「きっと……私がこうして実母の話で何も思わずに済んだのは、ユリアがいてくれたからなんだ。前にも言ったけど、私が家族と向き合うきっかけをくれたのは君だからね」

くすくす笑うアルダールに、私も笑いました。

本当に、吹っ切れたんだなあと思うと私も嬉しいです。

「今じゃ義母上には腹を間違えて生まれてきた……なんて言われてるけどね。それがしっくりきてるんだからおかしな話だと思わないかい？」

おどけてみせるアルダールに、私は心の内で安堵しつつ嬉しかったです。

私と出会って、家族と仲良くなって……辛い過去を乗り越えていくアルダールは、やっぱりとっても素敵だなあと思わずにいられません！

（そして、なによりも、その気持ちを私に話してくれて嬉しい）

私はテーブルの上にあるアルダールの手に、そっと自分の手を重ねました。

いつものように、何も言わず好きにさせてくれた彼はどうかしたのかと私に視線を向けていましたが、私はただ胸がいっぱいで。

「……話してくれて、ありがとう」

そう言うだけで、精一杯です。

アルダールは、そんな私に対して優しく笑みを浮かべてくれたのでした。


（それにしてもびっくりだわ……まさかバウム伯爵さまが）

いつか話すおつもりだったのか、あるいは墓場まで持っていくつもりだったのかはわかりませんが……アルダールにクレドリタス夫人の話をするとは！

ミュリエッタさんの話だと、誰かがクレドリタス夫人がアルダールの実母であるという事実を伝えて、それでショックを受けた彼はすべてを拒絶しちゃうんでしたっけ。

前提条件が彼女と行動を共にしている時……らしいので、まずもって現状ではあり得ない話ではあるんですが……ともかく、その予知は崩れ去ったわけですね。

いやまあ、彼女から聞いた話を上の方々に話した段階で『秘密にしていた内容が第三者から余計な尾鰭（おひれ）がついた状態でアルダールに伝わる』可能性は十分に考えられた話です。

なら、バウム伯爵さまが息子に対してご自身の口からきちんと事実を説明するのも頷けます。

（……ミュリエッタさん的には私を揺さぶるためにその話をしたんだろうけど……）

結果としてバウム親子は隠し事がなくなって、より安定した関係を築いたことになります。

私が意図してどうこうってわけではないですし、驚いてばかりですが……まあ、状況を冷静に考えればこうなるのは当然の流れなんだろうなと思いました。

当然ミュリエッタさんにはアルダールが事実を知ったなんて話は聞かせないと思いますが、彼女がこれを知ったらさぞ落胆するんじゃないでしょうか。

まあそもそもの大前提として、彼女は『アルダールと家族がすれ違っている状況での実母問題』を語っていたので、過程はどうあれ、現状を考えれば結果は変わらなかったと思います。

アルダールの話は驚きでしたが、彼がバウム家の家族を大切に思い、きちんと意思疎通できていて、心配だった実母の件もあっさりと乗り越えて……いえ、あっさりではないんでしょうが。

私が知らないところで、アルダールの中でたくさんの葛藤があったと思いますし。

しかし、それを微塵も感じさせずに優しく笑う彼の姿や、美味しい料理とお酒にすっかり私は良い気分になってしまったのです。

いやいや、だって良いことが多かったら嬉しくなっちゃうものでしょ？

アルダールも忙しさが落ち着いたんだし、怪我もなくてそれだけでも私としては嬉しかったのに、その上こんな良い話が聞けたんだもの！

アルダールが実母の件を知って傷つくってミュリエッタさんの発言を、私だって気にしていなかったわけじゃないんです。

家族と上手くいっているからきっと大丈夫だろうとは思ってました。

（でも、傷つかないわけじゃない）

それが、とにかく心配だったんです。

かといって、私が率先して『知っています、支えます』なんてズカズカと相手の繊細な部分に土足で踏み込むわけにもいかなかったし、なにより職務上内密の話になっていたわけですし……。

結局、ひっそりと心配するしかできないことを歯がゆく思っていたんですよ、これでも。

しかし、もうその心配もないと思うと嬉しくもなるじゃないですか！

「ごめんなさい、すっかりお支払いまでお任せしてしまって……」

「いや、いいよ。今度はユリアがまた美味しいものを作ってくれると嬉しいな」

「それじゃあ対価に見合わない気がするけど……なら、今度アルダールが好きなパイを作るわ」

「いいね、楽しみだ」

私たちはゆっくりと食事と、それから楽しいお話をしてお店を後にしました。

すっかり夜も更けて、空には星々が綺麗に輝いています。

「……もう少しだけ、歩きたいな」

「じゃあ馬車乗り場まで歩こうか」

「いいの?」

「構わないよ、ほら手を繋ごう?」

なんだか馬車をこの場に呼ぶよりも、二人ともう少しだけ歩きたい気分だったんです。

ちょっとした酔い覚ましと、食後の運動を兼ねてっていうのもありますけど。

美味しい物を食べ過ぎた感が拭えないので、少しこういう時に運動をしないとですね、おなか周りが……いえ、なんでもありません。

勿論、アルダールにエスコートしてもらってね!

すっかりこうやって手を繋いで歩くのも、当たり前になりました。

お互い社会人同士だから忙しい時は会えないこともあるけれど、こうやって落ち着いた時に過ごせる時間というのは本当にかけがえのない時間ですよね。

アルダールがいつだって優しいから、ついついそれに甘えがちで申し訳ないと思っているのだけれど……私も精一杯アルダールが喜ぶようなお菓子とかお酒を準備することにしましょう!

いざとなったらメッタボンにお勧めのお酒を教えてもらって、ついでに買ってきてもらうっていう手もありますし。

メッタボンのツテなら信頼できるでしょうし、安心です。

「でもどうして外で話をすることにしたの? 城内で誰かに聞かれたくなかったとかなら、私の部屋でも良かったんじゃないかしら」

「うん? ああ、まあそうなんだけどね……なんていうか、ちょっとしたお祝いみたいな気分だったんだよ」

「お祝い？」

「うん。我ながら単純だけど、疑問がすっきり解決したお祝い。一緒に祝ってほしかったんだ」

アルダールが少しだけ照れたように笑ってそう言うものだから、なんとなく私まで照れくさくなりました。

だって、私も彼がすっきりできたなら良かったと思ったんです。

以心伝心？　テレパシー？　いやそういうんじゃないってわかってますけどね！

「いつか……そうだなあ、将来的な話だけどね。親父殿が引退とか隠居するか、あるいは今際の際か。それくらい先の未来で、実母について話を聞けたらとは思っていたんだ」

「えっ」

「家族は家族だし、もしかすれば実母は亡くなっているとかそういうこともあり得ただろう？　それなら墓参りくらいはしてもいいかなと思って」

（ああ、そうか。そういう可能性があってもおかしくないよね……）

実母が誰かを明かされない、生死すら知らない。そういう状況なら当然のことですね。

私はクレドリタス夫人のことを聞いていたから、アルダールが知ったら傷つくのかなってそればかり心配していたんですけど……。

彼はもっと前から、いろいろ先まで考えていたんですね。

しかしそんな先まで聞く気はなかったって辺りに、この話題についてがどれほどバウム家で触れてはならない話みたいになっていたか窺えた気がします。

「誰かわからなかったし、もしかしたらどこかで幸せな家庭を築いているのかもしれない。少し前の私なら、それならいよいよ自分の居場所がないと考えたろうなあ」

「ええっ？」

思わず私は声を上げました。

いやそんな、居場所がないだなんて！

しかしアルダールはそんな私を見ておかしそうに笑いました。

「呼び出されて『実母の話がある』って言われたときは正直、動揺した。いつかは聞こうと思っていたけど、今じゃなくてもいいんじゃないか。そう思って自分でも驚いたね」

「……そうなの？」

「うん。多分聞くのが怖かったんだろうなあ。だけど聞いてみたら大したこともなくて、ただただ『ああそうなのか』って思っただけで……」

不意に、アルダールが私の手を少しだけ強く握りました。

私が顔を上げれば、彼が優しく笑うのが見えます。

「こういう気持ちを、誰かに聞いてもらいたいと思った時に……大切な人が隣にいてくれるっていうのは、幸せだね」

「……ええ。話せる時は、いつでも話してね。私も話すから」

幸せだ。そう言ってくれるアルダールに、私も幸せだなあと思います。

先のことはまだわからないし、私自身が未熟で反省することや思い悩むことも多い中、こうして素敵な恋人がいて、職場に恵まれて、尊敬できる上司や同輩がいて、可愛い後輩がいて、お仕えする王女さまが美少女で可愛くて優しくてしかも私を母と慕ってくれるだなんて！

私、本当に恵まれております。

これを恵まれていないなんて思ったら、バチが当たります。

「……ユリアさま……」

もう少しで馬車乗り場というところで、ふと、名前を呼ばれた気がしました。

人が多いので見知った顔でもいたのだろうかと声のする方へと顔を向けると、そこには大勢の人の中に紛れるようにして立っているミュリエッタさんの姿がありました。

一瞬見間違えかと思いましたが、見間違えではありません。間違いなく彼女です。

ミュリエッタさんは一人ではなく、タルボットさんとご一緒のようです。

だとすると、お仕事の帰りか何かでしょうか。

「……ミュリエッタさん」

私がその名前を呼ぶのと同時に、アルダールが私の肩をぐっと抱き寄せました。

驚く私をよそに、アルダールは何ごともなかったかのように歩き出して馬車乗り場にいる御者に声をかけたので、私もどうしていいのかわからなくなりました。

ただ彼女は、こちらをじっと見ています。

（……特に、用があったわけじゃない……のかな？）

「ユリア」

「え、ええ」

馬車に乗るよう促された際にちらりと見た時には、ミュリエッタさんもタルボットさんに背中を押され、歩き出したところなのでした。

幕間　オトナってのは面倒くさい生き物である

「王弟殿下」

「……おう、バウム伯爵にセレッセ伯爵。揃ってどうした？」

「ご挨拶をと」

「挨拶ぅ？」

執務室に客が来たかと思うとおっさん二人。

まあ、書類を抱えた書記官よりはマシだが……もう少し華やかなお嬢さん方とかが来てくれねぇもんかなあ、なんてぼんやりと考える。

王城の軍部棟に足を運ぶお嬢さんなんざ、地雷臭しかしねえが。

オレだって暇じゃないわけで。

「なんだなんだ、とうとう隠居でも決め込んだか？」

手元にあった書類に目を走らせてサインを済ませ、横にどける。

まったくどっから湧いて出てくるのか、書類が一向に減りゃしねえ！

その現実に飽き飽きしてついつい冗談の一つでも口にしてみるものの、バウムのおっさんは相変わらず仏頂面（ぶっちょうづら）のままだった。

（まったく、相変わらず面白みのねえおっさんだぜ！）

「息子と話をいたしました」

「……お、そうか」

客人が来たということでオレが何かを言うまでもなく、とっとと部屋から退出していった秘書官と茶だけ持ってきて去った侍女。

まったく、よく教育された連中だ。

こちらが何かを指示しなくても動いてくれるので大変ありがたいが、時折『こいつら本当に人間だろうか』なんて思っちまう時がある。

（やれやれ）

とりあえず、バウムのおっさんとキースのやつが揃ってオレのところにやってきたということで、その内容について大体の想像はできていたが……案の定アルダールの件だった。

先日、ユリアから『アルダールの実母がクレドリタス夫人である』という隠された事実を、あの〝英雄の娘〟が語ったと聞いていたからな。

オレからおっさんに話をするから口外無用とした後、オレはおっさんを呼び出してこの話をした。

そしてアルダールに事実を告げることと、問題のクレドリタス夫人とやらをどうにかしろと言っておいたわけだが……。

（ああ、本当に仕事ってなぁ面倒くさくてたまんねえなア！）

オレ、頑張りすぎじゃないか？

働き過ぎなんじゃないかと思うんだが、どうしてか書類が減らねえんだよなあ、これが……。

「その様子なら、問題ないようだな？」

「息子は落ち着いて話を聞き、納得していたようです。取り乱すこともなく、怒りやそのほかの感情も見られませんでした。……驚いてはいたようですが」

「そりゃまあ、そうだろうよ」

今まで頑なに秘匿された実母について、唐突に父親が語り始めたのだ。

しかもそれが自分を虐げていた家庭教師だと知れば驚きだってするだろう。

「……息子には、すまないことをしたと思っております。あれほどまでに心が落ち着いていたのであれば、もう少し早くに教えておくべきだったかと反省しております」

「いや、今がちょうどいいタイミングってやつだったんだろうさ」

「……何故、そのように？」

「そりゃ、お前」

恋が男を成長させたのさ、なんて言ったらさすがにこのおっさんでも笑うだろうか？

いや、むしろ皮肉に取られかねないか。

オレは喉まで出かかった言葉を呑み込んで、にやりと笑ってみせた。

「あいつが家族と仲良くなったのはつい最近だろう？　それまでお互い距離があったと聞いているぜ、弟の方から」

「……ディーンですか」

「ああ、狐狩りの時にな。いろいろと話をさせてもらった。あいつはいい男に育つだろうな。あの坊主ならプリメラのことも安心して任せられると思ってるよ」

「勿体ないお言葉を……」

「そういうのはいらねえって。……ま、複雑な事情があったにしろ、上手く落ち着いたんならそれで十分だろう」

オレも国王である兄上に話を聞いて、そりゃしょうがないかと少し思ってしまった事情がある。

なんでも、アルダールが生まれた直後に例のクレドリタス夫人が暴れてしまったらしい。

万が一にも子供が害されないように一旦別邸に預けることとなったのは、アルダールを守るだけではなく、おっさんが正妻を迎える前段階にあったという点でも仕方がないことだったんだろう。

だが、おっさんだって初めから息子を蔑ろにしようと思っていたわけじゃあなかった。

むしろ、生まれたばかりの息子が心配でたまらなかったはずだ。

では何故、親子間で誤解が生まれたのか？

オレも本人から話を聞いたわけじゃないが、どうやら当時のおっさんはアルダールを害そうとするクレドリタス夫人への対応、領地に起こった自然災害に対して領主としての責任、そして流行り病が原因で隠居していた先代の訃報……。

ありとあらゆる厄介事が同時に降りかかった時期だったらしいのだ。

それもあってバウム家の遠縁や使用人たちの間で『アルダール・サウル・フォン・バウムは災いをバウム家に運んできた』などと言い出す輩まで現れたのだとか。

（迷信深さなのかなんなのかは知らないが、余計なお世話ってヤツだぜまったく……）

忙しいバウムのおっさんがこれ以上不幸にならないために、そんな名目で生まれたばかりの赤子から実の親なのに遠ざけられていた、なんて誰が想像するだろうか。

当初、おっさんはクレドリタス夫人から遠ざけ、家人に預けたことでアルダールは健やかに過ごせているに違いないと思っていたはずだ。

結局諸々を片付けた頃にはすっかり年月が経っていて、気がつけば生まれた息子は成長し、とんでもない境遇に置かれていたと。まあ、そんな感じだ。

無論そんな内部事情をおおっぴらになんて恥ずかしくてできたもんじゃない。

それにおっさんだってもっと息子のことを気にかけることくらい、できたはずだしな。

バウムのおっさんは、それらを一切合切黙らせるのやらなんやらで奔走していた。

だがその結果、子供は成長していて合わせる顔はないし、噂は一人歩きするしで、最終的に『バウム伯爵は庶子を疎んじている』という噂を利用することにしたのだ。

クレドリタス夫人を一時的に納得させ、落ち着いた頃を見計らって、この母親と息子を穏やかな関係にしてやりたかった……らしい。

(兄上が言っていただけだから、まあ、違うかもしれんが)

なんにせよ、アルダールからしたらいい迷惑極まりない話だなとオレは思う。

だってそうだろう?

男と女がいて子が生まれた。それは自然の成り行きってヤツだったんだろう。

そこから責任を誰がどう取るかなんて、生まれてきた子供には関係ない話だ。

大事にしようとした父親は、距離を取ることで守った……なんていうのはちょっとした美談のように聞こえて、実際には父親側のエゴに過ぎない。

大切な人の未来に影を落とすから必要のない子供だったのだと声高に叫ぶ女も、子供のことなんてこれっぽっちも考えちゃいない。

要するに、どっちもどっちなのだ。オレからしてみれば、だが。

(挙げ句に、もう少し早くに教えておくべきだった……か)

バウム伯爵自身は、悪い男じゃない。

公正な目を持ち、家族に対して愛情を持っている。

寡黙というか口下手だが、そういうところが部下にも慕われていると思う。

要するに情に厚くて愚直といったところか?

だからこそアルダールを引き取ることを妻に願い、それを言い出したのは妻だとして全ての罪を一人で負った。

まったく、やりようなんて、それこそいくらでもあったろうに!

「家族が仲良くやれてるってんなら、十分だろ。余計な火種が燃えさかる前でよかったよかった」

「……感謝いたします」

「おう」

おっさんの横に座ったキースは薄く笑みを浮かべて黙っている。

オレらのやりとりを見守っていると言えば聞こえはいいが、何を考えているんだか。

まあこいつも腹ン中にいろいろ持っているだろうから、あえて突っ込んだりはしねえけど。

だがまあ、カワイイ後輩のことが心配だったんだろうなと思えば少しは微笑ましいか。

「で?　一通りアルダールのやつにやらせてた件は落ち着いたのか?」

「……は。まさか、全てこなすとは思いませんでしたが……それだけ、本気なのでしょうな」

「なんだ、試したのか」

「そういうわけでは」

「いやはや、王弟殿下お聞きください。バウム殿はあまりにもご子息を案じるあまり、今更ながら過保護になられたようでして」

「……そのようなことは」

「あれがそんな柔いタマかよ！」

ぶっきらぼうに濁すような言葉で応えるおっさんにオレが怪訝な表情を浮かべたからだろうか、横からキースが大袈裟な仕草で嘆く表情をしてみせる。

お前は道化師か！

だがそんなキースの言葉にオレも思わずツッコんじまったから、同類か。

いやいや、過保護にするような相手じゃないだろう。

アルダールってやつはそこまでカワイイやつじゃない。

むしろ猛獣の類だろうに。それも、とびきり獰猛で厄介なタイプの。

そう思ったが、それは口にしないでおいた。賢明だろう？

「……あれには、苦労をかけましたからな」

「いいじゃねえか、親なら素直に息子の成長を喜んでやりゃあいいだろう？　憎まれ役ばっかかしてねえで、本音を教えるってのも大事なことだと思うぜ？」

「さようですか」

「ま、オレに関しちゃ父親なんてモンはよくわからねえがな」

けらけらとオレが笑えば、バウムのおっさんはただ困ったように微笑むだけだった。

そりゃまあ、先王については忠臣としても語るには難しいだろうからな！　当然だ。

知っていてオレはわざとそう言ったのだから。

（ま、アルダールのやつもこれでなんだかんだ自由になった。おっさんも子離れをするのにちょうどいいだろうさ）

「ライラ・クレドリタスはバウム領の外れから出られぬよう、手配いたしました。アルダールへ提示した課題は、あと一つ残っておりますが……そちらも近日中に終わらせると本人が申しておりましたので、バウム家当主としてあやつの望みを受け入れるつもりです」

「そうかよ。そりゃあ良かった」

こちらとしても肩の荷が下りて安心だ、なんて言わずにおいた。

まったくもって、オトナってなぁ面倒が多いよな！

キースが見て肩を震わせているのが見えたので、仕事を回してやろうと心に決めたのだった。

第四章　予定は未定と言いまして

「ねえねえ、ユリア！」
「はい、プリメラさま」
「ちょっと教えてほしいのだけれど……」

「なんでございましょうか？」

王太后さまのところから戻ったプリメラさまが、私に何かを問うてきました。

いったいどうしたことだろうと随従していたセバスチャンさんに視線を向けると、にっこりと微笑むだけです。それじゃあ伝わらないかなあ！

「あっ、ごめんね。急にそれだけ言ってもユリアもわからないわよね！」

「申し訳ございません」

「いいの！　プリメラが慌てちゃっただけなの」

んん、照れながら笑うプリメラさまの、今日も可愛らしいこと！

外では完璧な王女として振る舞われるプリメラさまですが私たちの前ではこうして無邪気なお姿を見せてくださるものだから、もう毎日キュンキュンしちゃいます。

はー、今日も幸せ！

「あのね、おばあさまとさっきね、視察についてのお話をしたのだけれど……目的の町は交易が盛んで、珍しい品も手に入ることがあるんですって！」

「まあ、さようですか」

「それでね、そうしたらおばあさまが『プリメラがお嫁に行く時にも何か珍しいものを持たせてあげましょうね』って仰って……わたしがバウム家に降嫁する時には、持参金っていうのを用意するんだって教えてもらったの」

「はい。その通りです」

「今までわたし、ディーンさまと結婚するんだなってくらいにしか思ってなかったの。バウム家の

〝奥方〟になるんだって、そればかり気にしていたけれど……そもそも貴族の結婚ってどういうものなの？」

「どういう……で、ございますか」

興味津々という雰囲気で小首を傾げるプリメラさまに、私は思わず目を瞬かせました。

そういえばそうです、プリメラさまはなんといってもプリンセスですからね！

結婚云々、制度やしきたり、持参金などについて知る必要はないのです。

王族としては他国に嫁ぐ、あるいは国内の有力貴族で功績ある家などに降嫁することで貴族たちと王家を強固に結びつけるというのが目的に挙げられますが、その際には尊い御身が嫁ぐので、周囲が準備して当然という形になります。王城にはそういう専門の部署がありますから。

ですがそれはそれ、これはこれ。

自分の結婚について知るのは大事ですよね！

（一般的には相手を親が見つけてきて婚約、そして結婚。準備は基本的に両家の親がするから当事者は大して知ることでもないっていう点では貴族令嬢も王女も同じではあると思うけど……）

高位貴族や余裕のある貴族家は大体がそういう流れだったはずです。

私はプリメラさまにまず椅子を勧めて、お茶を淹れながら考えました。

どういうものかと問われても、一口で説明するには様々なものがあるような……。

美味しそうにお茶を飲んでくださるプリメラさまに、私は問いかけました。

「プリメラさまは、まずどのようなことからお知りになりたいですか？」

「え？　えっと……うーん。じゃあ、まず持参金について聞いてもいいのかしら」

「かしこまりました」

私とプリメラさまは、それから少しばかりこの国の結婚制度について話をしました。

とはいえ、私……というか、貴族間での一般的な話ばかりでしたけれどね！

しかし、持参金とか結婚の制度について知りたいだなんて、プリメラさまも随分と現実的なことを気にするようになられたものです。これも成長でしょうか。

高位の裕福な貴族令嬢の中には自分が暮らしているそのお金がどこから出ているのか知らない人もいるそうですし、また知っていてもそれについてなんの感慨もないという話を耳にしています。

ですから、そういうことをきちんと知って納得し、無駄にしないようにしなければと気合いを入れるプリメラさまのなんと尊いことでしょうか……!!

「王家の持参金が民からの税だと思うと、心苦しいわ。減らしてもらった方がいいのかしら……」

「それは陛下とご相談なさるのがよろしいかと思います。ですが、もし私の意見に耳を傾けてくださるのでしたら……プリメラさまのご結婚は国の内外に大きく報(しら)される慶事にございます」

「ええ、そうね」

「多くの物を持たせる、または多額の金銭を持って行くということは悪習のようにも思えるやもしれませんが、この国が豊かであればこそ、国内外にそのことを知らしめるものでもあります」

「……そっか、そうよね……。でも、ううん……難しい問題だわ！」

「今はプリメラさまも学ばれておられる最中ですから。王太子殿下にご相談してはいかがでしょう、きっと良い知恵を授けてくださるのではないでしょうか」

「そうね、それがいいかも。お兄さまに相談するわ！」

にっこりと笑ったプリメラさまったら……ああ、なんて天使なのでしょう！

勿論、そんなこと知ってますけどね‼

プリメラさまは毎日可愛いし尊いですし、本当に幸せな職場です。

一通り質問を終えて満足したらしくプリメラさまは再びお茶を楽しまれておいでででしたが、不意に私の方を見上げました。どうやら他にも疑問が浮かび上がったご様子。

そろそろ知識の引き出しの中身がなくなってきた私は、思わず身構えました。

引き出しが少ないんじゃないかって？

いやいや、言い訳が許されるなら、こちとら未婚女性なんで！

「ねえユリア。令嬢の場合はわかったけれど、市井の場合はどうなの？」

「同じように持参金を持って行く場合もございますし、ないという話も耳にいたします。農家の場合は、家畜を連れていくということもあるそうです」

「まあ！　不思議なものねえ。他国ではどうなのかしら……おばあさまならご存じかしら？」

「王太后さまでしたら、他国の婚姻事情もよくご存じかと思います。過去には他国から嫁がれ王妃となった例もございますので……」

「そうよね！　今度聞いてみるわ！」

私たちがそんな会話をしていると、外に出ていたセバスチャンさんが私に歩み寄ってきました。

そして、プリメラさまに一礼すると給仕をしている私を見て、小首を傾げたではありませんか。

「……どうかしましたか？」

「いえ、ユリアさん。王太后さまからの迎えが来ておりますが……よろしいので？」

「え？」

セバスチャンさんが私を見て不思議そうに言いましたが、私の方が不思議でなりません。

なんで王太后さまからのお迎え？

そう尋ねようとしたところでプリメラさまが慌てて立ち上がりました。

「あっ、いけない！　ごめんなさいセバス、プリメラが伝え忘れちゃったの‼」

「ああ、なるほど」

「え？」

「おばあさまがね、ユリアに話があるって……それでわたしが伝えるからってセバスに言ったの。ごめんなさい、ついついお話に夢中になってしまって……」

しゅんとしょげるプリメラさまが可愛いから別に気にしません。

気にしませんけど、王太后さまが私に用ですと？

（私だけお呼び出し？　なんだか嫌な予感が……）

いやいや、気のせいに違いありません。

おそらく、公務の件で何か必要があって私に話があるのでしょう。

私はこの王女宮の責任者、筆頭侍女なのですから！

（やっぱり私が行くべきだったかなあ……王太后さまにお手間を取らせてしまった）

今日はリジル商会の会頭が来るということでセバスチャンさんに代わってもらったんですよね。

なんせ質の良い果物の仕入れをメッタボンが熱望していて、それはちょっと得意分野ではないからとセバスチャンさんが私に押しつけ……じゃなかった、相談してきたものですから。

しかし結局それで王太后さまが私を呼んでいるなら、代わらなかったら良かったかなあ……なんて、今更考えてもしょうがありませんね！

「わかりました、これ以上お待たせしては申し訳ありませんから……セバスチャンさん、後のことをお願いしますね。それではプリメラさま。この場を失礼いたします」

「承知いたしましたぞ」

「ええ。本当にごめんね、ユリア」

申し訳なさそうにしょげるプリメラさまもまた可愛い。

その姿に私は思わず抱きしめてあげたくなりましたが、ここは我慢です。

努めて笑顔を浮かべ、私は優雅にお辞儀をしてみせました。

「問題ございません。本日はもう予定もありませんので、プリメラさまはお寛ぎくださいませ」

「……ありがとう」

そして私が迎えが待っているという廊下に出ると、そこにいたのは意外な人物でした。

廊下でプルプルと震えながら待っているその人の姿を見て、思わず駆け寄っちゃいましたね。

「お、おばあちゃん……!?」

「……ひさしぶり、ね……」

そこにいたのはにこっと笑ってくれるお針子のおばあちゃんではありませんか！

いえ、久しぶりってほどではないはずなんですが。

なんせプリメラさまが王太后さまのところへ行く際はほぼ私が一緒なので、そこでお目にかかることが多いので。

でも、いつでも優しい笑顔のおばあちゃんが大好きなので大変嬉しいサプライズ‼

「それじゃあ、行きましょう、ね……」

「はい！」

思わずいい返事をしてしまった私におばあちゃんはちょっとだけ驚いたようでしたが、すぐに嬉しそうな笑顔を見せてくれました。

あー、おばあちゃんったら癒やされるうう。

なんだったら手を繋いで歩きたいくらいです。

まあ勿論そこは大人のレディとして、我慢しましたよ‼

（でもおばあちゃんがお迎えに来てくれたってことは、もしかして次の公務で使う服についてかな……？　プリメラさまの成長に合わせてデザインとか色の指定かしら）

なんにせよ、王太后さまをお待たせするわけにはまいりません。

いざ！　離宮へ！

離宮での王太后さまからのお話は、なんてことありませんでした。

今後のプリメラさまの公務のご予定についてと、その合間にやっておいてほしいリストがあるというお話ですね！

王太后さまによると、プリメラさまは『立派な王女』として公務に対しても大変前向きな姿勢を見せているそうです。

ただ、あまり先の予定を教えてそれがプレッシャーになってはいけないということでした。

だからいずれにせよ別個に私を呼んで話をする予定だったそうです。ほっ。

（ディーンさまの社交界デビューの予定とか、どうやって王太后さまは耳にしていらっしゃるのかしら……王太后さまはどこの茶会にも参加していないって話なのに）

社交界デビューの話題はまあやはり噂になる貴公子ってのはどこにでもいるのでなんとなく予想や予測ができますが、茶会に参加せずともそれらの話題が集まる王太后さま、さすがです……。

それにしてもディーンさまのご予定は学園もある都合上、夏前に予定を組んでいるようですけど……それだとまだご家庭の中で話題が出るかな程度なのでは？

いったい、どうやって知ったのでしょうか。王太后さまの情報網、恐るべし！

まあバウム伯爵さまかアリッサさまが王太后さまに相談したって可能性もありますけどね。

とりあえず私としては王太后さまからいただいたリストを元に、今後の計画を立てなければなりません。これも侍女として大切なお仕事です！

「プリメラさま、お時間よろしいでしょうか？」

「あっ、ユリア！　おかえりなさい！」

「はい、ただいま戻りました」

ニコニコ笑っておかえりなさいって言ってくれるプリメラさまは本当に可愛い。

私は少しだけ考えてから、プリメラさまをじっと見つめると……不思議そうに小首を傾げながら私を見上げるプリメラさま。

あっ、可愛い。はい可愛い、可愛いしか出てこない！

じゃなかった。落ち着け私。

「おばあさま、どんなご用事だったの？」

「はい、プリメラさまが初公務でお召しになるドレスについてのお話や、当日は王太后さまではなく王太子殿下がご一緒になる可能性もあるとのことでした」

「えっ？　お兄さま？」

「初公務で向かわれる先の町は交易が盛んということで、王太子殿下の見聞を広めるのにも絶好の機会であると王太后さまはお考えのようです。ただ、王太子殿下側のご都合もありますので、まだはっきりとは定まっていないとのことでございました」

「そうなのね」

プリメラさまは不思議そうにしつつも納得してくれたようです。

まあ元々今回の初公務、王太后さまがついていくかどうかもまだ決まっていませんでしたからね。

プリメラさまにとっての正式な初公務、お一人で行くべきではという声があるのも確かです。

(私としてはまだ社交界デビューもしていないんだから、保護者同伴でいいと思うんだよねえ)

なんでもかんでも早くからこなしてくれなきゃ困るってほどうちの国は困窮していないでしょうにって思ってしまうのは、プリメラさま贔屓だからってだけじゃないですよ！

そんなこんなで後のことをスカーレットに任せて私は自分の執務室に戻りました。

王太后さまに教えていただいたことを思い出し、手帳に記すためです！

いろいろと覚えることがありましたからね。

でももう忘れそう！　大変!!

(まあ、それ以外にも教えていただいたんですけどね！)

なんでもその町にあるインク屋さんに、とっておきのインクというものがあって、それで手紙を書くと良いことが起きる……なんてジンクスがあるんだそうです。

王太后さまは、時間があればでいいからそれを買ってきてほしいと私に頼まれたのです。

勿論、快諾いたしましたとも！

私もあやかってそのインクを買いたいなと思っております。

え？　なんに使うのかって？

そりゃまあ、それを使うと恋が叶ったり願い事が成就したりするらしいのですが、それと同時に幸せを願いながら書いた手紙を送ると、その相手が幸せになるらしいっていうんですよ。

せっかくだから、これから誕生日を迎えるディーンさま、プリメラさま、アルダール……みんなのバースデーカードを書く時にそのインクを使いたいなって思ったのです。

(そうよね、もう一年経つのよね)

プリメラさまとディーンさまがお見合いをした日はまだもう少し先ですが、それでももう、一年近く経ったんだなあ。

そう思うと不思議なものです。

ディーンさまの誕生日はそのお見合いよりも前だったので、去年お祝いすることができなかったプリメラさまも張り切っておられるわけですが。

（私はどうしようかなあ）

こっそり王太后さまに教えていただいたところによると、アルダールは自分の誕生日にいろいろな人が押しかけてくるのでうんざりしていたらしいんですよね……。

いやあ、みなさま大変行動力がおありなことで！

まあ、ちょうどアルダールの誕生日は秋の園遊会とも近いので、そちらを理由に逃げ回っていたとも教えてもらいましたが。

王太后さまの情報網、恐るべし。

（プレゼント……プレゼントねえ……）

去年は告白されて動揺しっぱなしでしたし、その後も園遊会、モンスター騒ぎ、ミュリエッタさんの登場と盛りだくさんだったからそのまま来ちゃいましたけど……。

今年の私はひと味違いますからね！

せっかく王太后さまがインクの話も教えてくださったんですから、是非そのジンクスにあやかりたいと思います。プレゼントも勿論しっかり考えて準備したいです。

（大切な人には、幸せになってもらいたいもの）

気持ちを込めて、その特別なインクでお祝いの言葉を書ければいいな。

とはいえ、初公務のプリメラさまについていく人員の一人どころか責任者の一人として、買い物に行けるかどうか……。

（そこはスケジュールがはっきりしてから調整ですかね……）

王太子殿下の見聞を広めるとかプリメラさまには申し上げましたが、今回、実は王太子殿下の婚約者となる姫君がお忍びで来られるとの話なのです。

今はまだ伏せておくよう、王太后さまからは言われております。

なんでも、将来妹となるプリメラさまと話をしてみたいとあちらから打診があったのだとか。

それに乗っかって、王太子殿下が将来、妻になる女性と妹の間で上手くやれるのか、その采配を見てみようじゃないかってことらしいんですよね。

つまり、王太子殿下もこの裏の目的は知らない説が濃厚です。

ニコラスさんは知っているかもしれません。

あの人ったら胡散臭いけど優秀ですからね‼

(でもそうなると、結構な護衛の数になりそうよね……)

まずは目先の初公務、そのスケジュール確認。

プリメラさまが十分に休憩を取ることができるように調整しつつ、私も買い物に出られるように時間の調整をしなくちゃいけません。

お店の名前。特別なインク。

それらをメモしてページをめくり、夏にディーンさまの社交界デビュー予定と記しました。

(……とうとう、プリメラさまもご婚約なさるんだなあ)

嬉しいような、寂しいような。

私の中ではもうとっくに婚約してることになってますが、一応まだ『候補』のままです。

それでも普段の生活態度や、努力しておられる姿。なによりプリメラさまがディーンさまを好いておられるということが決め手となったと王太后さまは仰っておいででした。

ディーンさまはバウム家主催のパーティで社交界デビューを果たし、その後プリメラさまの誕生パーティで婚約が正式に公表されるのだ……と。

ああ、なんて喜ばしいことでしょう‼

（でもその際は私も子爵令嬢として参加するように言われてしまったんだよなあ！）

ちょっとそこだけは勘弁していただきたいです。

勿論？　上からの指示ですから？　断りませんけど⁉

いえ、断れないってのが正しい。わかっております。

（あ、でもそうなるとバウム家主催のパーティはプリメラさまも参加されるのかしら？）

ディーンさまのことだからお招きしたいと行動してくれそうですが……社交界デビューを果たしていない王女という立場で考えると難しいなあ。

いや、でもどこの貴族家でもプリメラさまとディーンさまが婚約するだろうと見ているから、特に気にしないかもしれません。

ちなみにプリメラさまの社交界デビューはまた来年という計画だそうです。

まずは王太子殿下が次の生誕祭で、側近候補を発表するんだとか。

はあ……本当にこの辺りはややこしい問題です。

王太子殿下は立場上、社交界デビューというものは曖昧なまま、仮面もなく『王太子』という役割があるために社交に参加してこられました。

それもあって側近候補を正式に発表するタイミングで社交界デビューみたいな形にするのだそうで……正直、面倒くさい。

いえ、王族なのだからちゃんとしなくちゃいけませんよね。はい。

そんなことを考えているとノックの音が聞こえて、私は手帳をしまってから返事をしました。

「どうぞ」

「失礼いたします、ユリアさま！」

「あらメイナ。どうかしたの？」

「あの、お客さまがおいでなんですけど、こちらにお通ししてもよろしいですか？」

「お客さま？」

はて、来客の予定はなかったと思いますが。

とはいえ、メイナの表情は普段通りですし、嫌な人が来たという様子ではありません。

「どなたかしら」

「オルタンス・フォン・セレッセさまです」

「まあ！　ええ、是非お通しして。お茶の準備は私がするからこちらはいいわ」

「はい、わかりました！」

なんと、お客さまはオルタンス嬢でした。

王城に来たから訪ねて来てくれたのかもしれません。

とにかく、未来の妹をおもてなししないと！

私は慌てて戸棚の中身を確認するのでした。

「面会室を通さず、大変失礼いたしました。本来でしたらばこのように直接押しかけるなど、淑女としてあるまじきこととは思ったのですが……」

オルタンス嬢は入ってくるなり深々と頭を下げ、非礼を詫びてくださいました。

いやまあ、私としてはそこまで？　と思うくらい頭を下げてくれるので逆に申し訳ないっていうかなんというか……。

でも彼女の言うとおり、身分問わず基本的には面会室を経由して会うのが王城のルールです。

それを曲げてでも私の執務室に来たことには、きっと深い意味があるのでしょう。

「いえ……何か事情があってのことなのでしょう？　いったい、どうなさったのですか？」

オルタンス嬢はすでに学園に通っている身ですし、普段は城下にあるセレッセ家の別邸で過ごしていると聞いています。

週末や連休、長期休暇などはセレッセ伯爵領に戻って花嫁修業にも励まれていると聞きました！

今からそんなに頑張ってくれているだなんて、メレクは果報者です‼

しかしやはり何か事情があるのでしょう、彼女はどことなく困った表情を浮かべていました。

「実は、面会室ではお話ししづらいことでしたので……」

「……まあ。いったい何が？」

どうも穏やかではない様子に、私は眉を顰めました。

オルタンス嬢も困惑したというか、なんとも言えない表情です。

「いえ。実は、今度、王女殿下が初公務に向かわれるという町の話を耳にいたしました」

「もうその話題が貴族間に出ているのですか」

「はい。ただ、私が耳にしましたのは貴族女性たちからではなく、公務先のご領主さまからです。王女殿下をお迎えするにあたり是非、最高の布で寝具を仕立て上げたいとのことでした。……本来でしたら、このように口外することなどありえません。ですが」

オルタンス嬢なりに、そういった約束事を破ってまで私に伝えたいことがあったのでしょう。

何事かと身構える私に、彼女は小さく深呼吸をしてから口を開きました。

「先日、学園にウィナー嬢が来ていました。その際に今度、治癒師の行脚に加わって、その町に行くという話をしていたんです」

「……ミュリエッタさんが？」

「はい。先生に質問があって職員室に伺った際、彼女に会いまして……何故かお茶に誘われたのですが、断る理由もなかったから少しだけお付き合いしたんです。そこで彼女は寮生活になることが決まったので、治癒師の活動と学業の両立について相談しに来たのだと言っていました」

見習いの治癒師たちに経験を積ませる目的で、地方を回ることは珍しい話ではありません。

これは一つの公共事業のようなもので、熟練の治癒師を中心に慈善活動を行うことによって国が治癒師を独占しているわけではないというパフォーマンスのようなものですね。

ですから、ミュリエッタさんも能力の高さとは別に『若輩者だから経験を積ませる』という理由で、その一団に参加させられていてもおかしな話ではない……はず。

（上の人たちに睨まれているとはいえ、ある意味このボランティア活動で更生してくれたらって思われているとか？）

まあ、私が知る話では一応見習いの者にも拒否権があるそうなので、彼女が参加するってことはある程度やる気もあるのでしょう。それは大変いいことですね！

……こちらに難癖をつけるようなことをしなければ、ですけど。

「ただ、話を聞いた限りでは、時期が少しだけ被るような気がして……彼女が悪い人物かどうかと問われると、私にはまだ判断できません。ただ、メレクさまも少し変わった女性のようだと仰っていましたし、以前からユリアさまに対して失礼だという話も耳にしておりましたので……」

「そうでしたか……」

なるほど。

オルタンス嬢なりに熟慮の結果、面会室のように誰かに話を聞かれる場所は避けたかったと。

彼女のように学生さんが面会室の中でも防音の個室を申し込むと、それだけで妙な憶測をした挙げ句に変な噂を立てる輩がいないとも限りませんし……。

それらの可能性を考えて、直接話をしに来たというわけですね！

（確かに、今の内容だと守秘義務を無視した上にミュリエッタさんに対して〝なんとなく嫌な感じがする子だから〟と私に話しているように聞こえるもんね）

ミュリエッタさんが今までやらかしてきたことを知らない人から見たら、オルタンス嬢がいやな子に見えてしまう可能性は確かにあります。

それにセレッセ伯爵家のご令嬢ということで、彼女は彼女であれこれ言われているようですしね。

まったく、やっかまれても迷惑なだけなのですが……これればかりは仕方ありません。

(それにしても、ミュリエッタさんが公務先に来るかもしれないだなんて)

これってただの偶然でしょうか？

それとも何か企んでいる人がいるってことでしょうか？

(上の人たちが頑張って、ウィナー男爵とその娘は未熟だからということでまとめてくれているようだけど……人の口に戸は立てられぬって言うしね……)

ミュリエッタさんが学園でオルタンス嬢に声をかけたことについて、周囲はどう思っているのでしょうか。

貴族の情報網って侮れませんから、セレッセ領でミュリエッタさんがキースさまに窘められたことなども知られている可能性があります。

そこからまた彼女に妙な憶測が飛んで、それがまた飛び火してこちらにこないといいのですが……考え過ぎならそれが一番ですけど、何も考えないよりはいいかなって。

それでも答えが出ないことについて考えるのって、疲れるんですよね。

(しかしそうなると、誰かからその『ほんのちょっぴり重なっている期間』について、注意があるかしら……)

なんとなくですけど、ニコラスさんあたりがひょっこりと顔を出してきそうですよね！

気をつけていよう、びっくりしたりしないように。

こういったことは確かに証拠に残るから手紙にしにくかったし、面会室っていう人の目があるところで未発表の王族の公務について話すわけにもいきません。

とはいえ、ルールを破ったことを気にしているオルタンス嬢にフォローは必要でしょう。

「ありがとうございます、オルタンスさま。今回の件はどうぞお気になさらず」

「……はい」

「お心遣いは感謝いたしますが、今後は面会室を通してくださいい。必要であれば、個室の方を私が押さえておきますから」

今日みたいに突然来られると難しいですけどね。

事前になら私だって押さえるくらいできますよ、なんてったって筆頭侍女ですから！

そのくらいの権限は持っておりますとも‼

いえ、お願いした時に多少の融通が利くってだけなんですけど……。

所詮は中間管理職ですから……ふふ。

「今回は、メレクさまの婚約者という立場で無理を通してしまいました。婚約者としても、一人の貴族としても反省したいと思います」

オルタンス嬢は深々とお辞儀をして、本当に反省しているようです。

この謙虚さがミュリエッタさんにもあればなあ……いや、もしかすれば学んで活かしている可能性もないとは言い切れません。

彼女は頭が良く、優れた能力を持っているのですから。学べばきっとあっという間でしょう。

(被っている時期があるのに、上の人たちが何もしていないのならば)

きっとそれは、ミュリエッタさんにとって『テスト』のようなものなのでは？

それと同時に、プリメラさまと私にとっても。

ミュリエッタさんにとって、自分の置かれている状況に適した行動がとれるかどうか、プリメラさまや私に会いに行ったり、妙なことを言い出さないかどうか……。

そして私は、そんな彼女に対して王女宮筆頭としてどう振る舞うか、あるいは余計なことを言わないでおくか。事前にこの情報を耳にして、どう対応するのか。

プリメラさまに関しては、そういった人間が現れた際にどのように対処すべきなのか、といったところでしょうか？

（うん、そんな気がしてきた）

偉い人たちの考えは、難解すぎてわかりませんが……。

考え過ぎで終わることが一番ですが、想定はしておいて損はないでしょう。

（そう考えるなら、こうして知れて良かったと思うべきでしょうね……）

何事もなければそれが一番です。

そうなるように、私は努力するだけですからね！

ミュリエッタさんだって治癒師たちの一団と一緒なのですし、そこまで自由ではないでしょう。

（買い物に関しては、まあ大丈夫でしょうけど……被っている日は確認しておこうかな）

反省しながら次は必ず面会室を通して会いに来ると約束してくれたオルタンス嬢を見送って、私は大きくため息を吐き出しました。

（ああもう！　どうしてこう、次から次へと……普通にお仕事させてくれないかなぁ⁉）

幸せが逃げるって？

知りませんよ、このくらい許してください！

それから、公務に向けていろいろな準備が始まりました。

プリメラさまの初公務。

移動のルート、途中で寄る町での予定、今回の目的である視察の内容……そういったものが順々に組み上げられて、その都度、こちらにも連絡が来ています。

大きな計画は政務の一環ということで宰相閣下の手配となるわけですが、そこから生じる物事に対してはそれぞれ警護や先触れ、金銭の動きと受け持つ部署が異なってくるのです。

私のような侍女はそれらを理解した上で、公務中いかにしてプリメラさまに気持ちよく過ごしていただけるかを考えることが仕事になります。

（うーん、今回はスカーレットを連れていこうかしら……）

スケジュールの内容を把握した上でまずは必要な人員を決めます。

王女宮でも王城側に何人かはやはり残さねばなりません。

長期というほどではありませんが、主であるプリメラさまがご不在の間も王女宮には当然誰かが残って掃除・保全作業がありますからね！

宰相閣下からの指示書には、私の他にセバスチャンさんを同行させる旨が記されていました。

他に必要であれば、侍女を連れて行くことが許可されています。

となると、メイナとスカーレットを両方残すか片方連れて行くかになるわけです。

私とセバスチャンさん、二人とも出るとなれば王女宮に侍女を一人は残さなければいけません。

（去年の避暑地の時はセバスチャンさんが残ってくれましたけど、今回は私もセバスチャンさんも不在。でも園遊会も頑張ってくれたし……あの子たちも色々と見聞を広めるのにいい機会かしら）

スカーレットは貴族的なあれこれを知っている分、出先での応対に関して任せやすいところがあると思いますし、やはりメイナよりも礼儀作法の面では格段上。

それに加え、書類関係はもう完璧なこともあるので報告書も作成しやすいでしょう。

対するメイナは人間関係の構築や、メイドや下女たちに対する気遣い的な面で優れています。

今回は二人にそれぞれ仕事を任せてみることで、より責任について考えてもらえる機会になるのではないでしょうか？

（二人が今後も協力し合ってくれれば、怖いものなしですけどね）

とはいえ、今後も二人がずーっと一緒……というわけにはいきません。

プリメラさまのお輿入れ後のこともありますし、今後も人事異動がないとは言い切れませんから……優秀であれば優秀であるほど、他の宮だって欲しがることでしょう。

私としては二人が優秀な侍女であると他の方々にも知っていただきたい気持ちがあるのです。

自慢の後輩たちですからね‼

（うーん、でも優秀さが知れて引き抜きされたらどうしましょう）

勿論、その時はあの子たちの意思を優先したいと思っています。

そう遠くない未来、王太子殿下の婚約者である姫君が嫁いで来た時のために、王太子妃付きの侍女が選抜されることもあるでしょう。むやみに増員するより他の宮から優秀な者が選ばれ、他の宮には新人が迎えられるという、大変合理的なやり方なのです。

姫君が連れてきた侍女たちとも、選ばれた優秀な侍女たちであれば上手く人間関係を築くなりなんなりできるはずですからね！

（少数精鋭だけに、うちの宮でそれをされるととても痛手ですが……）

上からの指示が不当でない限り、こちら側は拒否もできないのが痛いところです！

そういうところが、宮仕えの悲しさですね……。

しかし前向きに考えるなら、メイナとスカーレットにとってそれは昇進への道とも言えるのでお話が来たら検討してほしいなとも思っております。

相反するこの気持ちィ！

本当に上司って立場はバランスが難しいです。

「はい、どうぞ」

ノックの音に顔を上げて、重要書類だけ机の引き出しにしまい込みました。

ドアが開いて入ってきたのはクリストファでした。

小首を傾げながら私に歩み寄ってくる姿に立ち上がって出迎えると、彼も僅(わず)かに笑みを浮かべてくれて……おおう、どうしたデレ期ですか⁉

クリストファの微笑みとはまたレアな！　いやいつも可愛いけどね‼

「久しぶりですね。ご機嫌だけれど、何かいいことがあったの？　クリストファ」

「ユリアさまのところに、最近来られなかったから。会えて嬉しい」

「まあ！」

なんて可愛いことを言うのでしょう。

思わずこちらもにっこりですよ。

「でも、お仕事で来たから。これ、宰相さまが先に知っておけって」

「……なにかしら」

クリストファから差し出された書状に、嫌な予感を覚えます！

とはいえ、受け取り拒否ができるわけではありませんし『先に知っていろ』ということは何か重大な決定事項の先出し情報に違いありません。

文官を通してではないあたり、一応、公式通達ではなく宰相閣下個人からの優しさってところなんでしょうか……。

書状を受け取ってその場で開封してみると、そこにはプリメラさまの公務が予定よりも早くなることが書かれておりました。

（な、なんですってえーー!?）

早まると言うこと、つまりそれはこれからの季節等を想定して準備をして発注していたあれこれ全てをキャンセルしてまた一からやり直しということです！

プリメラさまの家庭教師のみなさま方のスケジュールも変更。

お茶会のスケジュールも変更。

そして私やセバスチャンさんが不在の間におけるマニュアル作成についても、やり直しです！

そう、全部です、全部‼

そりゃまあ、まだ公務の予定は半年後となっていましたからね？

発注したてのものも多いですし、まだキャンセルだって利くでしょう。

(そこが救いっていうか、だからってなんでまたそんな……)

思わず膝から崩れ落ちそうになりつつもそれをぐっと堪えて、私はなんとか笑顔を浮かべてみせました。クリストファが悪いわけじゃないしね。

「……大丈夫?」

「ええ、ええ、大丈夫。……宰相閣下に、承(うけたまわ)りましたと伝言をお願いしてもいいかしら?」

「うん」

「ああ、すぐ戻るのよね？　ちょっとだけ待っていて」

私はクリストファに待ってもらって、戸棚から琥珀糖を取り出します。

レース柄の紙に包んでそれらを手早くラッピングをし、クリストファに持たせました。

一つは宰相閣下用、もう一つはクリストファ用です。宰相閣下は多めですよ！

量と包装用紙が違うということで、二人に同じものを渡すことは大目に見ていただきましょう。

「閣下にこちらをお届けしてね。こっちはクリストファ用だから、休憩時間にでも食べて。甘いお菓子なの。……気に入ってくれるといいのだけれど」

「ありがとうございます」

はあ、クリストファはお礼を言えるいい子ですね……‼

本当はもっとお菓子とかお茶とか準備してあげたいところですが、彼もまだお仕事の最中でしょうし、私もそうです。

(っていうか、この変更についての公式通達はいつ来るのかしら)

先に知らせたというだけで、これは決定事項なのでしょう。

できればすぐにでもキャンセルの連絡をしたいところですが……待つしかありません。

やはり公式決定を待たずに行動をするのはよろしくないですからね。控えるべきでしょう。

だけど、通達がきたらすぐにでも取りかかれるように準備だけでもしておかなければ。

(予定が……予定が狂っていく……‼)

早まると知らされたって、それがいつなのかってのも一緒に教えてくれたらいいのに！

そこは決まってないんでしょうけども‼

方々で予定を組んで、それに対して行動しているこちらの身になっていただきたいものです……。

いや、あちらだってわかってくれているのだろうなって、それこそわかっちゃいますけどね。

わかっていない人も中にはいるから苦労をする人もたくさんいるわけで……。

私はまだ恵まれている方なのだとなんとなく自分を慰めつつ、クリストファを見送ってから私は大きなため息を吐きました。

(アルダールと連休を合わせるって約束をしたのが再来月でしょ？　公務の予定が前後したならずらしてもらわなくっちゃ……ああ、申し訳ないなあ)

次はいつ連休がとれるかなんてわからないですからね。

勿論、私たちは王家にお仕えしているので公務が関連しているとなれば、お互いそれに対して不満を持つことは許されません。

こういうお仕事だとお互いわかっていたはずですもの。

それでも、急にこういうことがあるとやっぱり申し訳なくなるじゃないですか。

（きっとアルダールのことだから、笑って許してくれるんだろうけど……はあ、もう）

公式通達が出たら、アルダールに相談しにいかなくちゃ。

被る時期じゃなきゃいいんですけどね、多少バタバタしちゃうかもしれませんけど……。

なんだってこんなことに……諸々順調だと思っていたのに！

（まあ、仕方ない。こういうこともあるある……）

時期が早まる以外、やることは変わりません。

とりあえず変更になる可能性が出てきたということをセバスチャンさんと共有して、下準備だけ進めることにいたしましょう。

（しかし、キャンセルの下準備かあ）

衣類にリボンに帽子にと、今年の流行色を押さえてプリメラさまが喜んでいただける、なおかつ国民のみなさまに愛らしい我らが王女殿下のお姿を披露できると張り切って選んで、これならば完璧だと満足して発注したばかりなのに……。

あんなに頑張っていろいろ調べて公務用のお洋服とか厳選したのに、またやり直しとか……！

やはり、落胆してしまいます。トホホ……。

嘆いたところでハッと気づきました。

（あれっ、でもこれでミュリエッタさんとは時期が被らなくなった？）

もしやこれは、何か大きなあれこれが働いたのでしょうか。

ふとそんなことを思いましたが、私は考えることを止めたのでした。

今はやらなきゃいけないことをやらなくてはね！

あれから幾日か経って、予想通り……というかなんというか、公務は残念なことにアルダールと予定していた連休と、見事に重なることが決定いたしました。

その通達が来た後に王太后さまからもご連絡をいただきそこで話を伺ったところ、やはり上の人たちの間でもミュリエッタさんの存在について、いくつか意見が分かれているそうです。

彼女だって反省しているはずだし、まだ貴族になったばかりではっちゃけているだけだからあまり問題視しすぎるのも哀れだろうという穏健派。

そもそもすでに王族や高位貴族に対し礼儀を失した振る舞いが目に余るとして学園に入学するまで修道院に預け、そこで治癒活動と慈善奉仕をさせるべきだという過激派。

いずれにせよ彼女の行動には注意が必要だけれど、陛下の意向に従うという中立派。

大体こんなもんでしょうか。

おそらく過激派の人たちの様子からすると、ミュリエッタさんだけではなくてウィナー男爵もお茶会か何かでやらかしているような、そんな雰囲気がちらほら窺えましたかね？

過激派には高位貴族も多いので、作法に厳しい方もいらっしゃるのかもしれません。

その辺りは教えていただけませんでしたが。

（まあ、それはともかく……）

結局のところ、護衛がいるのだから公務の邪魔をしに来ることはさすがにないだろうし、下手に英雄父娘に対して厳しくしすぎても民衆からの反発が起きるかもしれない。

かといって、王太子殿下のご婚約者がお越しになることを考えれば、万が一なんてことがあってはならない。

それなら今回は『より安全な』公務にするべきだろうということでまとまったのだそうです。

だから仕方のないこととはいえ、アルダールと私がせっかく休みを合わせて予定を組んでいたのにごめんなさいねと王太后さまに言われてしまったこの心境よ‼

（なんで王太后さまは私がアルダールと休みを合わせて旅行する計画を知っていたんだ⁉　バウム伯爵家経由か⁉　そうなのか⁉）

顔から火が出る思いというのはまさにああいうことを言うんですね……って、それはともかく。

私はアルダールに直接謝罪がしたくて、夕食に誘ったんです。

（ああもう！　私から誘ったってのに待たせることになるだなんて……）

その後、待ち合わせで迎えに来てくれたアルダールと部屋を出てすぐのところでスカーレットに呼び止められたんですよね。キャンセル問題の書類で文官さんが来ているっていうから……。

さすがに仕事の話ですので、放置というわけにはいきません。

なので、アルダールには鍵を預けて、私の部屋で待っていてくれとお願いしました。

急ぎ片付けようと思いましたよ。思ったんですよ。ええ、鋭意努力いたしました。

でもそれなのに思ったより遅くなってしまいました！

いやー、キャンセル料が発生することは仕方ないにしても、デザイナーの予定が埋まっていて見つからないとかそれは想定外でしたね……。結局なんとかなりましたけど。

想定外すぎました。

デザイナーさんの都合がつかなかった際の代理がまさか怪我して入院してしまったとか、そこは想定外すぎました。

出かける前から疲労困憊とはこれいかに。

「……アルダール、おまたせ……って、あら？」

そんな状態で自室に着いた私が目にしたのは、珍しい光景でした！（力説）

だって、だってですよ⁉

いつもしゃんとしているアルダールがですよ！

椅子に座って居眠りしているじゃありませんか‼

（ふわあ、眠っている姿まで様になっているとはイケメンおそるべし……）

思わず静かにドアを閉め、そろりそろりと忍び足で行動してしまいましたね。

いやあ、侍女たるもの、主だけでなく来客の方々のお世話をするにあたり、お休み中も決して邪魔することのないようにと教育を受けておりますが……こんなところでも役に立つだなんて‼

いや待て、待つんだユリア！

アルダールは騎士の中の騎士。剣聖に最も近い人。

うたた寝しているだけで私の気配にもう目を覚ましているのでは⁉

前世で読んだ漫画やゲームにありがちな『寝ていると思っただろう？』とかいうパターンでは⁉

そんなことを考えながらそーっとアルダールを覗き込んでみましたが、いや、本当にぐっすり寝ていますね……？

（うわ、まつげ長い。あ、隈が……居眠りしちゃうなんて、よっぽど疲れてるんだろうなあ）

夕食を食堂で一緒にと思ったけれど、私を待っている間に寝てしまうくらい疲れているのだと思うと、起こすのは忍びないですよね。

それに、普段こういう弱ったところを見せない人が、私の部屋だから気を抜くことができたのか、こうして気持ちよさそうに寝ているのを見ると、ちょっとグッとくるっていうか……。

(食材はまあああるし、なんだったら後で厨房から分けてもらって、部屋で食事できるように準備しておいた方がいいかな……。あ、毛布とかどうしよう。このままじゃ寒いよね？)

しかし毛布なんて掛けたらさすがに起こしてしまう予感。

せっかく気持ちよく寝ているなら、寝かしておいてあげたい……いや、でも椅子で寝ているのは姿勢的に辛いのでは？

ぬぬぬ、寝かしてあげるか起こすべきかそれが問題だ！

アルダールもきっと私が戻ってきたらすぐ出るつもりだったんだろうし、衣服も制服のままです。首元くらい寛げてあげたらいいんだろうけど、騎士隊の服ってどうなってるんだろうこれ。

(……触ったらそれこそ起こしちゃいそうだしなあ)

しかし私が覗き込んでもぴくりともしないあたり、相当お疲れなのでしょう。

私が誘ったから来てくれたけれど、本当は休みたかったんじゃないのかなあ。

私に対してどこまでも優しい人だから、そういうところは見せないんですよね。

(言ってくれたら私だって無理なんてさせないし、ゆっくりできるようにするのに)

別にどこかに行くなんてしなくてもいい。

私はアルダールがいてくれたら、それで……なんて、なかなか口には出せないけれど。

なんとなく、小さな子供にするみたいにアルダールの額にキスを一つ。

少しでも疲れが癒えますようにと願って思わずしてしまってから、じわじわと照れがやってきました。首も、耳も、全部が熱いかも。

(プリメラさまにおやすみなさいのキスをするのとは全然違う)

当然と言えば当然なんですけど‼

いや、でもホント起きないね。

悪戯し放題ですよ？　いいんですかー、騎士さま！

すやすやしているアルダールなんて本当にレアすぎて、私はなんだか役得な気分です。

いつだって余裕綽々(しゃくしゃく)で、私の手を引いてばかりの彼ですからね。

こんな無防備な姿を見せてくれるのが、嬉しくてたまらないのです。

(……私の前だからこそ……って、自惚(うぬぼ)れてもいいよね)

とりあえず、アルダールが起きたら目覚めの紅茶を出しましょう。

それから食事をどうするか、二人で決めればいいと思うんです。

最悪、日付が変わったくらいならメッタボンが起きてますからね！

食糧を分けてもらうことが可能どころか夜食を作ってくれるかもしれません。

早く寝ろっていつも言っているんですが、毎晩毎晩、新素材の研究しているんですよねえ……。

いったい彼は何を目指しているのでしょうか……。料理人ですけども。

(とりあえず、王太后さまもアルダールになら事情を話していいって許可してくれたし)

表向きは王太子殿下の婚約者である南国の姫君が公務に参加なさるということ。

あちらの国の事情でその予定が早まったため、こちらも早める方向で調整したということ。

この二点だけは共通認識としてすでに文官たちにも通達がいっていますからね。

（まあ、ミュリエッタさんの件はいいか……）

そもそも、彼女が絡んでくるかは不確定要素でしたし。

その件に関しては、アルダールに言うことでもないと私は判断しました。

何かあったらちゃんと相談しますけどね!!

（あ、そうだ。琥珀糖も出そうかな）

そろそろなくなりそうなので、琥珀糖をまた作らないといけません。

なんと王女宮では今、琥珀糖がブームなのです。

メイナとスカーレットも作っているようで、きらきらして宝石みたいだと大はしゃぎ。

まああの子たちは作ってもすぐ食べてしまうようなので、なかなか私の作る数日かけた品のようにならないって嘆いていましたが。

いやそれに関しては我慢しろとしか言いようがありません。まったく可愛い後輩たちです。

ちなみに私は魔法でこっそり乾燥を早めていたりするんですが……内緒ですよ。

「……ゆりあ？」

そんなことを考えながら準備をしていたら、アルダールが起きてしまいました！

寝ぼけているのでしょうか、少しぼんやりとしたその声が可愛い。

「起こしちゃいましたか？」

「……ごめん、寝てた」

「いいんです。お疲れなんでしょう？　今、お茶を淹れますから」

「うん……」

なんてことでしょう、せっかくぐっすり寝ていたのに！

私が音を立ててしまったからか……不覚。

しかし、まだ少しぼんやりしているアルダールとか、これはこれでレアだな……？

ぼーっとしていて可愛いな……？

私の彼氏、かっこいいのに可愛いな……⁉

「アルダール？　お茶をここに置くからね？　熱いから、気をつけて」

「うん」

「どうかした？」

「いや、こういうの、いいなあって」

ふにゃりといつもよりも力なく、それでいて甘さ倍増の笑顔で言われて私は必死に変な声を上げないよう堪えました。堪えました！

「そ、そう、です、か……」

にこにこ笑う成人男性に、萌える日がくるとは思っていませんでした……！　不覚‼

結局アルダールとは食堂ではなく、メッタボンに料理を作ってもらって私の部屋で夕食を食べることにしました。

メッタボンが気を利かせて全部作ってくれた上に運んできてくれたので、私はすることがない

……！　女子力の見せ所はどこに⁉

いえ、食後のお茶は気合いを入れて淹れます‼

とまあ、それはともかく。

食事をしながら、私はアルダールに事前に話す内容を決めていた通りの説明をして、休みが合わなくなったことを謝罪しました。

アルダールは想像通り、仕事なら仕方がないと納得してくれたのでほっと一安心です。

「王太后さまから実は手紙をいただいてね、おおよそのことは知っているよ」

「そうだったんですか」

「残念ではあるけど……でも公務の日程がまた改めて公表された後に休みを合わせられるよう、手配をしてくれたそうだから」

「……それは知りませんでした」

王太后さまったら……どこまでも手厚いフォロー！

どうしましょう、デートのお膳立てをしてもらっているようで心苦しい……‼

（いやむしろデートの予定がばれていて、それがダメになったからって休みを合わせるために上の人たちが労を取ってくれるってとんでもない事態だな？）

一応役職持ちとはいえ、そこまでしてもらっていいもんなのか。

っていうか、プライベート把握されすぎじゃない⁉

「それじゃあまた日程を合わせるのは今度にしよう。しばらくはユリアも忙しいんだろう？」

「ええ、まあ……」

主にキャンセル関係の事後処理がですね。げっそりしそう。

一応最初の発注だけでなく、変更があった時のことも考えてはあったので、比較的速やかに対処できているとは思います。

それでも何か不測の事態が発生することもありますので、気は抜けません。

今のところデザイナーさんの怪我問題以外はトラブルも起きていませんが、終わるまでは何があってもいいように心構えしておくことが大事ですよね。

私が責任者である以上、何かあったらちゃんと謝罪をしに行かないといけませんし。

でも、できれば何も起きないで、このまま終わるといいなあ……。

「王太子殿下のご婚約者も来られるってことで、王女騎士団は張り切っているよ」

「まあ」

「訓練にも気合いが入っているから、近衛騎士隊も負けていられないってうちの隊長が張り切っていてね……困ったものだ」

苦笑するアルダールに、それで疲れているのかと私は納得しました。

触発されて切磋琢磨することは良い傾向だと思いますが、それでも訓練する側は通常の勤務に加え訓練が激化したなら疲れるでしょうね。

少し心配ですが、アルダールが何か愚痴(ぐち)を言いたい様子でもないので私も流すことにしました。

ちなみにメッタボン情報によるとレジーナさんたちもプリメラさまの初公務ということで、とても気合いが入って毎日すごい訓練をしているらしいです。

なんでも生傷が絶えないレベルで頑張っているんだとか……。

メッタボンは心配するっていうよりも、レジーナさんが生き生きしているのが楽しそうでなによりだって感じで……あれ、ナチュラルに惚気られたんだな？　私。

「そういえば王太子殿下のご婚約者さまってどのような方なのかしら」

そう、婚約が決定したパーティに南国の姫君がお越しだったのはあの生誕祭の時です。

私とアルダールは観劇に出ていたので話を耳にしただけですね！

その後は上の方々による協議の結果、王太子殿下のご婚約者にはあの方以外おられないと満場一致で決まったとか決まってないとかそんな話を聞いただけです。

（才媛だって噂は耳にしたけれど、まだ手元に詳しい情報がきてないのよね……）

今回のご公務でプリメラさまとのお時間を希望されているとのことでしたから、私としては専属侍女としてしっかりきっちり準備をしたいと思っております。

詳しい情報は統括侍女さまが後日教えてくださるらしいのですが、なにやらお忙しいらしくてなかなかお時間を取っていただけないのですよねえ。

統括侍女さまが忙しい原因は、娘の初公務についていきたいと国王陛下が駄々をこねているもんだから対応に追われている……なんて噂まで出ているくらいですよ。

なんてね、さすがにないでしょ親馬鹿だからって。……ないよね？

（王太子殿下も参加なさるかもしれない上に、陛下がこっそりついてきているとかなにそれカオスすぎる……絶対いやだ……）

自由すぎる王室だと誤解されちゃう!!

もし本当のことだったとしても、統括侍女さまがなんとかしてくださると信じています。

信じていますよ統括侍女さま！

国王陛下のプリメラさまへの溺愛っぷりを知っている身としては、実は噂が本当の話なんじゃないかとドキドキしっぱなしなんですよ。

「私も同僚から聞いた話だけど、随分気さくなお方らしい。なんでも南の国は〝開かれた王室〟と呼ばれていて、国内の視察などを多く行い、直接民と言葉を交わすことを尊んでいるそうなんだ」

「へえ……随分、国民と距離の近いお国柄なのですね」

「うん。国はまるごと家族であると仰っているらしくてね。あまり大きな国ではないけれど、団結力が強いという話だよ」

「なるほど……ではアットホームなお出迎えをした方が喜ばれるかもしれませんね」

婚約者とその家族に会いたいからと遠路を来てくださるのですし、本心からプリメラさまと仲良くなりたいというならば大歓迎です。

プリメラさまも将来の義姉になる方と仲良くなりたいと仰ってましたしね！

これは俄然やる気が出てきましたよ……！

（お茶やお菓子はあちらのものとこちらのものを、両方お出しできるように手配しなくては。リジル商会の運輸経路を利用すれば、公務先に届くようにできるはず……）

頭の中で計算しつつお喋りに興じていると、気がつけば随分と遅い時間になってしまいました。

なんでこう、楽しい時間って過ぎ去るのが早いのでしょうか。

名残惜しいですが、私たちは解散することにしました。

「それじゃ、また明日」

「あっ、待って。これ……あの、休憩の時にでもつまんでくれたらと思って……」

「気を遣わなくてもいいのに。でも、ありがとう」

アルダールは嬉しそうに中を覗いて目を丸くしました。

私の『とっておきの』お菓子です。

彼のその表情を見て私はやりきった気持ちになりました。

それは琥珀糖なんですが、苦労したんですよ、この色出すの！

「……わあ、すごいな。綺麗だ」

「あの、アルダールからもらったブルーガーネットをイメージしてみたの。上手くできたと思うんだけど……」

深みのある青い色って作るのがなかなか難しいのです。

前世だと青い食紅とかいろいろあったけれど、こちらの世界では難しいかなと苦労した結果……そう、またしてもメッタボンを頼ったところ見つけたのですよ！

バタフライピーみたいな植物があるって教えてもらって、早速手に入れてきてもらったんですけど……ちょっとうちのメッタボンったらすごすぎない？　どうしてそんなに伝手と情報があるの？

ちなみに安全面ですが、食品加工用に生み出された品種なのだそうです。

だから安心安全、きちんと健康面も考えられている食用植物ですよ！

この植物、メッタボンによると『ダイエット食品を作るのに人気が出ると思ったら人気が出なかった』らしいのです。

ああ、うん。青って食欲減退色ですものね……。

しかし一部の菓子職人たちには需要があるそうなので、そちらの知り合いに頼んで分けてもらったそうです。本当メッタボンさまさまです！

まあそれはともかく、おかげで青い色の琥珀糖が作れたんですよ！

この色だけは他の人に食べさせておりません。アルダールのためだけの、特別です。

「ありがとう」

嬉しそうにそう言ってくれるアルダールに、私も嬉しくなりました。

それじゃと出て行こうとする彼をドアまで見送って、気をつけてと言おうと思ったのに私は何故か彼のマントの裾を捕まえているではありませんか。

えっ、どうした私。

アルダールが驚いた顔してますけど、自分でもびっくりですよ‼

「……ユリア？」

「あっ、いえ、これは。その……」

気がついてパッと手を離したものの、上手い言い訳が見つかるはずもなく。

なんせ私自身、無意識だったので……。

「その、名残、惜しかった……もの、で……」

アルダールの寝顔を堪能できたのは嬉しいですけど、やっぱりちょっと寂しかったっていうかね。

私が待たせたのが悪いんですけど。

だからなんというか、そんなことを言われてもアルダールは困るだろうなと思って謝罪しようと顔を上げた私に彼はキスを落として抱きしめてくれました。

「うん、私も名残惜しい。今度は寝たりしないから、どうせだったら次は外にでも食べに行こうか？　……少しでも、長く一緒にいられるように」

「え、あの、でも忙しいでしょう」

「だからこそ、ユリアとの時間は大事にしないといけないんだ」

ふわりと笑って私にもう一度キスをして、アルダールは頬を撫でるようにして離れていきました。

今度こそ去って行く彼の後ろ姿を見送って、私はドアが閉まってからへたり込みました。

なんなんでしょう、なんであああいうことがさらっとできるのか……！

悔しいなあと思いつつも嬉しいと思ってしまう私は、きっと重症なのでしょうね。

幕間　あたしが、何をしたっていうの？

どうして。そう思うのは何度目だろう。

何かがある度に、あたしはそう思うようになっていた。

そのくらい、何もかもが上手くいかない。

（どうして）

これまでいろいろと失敗してしまったことを踏まえて、あたしは『真面目な才能ある女の子』というスタンスを貫くために、治癒師になった。

治癒師としてのレベルはすでに治癒師をしている人たちなんかと比べものにならないくらいだっ

て自信があったし、実際その通りだった。

だからこそ、魔力もたくさんあって、治癒の実力があって、若くて名声もあるあたしという存在は今度こそ『特別』になれるのだと信じていた。

初めの頃こそ、見習い扱いなのはしょうがない。

一人前として認められる、その過程で大勢の人に賞賛されて、特別扱いされて、そこでようやくヒロインとしての地位を確立できるのだ。

そして学園生活が始まれば、元通りとまではいかなくても、きっとなんとかなるって思ったのに……。現実は、そうじゃなかった。

来る日も来る日も、あたしがするのは決まった人数の治癒。しかも先輩と一緒。

見習いだから当然だって言われればそうだけど、こんな程度の人数を、地道に頑張ることに意味なんてあるの？

能力ごとに階級を分けたり、待遇を変えればいいじゃないの……！

あたしみたいなすごい能力を持つ治癒師は、特別扱いしてしかるべきじゃないの？

(だって英雄だよ？　強いモンスターが出る場所にだって行ける治癒師なんて垂涎ものじゃないの⁉　あたしは誰よりもすごいのよ⁉)

イライラする。

認めてくれていいはずなのに、あたしの思い通りにならないこの状況に。

あたしが認めてほしい人に認めてもらえず、それでいて中途半端にちやほやはされる。

その結果、束縛ばっかりされて、何も楽しくない。

（こんなはずじゃなかった）

どうして、どこから間違えたのか。

でも今更逃げ出せるわけもないし、あたしにはまだやるべきことが残っている。

（アルダールさまと、幸せになれなかったら今までの苦労が無駄になる）

それが全部無駄だったなんてことになったら、あたしは……どうしたらいいのかわからない。

最初は、大好きだったゲームの世界だって嬉しくてたまらなかった。

その世界のヒロインとして、自分は誰よりも優遇された勝ち組だって思ってた。

ゲームと同じように振る舞って、ゲームと同じようにイベントをこなして、ステータスさえあげればみんながちやほやしてくれて、幸せになるだけでいいはずだった。

そう思ってた。実際、貴族になるまではその通りだったはずなのに……。

（だめ。そんなのだめ！）

気がついていた。途中から、なんとなく気づいていたけど、知らないふりをしてきた。

でももう、引き返せない。

あたしは、ルートが本当に存在していると信じて進んできたのだから。

（今更、そんなのは〝ない〟なんて……あたしがただ、信じていただけなんて……）

在（あ）るべきルートを進んできた。そのつもりだった。

多少の違いがあるのは、ゲーム画面じゃなくてそこに生きた人間がいることだって、そこに違いがあるからだと思っていた。

メインキャラだけじゃなくてモブもいて、そのモブの人たちとの関係性もあるんだから仕方がないんだって、そう思っていた。

だけど、ルートなんてものがそもそも存在しないとしたら？

（だめだ、そんなこと考えちゃいけない）

あたしが、あたしでいられなくなってしまう。

ミュリエッタの人生を歩むあたしは、ヒロインではないって自覚した。

だからこそ、ヒロインっぽく生きる道で、あたしがあたしらしくいられる方法を探した。

でも元々は【ゲーム】と同じ設定なんだから。

あたしは、愛される人間なんだ。愛されるべき人間なんだ。

そうじゃなきゃいけない。そう思うのに、体が震える。

（……お父さんと、お母さんは……ルールを破って、逃げ出して、あたしを生んだ）

前世とは違う、あたしは満ち足りた世界に生きている。

そのはずだ。愛されて生まれた、それがあたしのはずだ。

それなのにどうして、いつまでも暗い影がつきまとうんだろう？

ゲームから逸れて、隠しルートで悪役に加担する商人をバックにつけたというのに好きな人には嫌われて……あたしは、どうしてこうなってしまったんだと嘆くばかり。

スタートは悪くなかったはずなのに！

あの頃は、すべてが【ゲーム】通りだったのに‼

「そういえばミュリエッタさま」

「なんですか、タルボットさん」

「治癒師団で向かわれる先の町に、やつがれは先んじて行かねばならなくなりましてな」

「え？」

いつものように治癒師協会へ足を向けている途中でタルボットさんからそんなことを言われて、あたしはハッとした。

（そういえば、今度治癒師の派遣に参加するんだっけ……）

断れるけど、断っても毎日することに代わり映えがしないから受けたんだった。

でも今思い返すと、面倒くさいなあ。

「ミュリエッタさまが旅立たれる前までに戻り、お見送りはしたいと思っておりますが……間に合わない場合もございますので、ご報告申し上げておきます」

「そう、なんですね。お仕事ですか？　お疲れさまです」

「お優しいお言葉、痛み入ります」

とりあえず、ヒロインらしく誰にでも親切にしておかないといけない。

そこからずれるわけにはいかないから、嫌な顔なんてしない。

まあタルボットさんもあたしに向かって優しい顔しか見せないし、お互い表面上だけ親しくしているってことはわかってるんだけどね。

「あちらにもうちの系列の店がありますから、ミュリエッタさまが行かれた際にはお役に立てるよう手配をしておきますので」

「何から何までありがとうございます」

「そういえばご存じですかな？　王太子殿下のご婚約者さまが近々この国にお越しになるとか」

「えっ？　婚約者……？」

なにそれ、そんなの知らない。

だってゲーム開始の時には婚約とかそんなの一切なかったもの！

じゃないとヒロインとロマンスにならないんだから、当然って言えば当然なんだけど……。

でも、この世界では確かに王太子殿下の年齢だったら結婚していてもおかしくない。

貴族社会じゃ生まれてすぐ婚約者がいる人もいるって話だし……。

（……そんな）

この世界での常識、それに当てはめると【ゲーム】が成立しなくなってしまう。

だけどここは【ゲーム】の世界ではなくて、だったらそれはおかしくなくて……そう頭がぐるぐるし始めたけれど、タルボットさんは気がついていないようだった。

「南方の国の姫君で、フィライラ・ディルネ姫は大層利発な御方だとか。……婚約発表も近いうちにされるのではないかともっぱらの噂です」

「……‼」

フィライラ・ディルネ。南の国。

ああ、どうして、そんな。

（彼女は続編のキーパーソンなのに……）

誰も選ばなかったミュリエッタが、旅先で出会う不思議な少女、それが王女フィライラなのに。

あたしと出会うこともなく、すでに婚約してこの国に来る……？

（どうして）

どうして、世界はあたしに、優しくないのだろう。

あたしはただ、大好きだった世界の、大好きだった人と結ばれたい。

それだけを願って行動していただけなのに。

(アルダールさま)

きっとあの人なら、わかってくれるって思ったのに。

でもあたしのこと毛嫌いして、ユリアさんにばっかりべたべたして。

ユリアさんがあたしに意地悪をしてくる人だったら、もっと話は簡単だったのに！

(ハンスさんも『このまま大人しくしていたら、身の丈に合った幸せが得られるよ』とかワケわかんないこと言うし)

誰が味方なのか、もうあたしにはわからない。

タルボットさんは親切だけど、それはお父さんの持つ〝英雄〟っていう肩書きが商売に役に立つからに過ぎなくて。

(ああ、ああ、どうして)

アルダールさまを諦めたら、幸せになれるんだろうって本当はわかってる。

だけど、そうしてしまったら……あたしは、ここまで頑張った意味をなくしてしまう。

そうしたら、この先どうしていいかわからない。

(どうして)

どっちにしろゲームが終わった後の話なんて知らない。

愛されたら幸せになれるだろうって、それだけを希望にしてきたのに。

(あたしはどうやって生きてきたっけ)

愛されたら幸せになれる。

あたしがみんなを幸せにしたら、みんなはあたしを喜んで愛してくれるはず。

そのはずだったのに。

「ミュリエッタさま?」

「……いいえ、少し……立ちくらみがして」

「それはいけません。教会で休ませていただきましょう」

(そのはず、だったよね? あたしは、間違えてなんて、いないよね?)

ちゃんと設定通りに、彼らに適した答えを出して行動してきたよね。

じゃあどうして今、あたしは一人なんだろう?

ああ、あの人に言われた言葉が蘇る。

『アルダールの、気持ちを大事にしてあげてはくれませんか』

(……違う。あたしは、大事にしてきたはずだ)

たくさんたくさん【ゲーム】をプレイしてきて、キャラクターたちを愛してきたんだもの。

足元がぐらつく。

おかしい、こんなの、あたしが望んだ未来(エンディング)じゃない。

誰か、間違っていないってあたしを助けて。

ねえ、そうでしょ?

あたしはみんなのことをずっと想ってきたの。ずっと、ずっとよ?

そんなあたしが、どうして大事にしていないなんて言われなくちゃいけないの！

（誰か教えて）

その声は、出せずに終わった。

……それじゃ負けを認めるような気がして、悔しかったから。

いつだって、前を向かないといけない。

だって、あたしは、ヒロインなのだから。

第五章　下準備こそしっかりと

幸いにもデザイナーの件以降、キャンセル内容について問題は起きておりません。

はー、よかったー‼

さすがにある程度日数も経ちましたし、もう各所に連絡が行き届いているのでしょう。そこからなんの連絡もないということは、きちんと滞（とどこお）りなくキャンセルができたということだと思います。

そんな中、統括侍女さまからようやくお話を伺うことができました。

王太子殿下の婚約者となったのは、南方に位置するマリンナル王国の第三王女であるフィライラ・ディルネ姫。王太子殿下と同い年の現在十四歳。

商才に優れ、朗らかで社交的な性格の姫君とのことです。

今回お忍びでお越しになるのは特に深い意味はなく、本当にただプリメラさまと親睦を深めたいというあちら側からのお願いなんですって！

（いやあ、とんでもないごり押しだけどね‼）

まさか婚約者の妹であるプリメラさまの初公務に押しかけるってどんだけ……と思いましたが、それはご存じなかったようで、本当にただの偶然だったようです。

本来ならば時期をずらすべきなのでしょう。それかお忍びで王城に来ていただいて親睦を深めるか、あるいは別日で警備を万全に整えて……というのがベストだとは思います。

ですが、どうやらマリンナル王国側も今回の公務で向かう町……つまり貿易に関していろいろと考えがあるようなのです。

（国としての利害関係もあって、今回はこのような形で落ち着いたわけね……）

なので、姫君には幾人かの侍女と文官、それに外交官がついてこられるそうです。

王太子殿下がご一緒なさるのは、その件も関与しているようです。

現在そのスケジュールに合わせるためにお仕事を調整中なのだとか。

（私は姫君に関してはあまり気にしなくていいって言われたけど……）

基本的にあちらの姫君は王太子殿下と行動を共になさるということで、王子宮筆頭がお世話関係を担うことになっていると統括侍女さまは仰っていました。

とはいえ、外交官殿のお考えはともかく姫君はプリメラさまと親睦を深めたいわけですし、私がまるっきり関与しないというのは難しい話だと思います。私も気を引き締めなくては！

（とりあえず、王子宮筆頭にはどんな風におもてなしをするつもりか聞いておいた方がいいかな）

せっかくだから、クーラウム王国の特産品でお出迎え……なんてみんな当然考えていますよね。

だとしたら新鮮味に欠けるし、飽きちゃうかもしれません。

表面上は喜んでくださるでしょうが、それではプリメラさまの侍女失格です！

（……南方のお菓子も、後で学んでおこうかな）

メッタボンならあちこち旅をしていますから知っていることでしょう。

逆にあちらの国でも庶民的なお菓子などがあれば、姫君も珍しがって喜ぶかもしれませんし。

いくらあちらのお国柄的に民衆と距離が近いとはいえ、庶民のお菓子を口にする機会は少ないのでは？　その辺りも含めて情報収集すべきですね！

（それに、インクの件も忘れないようにしないと）

途中で外出できそうな時間帯はすでに確認済みです。

公務のタイムスケジュール的にいくつか候補を挙げてあるので、後はあちらに行ってみての状況判断次第でしょうか。

当然、護衛の王女騎士団には相談済みですよ！

あちらに着いてから『実は買い物に行きたくて』なんて、予定外のことを申し出るなんてできませんからね‼　そこは社会人としてのマナーというか、私も責任者の一人ですから。

こういうことこそ、きちんとしておかなければ。報・連・相は大事。

（アルダールにもお土産を買いたいけど……）

公務先でお土産だなんて不謹慎でしょうか。

一応、プライベートの時間帯だから許されるかな……？

プリメラさまにも何か、日中の公務中に気になる品などがあるようだったら買って差し上げたいとは思っているんですけどね。ううむ……。

なにかしら思い出になるような、そういうものがあるといいんだけど！

「ユリアさん、今お時間よろしいですかな？」

「あらセバスチャンさん」

「こちらの件なのですが、プリメラさまが未来の義姉君に贈り物をなさりたいということで、追加で発注をしたいとのことなのですが……」

「わかりました。まだ間に合うはずですから、手配いたしましょう。どのような品ですか？」

「今度の公務でおつけになる予定のブローチと似たもので、石と意匠に手を加えたものが作れないかというお話でして」

セバスチャンさんもそこはさすがに熟練の執事さんだけあります。

きちんとどのようなものかということを伝えてくれるので助かります！

まあ当たり前のことだと言われるかもしれませんけどね、これ大事なんですよ。

人によっては『上の人が贈り物がしたいと言っていた』ということしか伝えてこないとかありますからね……。丸投げか！　ってなるじゃないですか。

それにしてもこの〝石と意匠に手を加えたもの〟という具体的な案。

おそらくプリメラさまは工房に対して、一から案を起こしてもらうのではなく、小さな変更点だけお願いするという形で工期を早め、間に合うように仕立ててもらってくださいという意味が込められていると私は感じ取りました！

はい、ちゃんと誠心誠意お願いしてきますね‼

プリメラさまもきっと『似たデザインならお揃いになる』と思っておられることでしょう。

……いいなあ、プリメラさまとお揃い。私もほしい。

いや！　私には手ずから刺繍してくださったハンカチがあるからいいんです‼

「素敵なブローチになりますね。きっと喜んでいただけることでしょう」

「さようですな。クーラウム王国の意匠をお気に召していただければと私も思います」

「それでは、すぐに注文することにいたしましょう。プリメラさまにもそうお伝えください」

「かしこまりました」

あれこれ準備がある中で、プリメラさまの意向に添うことも忘れてはなりません。

私たちはプリメラさまにお仕えしておりますのでね！　お給金は国から出てるけど‼

「私はもう少々、今回の予定について考えたいことがありますので給仕とあの子たちのことをよろしくおねがいします」

「承知いたしました」

私の言葉ににっこりと微笑んだセバスチャンさんは一礼して去って行きました。

うーん、相変わらず優雅ですねえ。

（それじゃ、ちゃっちゃと発注書を書いてしまいましょう！）

勿論お願いする工房だって王室御用達の一流どころですし、急なお願いに対応はしてくれても手を抜く……なんて心配は一切していないので、そこに触れるつもりはありません。

だからといって工期をただ早めてくれの一点張りでは角が立つでしょう。

それに、いくら一度作ったことのある意匠であろうとも、変更点がある以上は新作とある意味変わらないのです。

その辺り、職人さんにも納得いただいた上で……と考えるとただ発注書を書くだけではなく、手紙も添えた方がいいのかなと思いました。

(あの職人さんは昔気質だからなあ……気に入る作品ができるまでこちらに提出してくれないかもしれない。となると、オーナーさんにもお願いしておくべきよね……)

そんなことを考えながら手紙をしたためていると、ノックの音がしてひょっこりとキースさまが顔を覗かせたではありませんか。

「キースさま！　まあ、どうなさったのですか」

「いやすまないね、ほんの少し時間をもらえるかな？　手間は取らせないから」

「勿論です。どうぞ中へお入りください」

珍しく困ったように笑いながら聞いてきたキースさまに私も笑顔で出迎えることにしました。

なんといっても未来の親戚ですしね！

決して、彼の手元にあった手土産っぽい箱に釣られたからではありませんよ。

それが城下で噂になっているフルーツタルト専門店の箱だからとかじゃないんです！

「こちらはユリア嬢に。この間はうちの妹が大変失礼をしたようで、お詫びにね」

「まあ、お気になさらずともよろしいのに」

でも喜んで受け取りますけどね!!

内心ほくほくなのは、内緒ですとも。

「そのお詫びがタルトだけではなんだからね。せっかくだから外交官である私から、かの姫君のお国について話をさせてもらえないかと馳せ参じたわけだ！」

にんまり。

その表現がよく似合う笑みを浮かべたキースさまですが、なるほどなるほど、ベストなタイミングを見計らっていらしたというわけですね。

「さようでしたか。ではただいま、お土産にいただいたタルトに合うお茶をご用意いたしますね」

おそらくキースさまからしてみれば、外交的な意味合いでも今回の公務であちらの方々に良い印象を持っていただきたいところでしょう。

そのためにはプリメラさまとの親睦を深めるだけでなく、私たちの協力と対応が不可欠……そういうところですかね！　いいじゃないですか。

燃えてきました！　おもてなし、成功させてみせますよ‼

キースさまから聞いた情報をしっかりと脳内メモに書き込んで、私はそれを元に王子宮筆頭と情報交換を行いました。

当然あちらでもマリンナル王国について情報収集しており、国民性や姫君の好み、それに対してどのようなおもてなしをするかすでに準備を始めています。

当然婚約者なのですから、王太子殿下サイドもかなりのことを把握していると思いますが、やっぱり情報の共有って大事じゃないですか。

もしかしたらどこかで間違っていたり、新しい好みが判明したりすることだってあり得るのですから無駄ではありません。

再確認というのは手間ではなく、必要なものだと私たちは考えております！

その結果基本的に姫君は肉より魚がお好きで、ワインは白の方が好き。煮込み料理を特に好まれており、果物ではブドウが一番だということが確認できました。

そこにキースさまからの情報によって、今回行く町では姫君のお好きな魚を流通させたいというあちらの国の思惑がそこに追加されました。おそらく、遠方に嫁ぐ姫君が故郷の味をいつでも味わえるようにという親心というやつなのでしょう。

（ほっこりするわあ！）

そりゃなんとか上手くいってほしいですよね！

この件についてはコストの問題があるので確実とは言えないわけですが……それでもそんな事情ならばきっと上の人たちも考慮してくださることでしょう。

まあ勿論、それだけじゃありませんけどね。

他にも魚以外の魚介類も是非……となれば輸入関係で関係者はキリキリしちゃうことでしょう。

侍女である私は詳しくありませんけども。

（とりあえず、王太子殿下側としては紅茶と白ワインを常備する……と）

プリメラさまと姫君が同席するのは公務、お茶、お食事。基本はこんな感じでしょうか？

しかし今回の公務内容では他国の姫君が一緒というのは少々不自然な気もしますので、おそらくその線はないでしょう。あくまで姫君は王太子殿下と共にあるのですから。

なんだかんだ、世間の目ってのを気にしつつ行動しなければなりませんからね！

だとするとお茶の時間、あるいは王太子殿下を交えてのお食事が無難なはず。

ただ、姫君の希望は『未来の義妹と親しくしたい』というものですから、二人だけで話をしたいという申し出もあり得るわけで……。

（となると、王女宮で準備するのはお茶会に関するもの……ですね）

姫君のお世話に関しては、王子宮筆頭の管轄です。つまり食事も。

ふーむ、じゃあ公務以外に失礼でない程度にラフで、それでいてプリメラさまの愛らしさを存分に発揮できるドレスも準備しておくべきですね……‼

（……せっかくの機会だから）

ご側室さまのアクセサリーを、身につけてはいかがだろうか。

ふとそんな風に思って、私はその考えを振り切るように首を左右に振りました。

公務の合間に他国の姫君と過ごされるのですから、将来身内になるということを差し引いても、半公務と考えるべきでしょう。ならば、装飾品もそれなりのものを用意するべきです。

ただ、持って行くアクセサリーの候補として考えておくことにしましょう。

お決めになるのはプリメラさまです。

（キースさまの話から考えて、おそらく姫君お一人だけで見れば、友好的。ただ、周囲はまだ警戒しているといったところかしら）

わざわざ親睦を深めたいと言うくらいですし、話を聞く限り家族と故郷に対する愛情が深く、また関わった人々を大切になさるお人柄だということがわかりました。

姫君は末っ子だということなので、きっと妹ができるのがとても嬉しいのでしょうね。

ただ、なんというか。

（女性の文官……か）

キースさまによると、この文官さんが問題なんだとか。

問題と言っても引っかき回すだろうとか、無礼だとかそういう話ではありません。

姫君の乳母の娘、つまり乳姉妹（ちきょうだい）にあたる女性だそうですが……年齢は姫君よりも二つ上で、遊び相手として召し上げられてからずっとお傍に仕えているのだとか。

その後は王族と近い関係を保ったまま、文官に登用されたエリートさんですね。

（私としてはその経緯を聞くと、そこはかとなくシンパシーを感じるわあ）

王女とその側仕え。なんだか似ていませんか？

しかし彼女は私と決定的に違う点があるのです。

そう、その彼女の問題点は……姫君の保護者という観点を持った、ぶっちゃけモンスターペアレント気質らしいのです。

今回も姫君が親睦を深めたいと零した声を耳にした彼女が、半ば無理矢理に実現させたのだというから驚きです。キースさまがとても疲れた顔をしてらっしゃいましたよ……。

（ってことはあれか？　魚介類輸入とかの件がむしろ急いで用意した建前なのか？　それとも予定していた外交にねじ込んできた？　なんにしろ、お疲れさまです……）

まあ希望が叶った姫君は大変お喜びだそうなので、両国にとって損はないと思いますけど……。

それでいいのか？

（さすがの私も国を跨いでまでプリメラさまの願いをほいほい叶えるかって問われると、それはなんか違うような気がするけどなあ……）

まあ、逆を言えばそれを叶えてしまえる文官さん、すごい人ですよね。能力的に。

人間的にはどうか、これからお目にかかるのを楽しみにしています。ごめん嘘です。

（……ニコラスさんみたいなタイプだったらどうしよう）

まああんな胡散臭い人、そうそういないと思いますが。

不安はどうしたって拭えません。だってモンスターペアレントなんでしょう⁉

しかしそれだけの能力があるにも拘わらず、姫君の傍にいたいからと昇進を望まず、外交官や執政官といった花形役職への誘い、あるいは能力を買われての婚姻の申し込みなどありとあらゆるものを蹴っ飛ばしてお傍にいるって、相当忠誠心が強いんじゃないかと思います。

姫君が望むものはなんでも叶えてみせるし、決して辛い目に遭わせたりしない！　もし泣かせるような人がいたら全力で謝らせるまで動く……って感じなんでしょうか。

まあ、そこだけでしたら私だって理解できます。

ただ、コレには続きがあって……たとえ姫君が悪かろうが悪くなかろうが、フィライラ・ディルネ姫至上主義と名乗って憚らないのだとか……やっぱり厄介だった。

……モンペか。モンペだな。紛うことなきモンスターペアレントだな！

（プリメラさまとのお茶会で何が起きても大丈夫なよう、きっちりしないといけませんね‼）

何もないのが一番ですが、不測の事態には備えておきたいと思います。

こちらは私とセバスチャンさんのコンビでいけばなんとかなるでしょう。

あとは王太子殿下と姫君が共に過ごされる際、その文官さんがどのような行動を取っているのかを王子宮筆頭とも情報を共有、必要ならば連携を取るべきかもしれません。

最初から疑ってかかるのも失礼ですし、王子宮筆頭にはその文官さんが要注意人物らしいということだけ伝えておきました。

ただの過保護ならいいんですよ、ただの過保護ならね……。過剰なのは困りますけど。

（まあ……変な行動をしたら姫君にも迷惑だってわかっているでしょうし、それなら大丈夫でしょ……多分。なんたってうちのプリメラさまの愛らしさと素直さを考えれば、異国の姫だってメロメロになるに違いないしね‼）

まあ私も若干面倒くさい保護者だと自覚はしておりますが、プリメラさまがしっかり者なので私は心の中で盛大に、存分に賞賛するだけです。

はあ、天使で美少女で天才で健気な上に優しくって気遣いもできるとか、本当にどこに出しても誰からも愛されること間違いなしですよ、プリメラさま……。

初公務で凛々しいお姿を見せてくださるであろうと今から想像するだけで幸せです。

（……とりあえず、ブドウのデザートでも考えてみるべきかしら。季節的にはこの国のものは難しいけれど、行く先の町なら北方の品種があるはずだし……）

ブドウにこだわらなくてもいいかもしれませんけどね。

一応候補に入れるだけ入れておきましょう。

（よしよし、やることがはっきりしてきたぞ！）

デザートの試作、頑張りましょう‼

「ブドウのデザートですか、そりゃ難題ですなあ」

「まあ、少し考えてみようかな程度でいいと思うの」

北方で手に入るブドウをいくつか目の前に、メッタボンと私は厨房で試作品作りの開始です。

こちらのブドウは皮が厚く、ちょっと種が大きいっていうのが特徴でしょうか。

ワイン造りにも向いた、糖度の高い品種です。まあその分、皮を剥くのが面倒ですけどね。

「デザートにするなら、この皮は処理した方がいいわよね」

「ですなあ。加熱すると渋みも出ちまいますし、そのままで食べるにしてもどちらにせよ皮は不必要かと思います」

ブドウ餅とかいいかなあとも思ったんですが、上新粉ってこの世界にあるのかしら？

いや、でもリゾットが存在するんだから、米そのものはあるんでしょうが……果たしてそれを粉にしてお菓子にするという文化が存在するのかどうかが、まずわかりません。

なかったらその米がまず菓子作りに適した米粉になるのかってところから試さないといけないレベルの話だと思うと、さすがに今から米を探して試作に乗り出すわけにもいかず……。

（いくらメッタボンでも……ねえ）

ちらりと視線を向ければ、ブドウを前に射殺さんばかりの表情をしているメッタボンがいました。

メッタボン、顔！　顔が物騒ですよ!!　初めてこの光景を見る人なら腰を抜かしそうですが、これは彼が真剣に考えている時のクセみたいなもんですからね！

「ねえ、メッタボン。ちょっと教えてほしいのだけれど……」

「なんです？」

「以前、貴方が旅をした話で、別の国には不思議な文化があったって言っていたじゃない？」

「ああ、あったなあ、そんなこと」

そう、テングサの時の話ですね！

聞けば聞くほど前世で習った日本の歴史とは異なるのでまったくの別文化と捉(とら)えていますが、テングサがあったんだから米粉ももしや……と思ったわけですよ。

とはいえ、あったからって公務までに手に入れて試作が間に合うかは別問題。

もしあったら次に活かしたい所存。

「珍しいお菓子があればおもてなしにいいかと思って」

「なるほど。うーん……」

私が話すと、メッタボンはあれこれ思い出すように考え込んでから、心当たりはあると答えてくれました。おお……ダメ元で聞いたというのに、さすがメッタボンです‼

「とはいえ、おれがそこで食ったのは米ってやつを潰して、甘く煮た豆をまぶしたモンでした。まあまあうまかったし腹の足しにもなったけどよ、うちの姫さまならともかく、よそのお国の王女さまにお出しできるような代物(しろもの)じゃあなかったと思うぜ？」

（……米を潰して甘く煮た豆……おはぎかしら……）

しかし、つまり餅米っぽいものが存在するなら団子とかもあるのでは？

そう思いましたが、メッタボンもそちらはあまり詳しくないというか、あまり長く滞在しなかったそうなのです。じゃあまあしょうがないよね！

ブドウ餅については後日検討することにしましょう。

「そうねえ、まずはオーソドックスにブドウのゼリーなんてどうかしら」

「ああ、いいですなあ。以前作った二層ケーキなんてのはどうです？」

「そうね、あとはエディブルフラワーも散らしたら綺麗かなあと思うのだけれど……」

「いいと思いますぜ！」

その後、早速試作に取りかかった私たちはできあがったケーキに満足しました。

下の層がベリームース、上はゼリーで中には種と皮を取り除いたブドウを沢山。

うん、なかなか見た目も可愛らしい。

ゼリーの中にブドウと一緒にエディブルフラワーを入れるのと、上に載せるのとどちらがいいかと悩んだ結果、飾ることにいたしました。

食用の花についてはまだまだ周知されているとは言い難い面が拭えませんから。

勿論、こちらのエディブルフラワーはナシャンダ侯爵領のものですよ‼

あれから侯爵さまはいろいろと試行錯誤の末、薔薇だけでなく他の花でも食用にできるよう研究をなさって結果を出しておられるのです。天才かよ。

今では大変人気で、予約もすごいんだとか。

初期の頃に試した分、スミレの砂糖漬けは沢山あると笑ってらしたけど。

そちらは今のところ、あまり使い道が見つけられずにしまい込まれているんだとか……。

(この間、いただいたけど、十分美味しいのに)

スミレの砂糖漬けって私は好きですよ。お茶受けにもいいし、ちゃあんと花を広げて砂糖漬けに

してくださっていたから、見た目も最高でした。こっそり食べています‼

（ん、待てよ）

「それじゃあこいつはまだ試作品ですし、おれらで食っちまうとして……姫さまの今日のおやつは予定通り焼き菓子で……」

「メッタボン！」

「お、おう」

「レアチーズケーキを作ってちょうだい」

「ああ？」

目を丸くするメッタボンですが、私が重ねてお願いすればしょうがないと請け負ってくれました。

さっすが、男前ー‼

勿論、冷やすのに私も魔法で協力しますよ。

無理言って予定変更させるのだし、そのくらいね……‼

本当ならレアチーズケーキとかは朝から仕込んだり、前日に準備するようなものですから。

食材だってあるとは限りません。だから無理をお願いしたと私も自覚しております。

「お？　なんだい、そりゃあ」

「スミレの砂糖漬けです。先日、ナシャンダ侯爵さまからいただいたの」

「へえ……」

部屋から持ってきたスミレの砂糖漬けをトッピングすると、思った通り白いレアチーズケーキに映えるじゃありませんか！　わあー、可愛い！

「どうかしら」

「いいんじゃねえですか、こりゃあ綺麗でいいですなあ！」

その後メッタボンが更にベリーソースとミントを添えてくれてより華やかになりました。

……うん、もしかしなくてもコレ、いけるんじゃない？

（まだ食用花がそんなに知られていなくて、スミレの砂糖漬けならたくさんあるって侯爵さまも仰っていたわけで……）

使うのは、飾り付け程度。

ブドウの二層ケーキも捨てがたいけれど、コレはコレでアリだと思う。

（確か、リジル商会の紅茶品種にブドウの香りがする紅茶ってのがあった気がするし……）

それについてはのちほど、セバスチャンさんに聞いてみたいと思います。

絶対に詳しいもの。紅茶といえばセバスチャンさんです!!

「ブドウのケーキと、スミレの砂糖漬けか……どちらの方が喜ばれると思う？　メッタボン」

「そうですなあ、どちらも見栄えが良いですからおれからすりゃどっちもいいと思いますがね。その相手の王女さまってのが、チーズが大丈夫かって点はどうなんです？」

「そうねえ、好みがあるわよね……。クーラウムのチーズはさほど匂いが強くないと言われるけれど……マリンナルで使っているチーズってどうなのかしら」

「地域の差ぁはありますからなあ」

むむむ、やはりおもてなしのお菓子は難しいものですね、奥が深い……。

それはさておき、このレアチーズケーキは綺麗なので一切れとっておいて、あとでアルダールに出してあげたいな。きっと喜んでくれるに違いありません！

（二層ケーキの方は私たちで食べてしまうとして……）

当たり前ですが、私とメッタボンだけで食べるわけではありませんよ？

セバスチャンさんやメイナとスカーレットの分も含まれています。

試作品はこうしてみんなにも食べてもらって意見をもらったりするんですよね。

「……ちょうどいい時間だし、プリメラさまや彼女たちの意見も聞いてみましょうか」

「そうですな、ケーキを両方とも見てもらってご意見いただいた方が早いと思いますよ」

おもてなしの道はまだまだ続きます……なんてね。

私たちはワゴンを押して、プリメラさまのお部屋で意見を聞くことにしたのでした。

「……というわけで、これがそのチーズケーキなのだけれど」

「うん、話はわかったけど……なんでそんなに疲れてるんだい？」

「いえ、それが……」

夜。アルダールが部屋に遊びに来てくれたので、例のスミレの砂糖漬けを載せたレアチーズケーキを出したんですよ。

で、なんでそれを作ったのかって経緯を世間話としてしつつ私はため息を吐きました。

「どちらのケーキにするか、結局私たちでは決まらなかったからみんなの意見も聞いてみようって

話になったまでは良かったのだけれど、甲乙つけがたいってなって」

「うん」

「そうしたらメッタボンがこのチーズケーキの中にラズベリーかブルーベリーのソースを入れたらいいんじゃないかって言い始めて」

「……うん？」

「そうしたら今度はメイナとスカーレットが……」

メイナはブルーベリーソース推し。そしてスカーレットがラズベリーソース推し。

これがまあ、議論が白熱しちゃいまして。間に入る私は大変だったんですよ。

結局、結論は出ませんでした！

そりゃもう、プリメラさまが笑い出して止まらなくなるくらい、あの二人は激論を繰り広げたのです。しょうがないっちゃしょうがないんですけども。

ちなみにアルダールに出したチーズケーキは、中には何も入っていないシンプルなものですよ！

「それは大変だったね」

くすくす笑いながらケーキを口にしたアルダールが目を細めるのを見て、私としては満足です。

美味しいものを食べると嬉しそうな顔をするよね、本当そういうところが可愛い。

「どうかした？」

「いえ、アルダールは堅物でかっこいいって世間の女性たちに言われているけど、実は甘いものが好きとか可愛いところがあるんだよなあと思って！」

「……いいじゃないか、ユリアのケーキが好きなんだ」

私の言葉に照れくさかったのか、不貞腐れたような顔を見せたアルダールがもう一口ケーキを食べてからこちらに視線を向けました。

「大体、堅物って言われたのは親父殿の影響なんだ。あの人はいろいろと私生活を噂されながらも仕事をきっちりこなす人だろう？　そこに加えて融通が利かないっていうことで〝堅物〟って呼ばれていたから、その息子の私もそうなんだろうって言われたのが始まりだよ」

「そうだったんですか？」

「……まあ、その後いろいろあって女性からの誘いを断るのを見た先輩方に恋愛方面も堅物か、もう少し遊んだらどうだ……なんてからかわれたこともあったけれどね」

「まあ！」

「余計なお世話だよ、まったく……」

アルダールとしてはあまり良い思い出ではなさそうですね！

私としては少し面白い話を聞いたなあって気分ですけど。

（そりゃまあ、最年少で近衛騎士になったバウム伯爵の息子ってなれば、それだけで女の人が群がったでしょうね）

しかもこれだけイケメンで、未来の剣聖とまで呼ばれていれば当然のことでしょう。

それに乗っかって遊ぶようなタイプならともかく、女性関係に関しては家族問題から若干難しい感情を持っていたわけで……そこで父親の〝堅物〟という印象が息子のアルダールにまで及ぶとか、男性の世界も複雑なんだなあ！

（私としては、そういう中で私のことを見初めてくれて良かったなあと思うだけなんだけど……アルダールとしてはやっぱり思うところがあるのかな?)

その辺りつっついたら後が怖そうだから何も言わないし聞かないけどね!

アルダールは何か別のことも思い出したのか難しい顔をしたかと思うと、それを誤魔化すようにケーキを頬張っていますけども。

こういうところを見ると、ただただ普通の好青年なんですけどねえ。

でも基本的にアルダールはよそ行きの顔が上手っていうか、私が言うなって話だけど、仕事上の顔がしっかりしているから周りにいろいろと言われやすいのかもしれません。

私? 私はほら……相変わらず〝鉄壁侍女〟とかなんとか言われているようですが、最近はなんだかそれに加えて〝影の支配者〟だの〝やり手〟だのと言われているとかいないとか……。

なんだそれって感じですよ。本当にもう!

多分、プリメラさまの初公務が決まって『王女宮筆頭が幅を利かせている』って思う人がいるってことなんだと思います。

(んなこたぁ、これっぽっちもないんだけどね!)

権力を欲する人の存在は厄介です。

幸いにもプリメラさまのお傍にそういう人が近寄れないよう、王太后さまたちが配慮してくださっているおかげで私たちも安心ですが……私を通じてプリメラさまに近づくことができないと知っているからこそ、私に対して噂を流すことで鬱憤を晴らしているのでしょう。

ちなみにそちらに関してはセバスチャンさんが『お任せあれ』ってサムズアップしていたので特に気にしないことにしました!

……どう対応するんですかね？　知りたいような、知りたくないような……。

「どうかしら、そのケーキ。美味しい？　もう一種類も本当は食べてもらいたかったけれど、そちらは残っていなくて……」

「うん、美味しいよ。もう一方は今度作ってもらえたら嬉しいな。とりあえず、このケーキに関しては私はソースがなくてもいいと思うけどなあ。スミレの香りが飛んでしまう気がする」

「そうねえ、それは言えてる」

せっかくのスミレの砂糖漬け、ふわりとほのかに香るそれがベリーソースだとかき消されてしまうかもしれません。そのことについてはメッタボンとも相談ですね！

「お茶のおかわり、どうですか」

「もらおうかな」

初めの頃は私の部屋にアルダールがいるだけでドキドキしたけれど、今じゃあ慣れたものですよ。

別にドキドキしないってわけじゃないですよ？

ただ、なんて言うんでしょうねえ。慣れた、とも違うんですよ。

一緒にいて落ち着ける、そんな空気になってきたんだと思います。

飽きたとかつまらないとか、そういうことは一切ないです。倦怠期じゃないよ！

一緒にいるとほっとする、それって大事だと思うんです。

（アルダールも、そう……よね？）

この間も私の前で居眠りしてくれたわけだし。

二人でいる時間が穏やかで、大切だって思ってくれているなら嬉しい。

「そういえば、あのお菓子は出さないのかい？」

「え？」

「ほら、私にもくれただろう。あの綺麗なやつ」

「ああ……あれですか。琥珀糖ですね」

確かにあれは綺麗だし、珍しいとは思うけど……お茶請けとしてはどうだろう。

というか、選択肢をこれ以上増やして大丈夫かな？　なんだったら芋羊羹（いもようかん）も加えちゃう？

「ごめんごめん、悩ませたかったわけじゃないんだ」

ぐるぐる考え始めた私を見て、アルダールがクスクス笑いました。

どうやら顔に出ていたようです。恥ずかしい！

「私が堅物らしくないっていうなら、ユリアだって鉄壁ではないよなあ」

「……そうですか？」

「そう。ただ真面目なだけで、中身はこんなに可愛い」

「かわっ……」

「私だけが知っているっていうことに優越感があるけど、声を大にして自慢したいところでもあるな。私の恋人はこんなに可愛い人なんだってね」

「またそういうことを言う……」

「私だって恋人の前では形無しだっていうだけだよ」

堅物っぽくないって笑ったからその仕返しですね？

でも、そうやって恋人だと甘やかしてくれるところは変わらないし、告白してきた時と変わらず彼は真っ直ぐ私を見てくれていて、いつの間にか私はアルダールの前で不安になることが減ってきた気がします。

「……私も、私の恋人が可愛いって自慢したいと思う時があるの」

「へえ?」

「みんな『かっこいいアルダール』しか知らないのに、甘いものが好きで実は結構ヤキモチ焼きだなんて、可愛い面があるって知らない人の方が多いでしょう?」

多分、キースさまとかヒゲ殿下にはバレている気がしますけどね!

なんせ私が完璧で立派な鉄壁侍女じゃないってこともバレてますからね……!

私たちは顔を見合わせて同時に吹き出しました。

「まあ、表向きは私も真面目で堅物な男でいいと思うんだ。だけどユリアの前でくらい、気を抜いたっていいだろう?」

「ええ勿論。私の前だけにしてくれたら、嬉しい」

「……そういう意味では君も大概だと思うんだけどね」

「あら、そうですか?」

でも安心してください、今回はちゃんと自分で何を言っているのか理解した上での発言ですよ!

ツンと澄まして見せるとアルダールが笑って、私もそれを見て笑い合ったのでした。

なんだかんだとのんびり過ごしつつ、数日が経過しました。

ちなみにアルダールとの休暇予定日は午後半休からバウムの町屋敷に行き、そこからバウム領に向けて移動するという計画らしいですよ！

やったね、途中でアリッサさまにお土産も買えますね‼

まあそれもこれもこの公務が無事に終わってからの話なんですけど。

「……こんなものかしら」

「それで大丈夫だと思いますわ！　これ以上となると、現地の方か外交官のどなたかをお招きして教えを請わなければ無理だと思います」

「そうよね……」

私とスカーレットは国内事情とフィライラ・ディルネさまのお国についてしっかりと調べ、礼儀作法や習慣について知識を詰め込んでおります。事前学習、大事。

おもてなしするためには相手方のことを知らなければ始まりません‼

ただまあ作法やら何やら、結構勝手が違うもんですから、最低限失礼にならない程度に……ってレベルですけどね。まあしょうがない。

なんせ、教わるにしてもあちらの礼儀作法に詳しい方は今とても忙しいであろう外交官たちになってしまうので、彼らの手を煩わせるわけにはいきません。

してはいけないマナーとか、気をつけるべきところだけ重点的に押さえるに留めました。

幸い、その点に関しては王城内の図書館に該当する本があったので事足りました。

いやあ、探してみるものですねえ……。

少し古めかしいものから最近のものまで二人で読んで意見を交換し、時にはセバスチャンさんを交えて意見を求め、ようやくある程度のことを紙にまとめたのです。

頑張りました……まるでちょっとした受験戦争……。一夜漬けの……うっ、頭が。

「それじゃあスカーレット、これらの要点をまとめたものを念のため小さめのメモに書き留めて、道中確認できるようにしておいてくれるかしら」

「かしこまりましたわ！」

やれる準備は着々と。

プリメラさまの洋服、アクセサリーは勿論、帽子や日傘も準備万端ですとも！

傘は当然私たちが差しますので、軽めでかつ美しいデザインのものが望ましいですね。

このままプリメラさまがご成長あそばした後、ご自身でお使いになるその日までは私が差させていただきます‼

スカーレットにメモの件を任せて私は執務室の椅子に体を預け、ぐったりと脱力しました。

あれこれと忙しない日々というのは充実していますが、疲れるものは疲れるのです。

（とはいえ、これからはこういう事も増えていくんだからしっかりしないと）

プリメラさまの公務は今回だけで終わるはずもなく、今後は増えていくのです。

それこそディーンさまとご結婚の日取りが決まるその日まで、公務はあるでしょう。

（しっかりしなくっちゃ）

美しい王女殿下の訪問があればどこの町だって嬉しいでしょうし、やる気も増すというものです。

それに、プリメラさまご自身も公務に対してとてもやる気に満ちておられるので……。

何故なのか聞いたところ、これがまた尊いんですよ‼

『だってね、ディーンさまは立派な騎士となり人々の盾となる、バウムの当主を目指しておられるでしょう？　守りたいものの中に、プリメラの存在もあると思うの。……だからこそ、その隣に立つわたしも、頑張らなくっちゃ』

はにかみ笑いをしながらそう仰ったプリメラさま……大変可愛らしゅうございました……‼

しかも。さらに……さらにですよ？

プリメラさまはいたずらっ子のような笑みを浮かべ、私を見上げてこうも続けたのです。

『それにわたし、ユリアかあさまにも、本当のお母さまにも誓ったでしょう？　立派な王女さまになってみせる……って！』

んあああああ、あの時のプリメラさまを思い出す度、感動で涙が出てしまいそうですよ。

尊い。尊すぎるではありませんか……‼

あれだけで私、当分お仕事頑張れます。勿論、普段から頑張っておりますけども！

そんなプリメラさまを思い出してうっとりしていた私の耳に、ノックの音が聞こえました。

急いで表情を引き締めて「どうぞ」と声をかけると、ひょっこり顔を覗かせたのはまたまたクリストファではありませんか。最近よく来るね？

その姿を見て私は立ち上がり、彼を部屋に招いてあげました。

「クリストファ、いらっしゃい。今日も公爵家のお使いかしら？」

「そう」

こっくりと頷いてみせるクリストファは相変わらず無表情ですが可愛らしい！

しかし前回会った時よりも、ちょっぴり背が伸びたような……？

本当に男の子って成長が早くて、いえ、メレクもプリメラさまもにょきにょき伸びていることを考えると、当たり前のことなのかもしれません。

「今度の、王女さまの公務、公爵家の人間もついていく」

「え？　ええ、そうね。それは聞いているわ」

向かう先の町は宰相閣下が治める公爵領の町でもあるのです。初の公務としては難しい案件ではなく、まず慣れることが必要と言うことで町の状況を見るというシンプルなものになります。

そのためプリメラさまをご案内するのは町長と代官、そしてその補助をするために公爵家の文官が随伴（ずいはん）することになっています。

なんせ、宰相閣下もお忙しい方ですからね！　領主と宰相、兼任ご苦労さまです。

ビアンカさまが来たがっていたそうですが、そちらもお忙しいのだとか。残念。

「……もしかしてクリストファも行くのかしら？」

「ん」

「まあ！　じゃあそのご挨拶に来てくれたの？」

「違う。それもあるけど」

あるんだ。

相変わらず言葉が少ないですが、嫌な感じがしないのはクリストファだからですかね。

「これ、公爵家からついていく人のリスト」

「先日もらっていますが」

「修正版」

「ああ、なるほど」

ある程度地位のある文官たちが幾人かついてきて、情報の補足をしつつ公務を行うという予定でしたので、人員変更があるならば把握しておくのは大事なことです。

とはいえ、クリストファのように下位の使用人の名前までは以前もらった書類にはなかったものですから……こちらから問い合わせようかと思っていたのでとても助かります。

(書いていなかったのか、それとも忘れたのか。それによっては意味がかなり変わりますけどね)

宰相閣下の考えを読むなど、凡人の私には難しいところではあります。

まさか私が見落とす、あるいは『宰相閣下だから大丈夫』なんて甘えた考えをもって行動したら後で説教するとかそんな計画だった……？

いやいや、問い合わせるつもりだったから何にせよセーフ‼

私がそれに目を通していると、クリストファは大人しくそれを見上げて……んんん、子犬か。

「ありがとうございます、宰相閣下にも了解いたしましたとお伝えいただけますか」

「うん」

「それにしても、公爵家の方々は人数が増えたのですね？」

「あちらの外交官と、ちょっと話したいことがあるんだって」

「……なるほど？」

ああうん、雑多なやりとりがあるとはキースさまから聞いてましたけど、そういうことですか。

もうその場で話の基盤は作っちゃうんだ？　有能な人たちって怖いなあ。

「一緒に、町、行く？」

「え？」

「……せっかく、一緒だから。時間があったら……だけど」

小首を傾げたクリストファは、いつものように言いつつもどこか恥ずかしげです。

それってもしかして、もしかしなくても私が町に出る時についてきたいってことですよね！

つまり、一緒に行きたいなっていう意思表示……‼

（可愛い……！）

なんだなんだ、プリメラさまに続いてあなたもですかクリストファ！

可愛いの洪水で私を大歓喜させようって⁉　ありがとうございます‼

「ええ、そうですね。公務の間に時間が合えば、是非一緒に町を見て回りたいわ。クリストファは町のことに詳しいのかしら？」

「うん」

「では、楽しみにしておきますね」

「うん」

緩みそうになる表情筋に気合いを入れて、必死に貴婦人としても社会人としても体裁を保った私、素晴らしいじゃありませんか。

いやあ、なんだかんだ大変そうだけど、公務……楽しみだなあ‼

第六章　二人の王女と二人の『腹心』

そして迎えた出発の日。

王族専用馬車を中心に、護衛の騎士たち、それから文官たち。

そして私たち侍女や執事、その他の使用人という大勢で目的の町へ向かいました。

道中で民衆からの歓待に手を振る形で応える王太子殿下とプリメラさまのお姿に、私としてはなんとも誇らしい気持ちになったものです。

今回も王家のご兄妹は同じ馬車に乗っておられますので、私も専属侍女としてご一緒させていただいております。

なので、民衆に優しい笑顔で手を振るプリメラさまのお姿を間近で見られるんですよ。

ふふふ。いいでしょういいでしょう！

王子宮筆頭も一緒に乗っているんですが、やはりどこか誇らしげです。

（ああ、プリメラさま……ご立派になられて！）

ちなみにセバスチャンさんはスカーレットと一緒に別の馬車です。

スカーレットにとっては初めての遠距離移動となりますので、そこについてもフォローをお願いしてありますが……出る際少し緊張気味でしたから心配です。

なにせ、歩く時に手足が一緒に出ていましたからね。

（緊張からイライラして、王子宮の侍女たちと喧嘩とかしていないといいんだけど……）

ちなみに王太子殿下の婚約者であるフィライラ・ディルネ姫とは、視察予定の町で合流することになっています。

あちらはご本人の他、例の乳姉妹である文官さんの他に侍女が一人、それからあちらの外交官殿と五名ほどの護衛と使用人とは聞いております。

警備体制などの都合で私は詳しくは伺っておりませんが、護衛の騎士たちが把握しているのでそこはあまり心配はしていません。私がすべきは王女騎士団との連携ですから。

それに、姫君に関しては王子宮筆頭の担当ですしね。

(王女騎士団が把握してくれているなら、問題ないでしょう)

お任せくださいって言われております。

言っておきますがプリメラさまの警備に関しては私もきちんと把握していますよ‼

とはいえ、武力系統はさっぱりな私としては最低限、プリメラさまのプライバシーを保った護衛計画をお願いするくらいしか知恵はないんですけどね。

こういうのは専門家にお任せするのが最適最善なのです。餅は餅屋って言うじゃないですか。

あ、別に投げっぱなしとかそういうんじゃなくてね？

ちゃんと報告とか受けて納得できるかどうかってのは大事です。

「ねえお兄さま、フィライラ・ディルネさまとはあちらですぐに合流なさるのですか？」

「そうだな、我々が寝泊まりする宿に先に到着しているはずだ」

「ユリア、到着してからの予定は？」

「代官を伴う町長の訪問を待って挨拶を受けたのち、全員で晩餐を取る予定となっております」

「そう……そのディナーにフィライラ・ディルネさまはご参加になるのかしら？」

「はい、そのように伺っております。町長にも内々の話としてすでに宰相閣下から連絡がいっているとのことにございます」

「そう、そうなのね。楽しみだわ」

プリメラさまがわくわくしている様子に思わず頬が緩みそうになりましたが、おっといけない。王太子殿下もいらっしゃる中でそんなことしたらお叱りをいただいてしまいます。

王子宮筆頭も同乗していますから、格好悪いところは見せられません！

「予定通りならば、旅亭にて空き時間を見てご挨拶に伺う機会があるかと思われます」

「そうね、そうするわ。楽しみ！」

にこにこしているプリメラさまにほっこりしつつ、私は馬車の窓から外を見ました。

現段階では目立った遅れはなく、到着も予定通りの時刻だと思います。

とはいえ、プリメラさまにとって初めての公務ですからね。やはりそれなりにご負担なはず。

移動中も公務で人の目を気にしなくちゃいけないから、気を抜けないですし……。

きっと見た目よりもずっと疲れていると思うんだよね。

（本当は到着したらすぐにでも休憩をとっていただきたいのだけれど）

ご挨拶だけしてすぐにお部屋に戻れるかどうかまでは、ちょっと予想できないのよね。

もしかしたらプリメラさまも姫君と意気投合して、旅亭で落ち合う予定の町長が来るまでの間、お喋りに興じたいとか言い出すかもしれないし……。

（いえ、ここはやはり休んでいただこう）

いざって時は王太子殿下をダシにしてでも。

婚約者同士、積もるお話もありましょうから……とかなんとか言えば、お優しいプリメラさまのことだもの！　きっと王太子殿下のために部屋に戻るって選択をするはずです‼

（例の文官さんがどんな態度かわからないけどね……）

フィライラ・ディルネ姫至上主義だっけ？

もしその姫君が王太子殿下よりプリメラさまとお話ししたいって言ったら、姫君の意向を優先しろとか要求してくるんでしょうか。

そういうのだったら面倒くさいなー‼

まあ、勿論ですが顔にも態度にも出しませんけども。

王太后さまのお使いとか、クリストファとのお出かけとか、いろいろとやりたいことがあるのでとはいえ、トラブルはつきものであると理解はしております。

（……本当に、何事もなければいいんですけどね）

スケジュール通り行動できるのが一番ありがたいんですけど！

まだお会いしてもいない人物について、マイナスな捉え方ばかりしてはいけませんよね。

私も王女宮筆頭として恥ずかしくない振る舞いをせねば！

（スミレの砂糖漬けもちゃんと持って来たし。チーズはあちらで買った方がいいってメッタボンが言ってたし……）

そういえば今夜の晩餐の料理作りにはメッタボンも参加するんですって。

王子宮の料理人と協力して作るから楽しみにしていろって張り切ってたけど……余った材料で私

たちの賄いを作るとも言っていたので、そちらも楽しみにいたしましょう。

（夕食後にクリストファと会えるかしら）

クリストファはこれから行く町のことを知っているようだけれど、あの子も基本的には王城で働いている身ですからね。彼の記憶にある町並みと違う可能性だってありますよね。

その辺りがどうなのかも確認して、しっかりと外出予定を組みたいと思います！

せっかく案内してくれるっていうんだからお礼をしたいと考えているんだけど、何がいいかなあ。

「……既に聞いているとは思うが」

そんな風に給仕しながら考え事をしていた私の耳に、王太子殿下のお声が聞こえました。

プリメラさまに聞かせるというよりは、馬車の中にいる全員に言い聞かせるような感じです。

「私の婚約者であるフィライラ・ディルネ姫は朗らかで友好的な人物だが、彼女の乳姉妹であり文官のユナ・ユディタという人物は少々癖があるという」

ユナ・ユディタ。

それが例の文官さんのお名前です。……確か年齢は私と同じくらいだったはず。

（王太子殿下までもが『癖のある』と認めているって……それは、もしや相当なのでは？）

思わず王子宮筆頭と私は目配せしてしまいましたよ！

一瞬のことですけど。

私もそうですけど……おそらく、彼女も同じことを思ったはずです。

面倒なことにならないといいなあ……ってね！

ええ、ええ、それに尽きますよね‼

王太子殿下はそれだけ言うと紅茶を優雅に飲んで、私たちを見回してうんと一つ頷きました。

「まあ、基本的には姫が御すのだろうが、彼女でも時折、手がつけられないことがあると手紙に書いてあった。お前たちもそのつもりであたってくれ」

「……かしこまりました」

嫌ですよとは言えないこの空気！

プリメラさまがびっくりして口を手で押さえて黙り込んじゃいましたよ。

いやその仕草、ものすっごく可愛らしいですね⁉

というか、王太子殿下。

(何故、今このタイミングで！　そんな爆弾発言するかなあ！)

一応知っていたから覚悟はしているけれど、王太子殿下の口から聞くとまた威力が違いました。

はあ、穏やかな生活がいいんですけどね……嵐の予感しかしません……。

目的地の町には、予定通りの時刻に到着いたしました。
町を挙げて王族の視察を歓迎するという雰囲気で、公道には町の人々の姿があります。王太子殿下もプリメラさまも笑顔で手を振っていらっしゃいました。
社交界では仮面をつけておられるプリメラさまですが、公務では着用しておりません。
きっとその愛らしい笑顔は町の人々を魅了したことでしょう。

その笑顔を見た人々は今頃『あんなに可愛らしい王女さまがいてうちの国は幸せだ』なんて家族で話していたりするかもしれませんね！

まあ、それはともかく。

到着してすぐ、プリメラさまはこの後の晩餐のためのお支度をしなければなりません。

分刻みのスケジュールで大変申し訳ないとは思いますが、これも王族としての務めです。

勿論、フィライラ・ディルネ姫にご挨拶をするという目的も忘れてはおりませんが、お着替えと化粧直しというのは淑女としては礼儀の一つ。

ここでどれほど主に負担をかけず時間を短縮できるか、かつ完璧な仕事がこなせるかで使用人の質もわかってしまうので、気合いも入ろうというものです！

「それではプリメラさま、予定通りのドレスで問題ないでしょうか？」

「ええ、お願いねユリア」

「かしこまりました」

当然のことですが持ち込んでいるドレスは、予備も込みで予定と合わせて色合いや暖かさ、見る人に与える印象など計算ずくなものを選び、プリメラさまの了解を得て持って来たものです。

ただ当然、体調問題の他に気温など人間の手ではどうしようもないこともありえますから、いくつもパターンは想定済み！

とはいえ持ってこられる数には限りがありますからね……プリメラさまの体調とご気分を確認してから、場合によっては組み替えて仕事を進める必要があるのです。

今回は夜の晩餐ということですが、正式な宮中でのものではありません。

お相手は町長たちですから、あまり仰々しくしては彼らにとっても負担になります。なのでそこまでかしこまらず、かつ王族としての優雅さと気品を見せるため、ふんだんにレースをあしらった淡い青の上品なドレスをお召しいただきました。

あまりごてごてと飾るよりもプリメラさまの美しい青い瞳と金の御髪を際立たせるため、アクセサリーはとてもシンプルに。

ドレスの素材はとても軽いものですので、締め付けも少なく負担はかなり減っているはずです。

「終わりました」

髪型はゆるふわなアップスタイルで可憐さをより演出してみました！

私の手伝いをしていたスカーレットも仕上がりを見て満足そうです。

わかります。自分たちの主が今日も一段と美しく輝いているのを見るのは、侍女冥利に尽きるというものですよね……！

「これなら王太子殿下もあちらの姫君も、王女殿下の魅力にメロメロですわ！」

ふんすと鼻息も荒くふんぞり返るスカーレットは自慢げです。

だから言い回しがいちいち面白いんだよなあ！

しかしまあ、その気持ちはよくわかる。

（今日のこのプリメラさまの愛らしさったら！）

いつもいつも可愛らしいお方ですが、今回はもう大爆発して可愛いの塊です。

あの王太子殿下だってプリメラさまのこのお姿を見たら、晩餐会の間中ずっと笑顔になってしまうこと間違いなしです！

……いや、それはそれで困るか。婚約者の立場になって考えたら、妹にべったりでそちらに甘く微笑みかけてばかりというのもちょっと、こうね……。

「このままフィライラ・ディルネ姫のところへご挨拶に伺いますか？」

「ええ、そうするわ」

「かしこまりました。……スカーレット」

「はい」

私の言葉に、スカーレットが一礼して部屋を出て行きました。

何をしに出て行ったかって？

先触れでフィライラさまのお部屋まで行って、『これからプリメラさまが訪問しますがよろしいですか』と伝えてもらうんですよ。

で、私たちは彼女が出て数分後に出るって寸法ですね。

返事？　そういうのはいいんです。

あちらも挨拶に来ることはわかっていて、わかりましたって応えるだけですからね。

（まあ面倒だけど、様式美ってだけの話じゃないからなあ）

これは身分が高い人にとって、一つの礼儀作法というだけの話には留まりません。

勿論、面会があるのだと連絡することで相手は驚かず慌てることもなく……というのは最低限の思いやりではありますが、こと貴族間に関しては異なる意味を持ち合わせております。

害意がないからこそ、相手に準備をする猶予(ゆうよ)を与えるよとか、こちらはそっちがどんな準備をしようが余裕がありますよ、とかいうややこしい表現でもあるのです。婉曲(えんきょく)にも程がある！

害意がない。これはわかりやすいですよね。

ではこちらに余裕があるとは？

（どんな準備があろうとも、喜んで足を運びましょう……っていう宣戦布告みたいな、ね……）

まあ戦時中はともかく、今となっては慣例みたいなものだし、前者の意味がメインですけどね！

だからこそ侍女を向かわせるのであって……これが護衛騎士とかだと物々しい雰囲気になること間違いなしです。

「それでは、プリメラさま。私たちも」

「ええ」

「ご挨拶のみで戻ることになると思いますが、よろしいですか」

「ええ。ディナーまで時間も差し迫っているし、とりあえず直接ご挨拶ができれば十分よ」

にっこりと私の〝挨拶のみで〟という言葉の意を汲んでくださるプリメラさま、さすが我らがプリンセスう！　はしゃぐ内心をぐっと抑え込んで、私もにこりと微笑んでドアを開けました。

当然、この部屋の外には護衛騎士たちが立っています。

彼女たちもスカーレットが出て行ったことで、私たちが何を目的として部屋の外に出たのかはわかっているはずです。

「王女殿下がご挨拶に参ります。護衛の騎士の随伴は一人でお願いします」

「承知いたしました。ではわたくしが」

名乗り出てくれたのはレジーナさん……ではなく、別の護衛騎士でした。

巻き毛が可愛い女の子で、小柄で大変愛らしい騎士さまです。

なんと彼女はレムレッド侯爵家のご息女……つまりハンスさんの妹なのです‼

名前はケイトリンさんと言って……こう、小柄で可愛らしいんですが、一生懸命キリッとして見せようとしているところがまた可愛い。なんというか、小動物的な愛くるしさを持つ方です。

（護衛騎士隊の中でも妹キャラとして大人気なんだっけ）

私の中にあるハンスさんはお調子者的なイメージなのですが、ケイトリンさんは……なんていうか、真逆の、とても真面目な人なのです。

あの兄を反面教師にしたのでしょうか？　そんなこと聞けませんが。

「ありがとうございます。ではケイトリン殿にお願いしてよろしいですか」

他の護衛騎士たちを見れば、彼女たちも頷いてくれました。

ケイトリンさんは可愛い妹キャラですが、護衛騎士隊に入るための選抜を勝ち抜いてきただけあって実力は確かなものなのでしょう。

私としては彼女が戦う姿とか想像できないんですけどね。

「それでは、僭越ながらこのケイトリンがご案内いたします」

事前に姫君がどこのお部屋に滞在なさっているかは王子宮筆頭を通じて私も知っていますが、護衛騎士たちも把握はしているはずです。警備の都合もいろいろあるでしょうからね。

ケイトリンさんが先頭に立ち、迷わず歩くその姿に私たちはついていきます。

町で一番の高級な旅亭、大きさとしては王族所有の狐狩りの館と同じ程度の広さでしょうか。

王族の方がご利用ということで、今回は公務期間中はどどんと貸し切りです。

王太子殿下とプリメラさま、そしてかの姫君はそれぞれ離れた部屋を利用しています。

これは警護上の都合でもあるのですが、他にはいくらご婚約者といえど年頃の男女が近い部屋なのはよろしくないという配慮もあってのことですね。

「スカーレット」

「お待ちしておりましたわ」

それなりに歩いたところで、ケイトリンさんが足を止めました。

そこには異国の服装に身を包んだ騎士と共に、私たちを笑顔で出迎えるスカーレットの姿が。

それとは別に、スカーレットの横に立つ、きっちりとした格好の女性が一人。

女性は私たちにひたりと視点を定めると一歩前に出てきました。

「お越しをお待ちしておりました。我が主が、お待ちでございます」

ああ、この人がユナ・ユディタですね。間違いない。

今回の問題児（？）はこの人なのだと私が直感した瞬間でした。

きりっとした顔立ちに、さらにそれをきつめに見せるようなメイクを施したその女性。

ドレスはドレスでも飾り気はなく、かといって、あちらの国で一般的な文官服でもない。

彼女は私たちに礼をするでもなく鷹揚（おうよう）な態度で頷いたかと思うと、部屋のドアを開けました。

（……いいの？　えっ、いいの⁉）

確かに乳姉妹という関係の気安さから、姫君とユナ・ユディタさまの間で許されているとしても、

他国に来てその態度。しかも私たちは正式に訪ねて来た客人ですよ⁉

一国の王女に仕える身として、その態度はいかがなものかと思わずにいられません。

（私だってプリメラさまに『かあさま』と呼んでいただいて、二人きりの時は抱き寄せて頭を撫でるなどもあるとはいえ……）

それでも公私はきちんと分けているつもりです。

一歩部屋の外へ出たら、王女と侍女の関係を崩すことはありません。

だって、それがプリメラさまをお守りすることにも繋がるのです。

王女の品位を守り、そしてお仕えする私としては当然のことと思うのですが……。

（姫君に到着を報せるでもない、その役目を担う侍女を傍に置かない。しかも姫君にとっての将来的な、義理の妹……彼女よりも身分の高い相手に礼をしないなんて信じられない！）

マリンナルではこれを許しているのでしょうか？

あちらの宮廷マナーの本にはそんなこと載っていませんでしたが⁉

いえ、これはきっと彼女に問題があるのでしょう。

スカーレットの横にいたマリンナル王国の騎士が死にそうな顔をしていたので、あちらのお国としてもどうやらマナー的にもアウトのようです。

えっ、本当に優秀なのこの人。そういう評判でしたよね？

（……優秀な文官なんだよね⁉）

そう口から出そうでしたし、なんだったらスカーレットも唖然とした様子です。

以前はスカーレットもなかなかの問題児でしたが、いろいろと学んだ今、我々に対する彼女の態度にはさぞ驚かされたのでしょう。

（……スカーレットが怒り出す前に手を打っておこうかな）

今はこの子も落ち着いてはいますが、まだまだ短気なところがあるから心配なのよねえ。

私は視線だけ動かすようにして、スカーレットに声をかけました。

「スカーレット、ありがとう。ここは私がやりますから、戻ってセバスチャンさんと一緒に晩餐前の確認をお願い」

「……かしこまりましたわ」

ユナ・ユディタさまがどんな意図をもってこのような対応をしているのかはわかりません。

もしかしたら天然なのかもしれませんし、私たちを下に見ている可能性もあるでしょうし、あるいは試されているのかも。

少なくともあちらの国での礼儀作法は本で読んだ程度の知識しかありませんが、そこまで我が国と違った面はなかったはずなので、この対応が非常識であるということはわかります。

（プリメラさまのためにもここは私がガツンといくべきか、否（いな）か）

どうするべきかとプリメラさまに視線を向けると、それに気がついたプリメラさまはにっこりと微笑み小さく首を横に振りました。

（気にするなってこと？　……いえ、何か、お考えがあるのね）

後方に控えていたケイトリンさんがムッとしているのが手に取るようにわかりますが、私の視線に気がついてキュッと表情を引き締めました。

うん、護衛騎士たちが可愛がる理由を垣間見（かいまみ）た気がします。可愛い。

ここがこういう場でなかったら、私も撫でちゃったかもしれない。

「お控えくださいませ。マリンナル王国第三王女、フィライラ・ディルネさまにございます」

どこか驕った表情を浮かべているユナ・ユディタさまが向けた視線の先には美しい女性の姿。

私はユナ・ユディタさまの言動にカチンと来ましたが、プリメラさまが一歩前に出ました。

そして奥から驚いた様子で歩み寄る女性を待たずに、可愛らしく小首を傾げたのです。

「お初にお目にかかります。クーラウム王国、第一王女プリメラですわ。本日はご挨拶をしに伺ったのですが、どうやら歓迎されていないご様子。お忙しいところ、お時間をいただくわけには参りません。これで失礼させていただきますね」

「えっ」

優雅に、それでいて厳しいそのお言葉が目の前の愛らしい少女から放たれたことに驚いたのか、ユナ・ユディタさまがパッと顔を上げました。まだまだですね！

一介の使用人が王族の言葉に許しもなく下げた頭を勝手に上げるだなんて、その主人のレベルが疑われてしまいますよ‼

プリメラさまはユナ・ユディタさまに冷たい一瞥(いちべつ)を投げたかと思うと、すぐに華やかで愛らしい笑顔を私たちに向けてくれました。

「さあユリア、ケイトリン。戻りましょう」

「かしこまりました」

「はっ、はい！」

まさかのプリメラさまが穏やかに怒っておられたパターンでした‼

にっこり笑って内心ムカつきつつもしょうがないよねって許してしまうのかと思いましたが、そこはまあ、そうですよね……そうなっても仕方ありませんよね。

使用人の無礼をこちらが許すほど、相手方と親しくも何もないのですから。

ケイトリンさんは、プリメラさまがそんな厳しい言葉を発するところなんて見たことがなかったから、驚きを隠せないようです。

（うんうんそうよねえ、うちのプリメラさまは基本的に誰にでも優しくって可愛らしい笑顔で対応してくれる、天使のような方ですからね！）

しかし、そんな天使のような方こそが我が国の王女殿下なのです。

甘いだけの、砂糖菓子でできたようなお姫さまじゃあないんですよ。

「お待ちください。いったい何事ですの？」

長く黒いストレートの髪を高い位置で結い上げポニーテールのように流し、艶やかな色で彩られた異国の衣装に身を包むその女性こそフィライラ・ディルネ姫なのでしょう。

彼女はなんだか困惑した表情を浮かべています。

「あら……フィライラ・ディルネ姫でいらっしゃいますか？　残念ながらわたしたちは歓迎されていない様子でしたので、またご挨拶は後ほどと思い直したところですの。失礼いたしました」

プリメラさまは穏やかな笑みを浮かべつつ、ユナ・ユディタさまにまた冷たい一瞥を向けました。

そのことで、いろいろと察するところがあったのでしょう。

フィライラ・ディルネ姫が大きなため息を吐き、頭を下げたではありませんか。

「……どうやら我が国の者が失礼を働いたようですね、お詫び申し上げます」

「フィライラさま！　そのようにすぐ頭を下げられては……‼」

ぎょっとした様子のユナ・ユディタさまですが、いやそれは当然だと思うんだよね……。

フィライラ・ディルネさまも王女ですが、プリメラさまも王女。

国と国の力関係やその他諸々ありますが……今回の王太子殿下の婚約に関しては、あくまで両国は対等の関係。

であれば同じ王女という意味でお二人は、ほぼ同格なのです。

正式に婚約が結ばれ発表されるまでは上も下もありません。

今回の顔合わせでは尊敬や謙遜といった、貴婦人としてのやりとりがあるだけだったはずなのに……このようなことになったのは彼女の責任としか私には思えません。

普通に出迎えてくださったなら、姫君が頭を下げる必要なんてなかったんですよ！

（彼女はフィライラ・ディルネさまがさもプリメラさまよりも立場が上かのように、頭ごなしに言っていたものね……主人としてはその責任を取らざるを得ないわ）

主人を窮地に追い込むだなんて、本当に姫君至上主義なのかしら？

のっけからこんな攻撃的な行動を取られては、今後のことが心配になるのはしょうがないというか……これは後で王子宮筆頭を通じて、王太子殿下にお伝えするべきかもしれません。

「ユナったら。お客さまに失礼をしないでって言ったでしょう？　プリメラ王女殿下がおいでになったらすぐに声をかけてとも言ったわよね？　ルネを待機させると言ったのに、自分が行くって聞かないから任せたのに」

「それは」

おっとりとした声が呆れたようにユナ・ユディタさまに向けられました。

砕けた口調で親しげに、けれどしっかりと非難をする姫君のお姿に、ユナ・ユディタさま……もう敬称も要らないですかね、ユナさんは困ったような表情を浮かべています。

「改めましてご挨拶を。マリンナル王国第三王女、フィライラ・ディルネと申します。どうぞフィライラとお呼びください。お目にかかれるのを楽しみにしておりましたのに。我が国の者が失礼をしてしまい誠に申し訳ございません」

「……いいえ、どうやら互いに行き違いもあったようです。ですが、今はご挨拶だけに留めさせていただきたく思います」

フィライラさまの丁寧なご挨拶と謝罪を受けて、プリメラさまもにっこりと微笑みお辞儀を一つ。

どうやらプリメラさまはこれでお互い水に流すことにしたようですが、問題のユナさんは釈然としていない様子です。

「……うちのディイの方が義理の姉になるし、未来の王妃なのだから当然なのに……！」

小声のつもりでしょうが、全部聞こえていますよ……呆れて物が言えません。

というかですよ？　侍女の立場としては王女同士が会話している最中に口を挟むなどできるはずもないというか、彼女は一体どんな立ち位置でいるつもりなのでしょうか。

あまつさえ、このような場で姫君のことを愛称で呼ぶなんて！

（もしかして〝優秀な文官〟って触れ込みも、実は王女の乳姉妹だからって周囲が甘く評価した結果だったりするのかしら？）

さすがにその触れ込みで、そんなんだったら困ります……こちらが。

だってフィライラさまが嫁いで来られたらこの人もついてくるんでしょう!?

「ユナ」

彼女の声が聞こえていたのでしょう、フィライラさまが少し厳しいお声で名前を呼びました。

びくりと肩を揺らしたユナさんは、頭を下げましたが……。

「……申し訳ございませんでした」

どう見ても納得できないって顔のまま謝罪されてもね。子供かってんですよ!!

癖が強いとかそういう問題じゃないだろうと思うんですよね、これは。

下手したら王太子殿下との婚約にも影響が出るってわかっているのかなあ!

王太子殿下が可愛がっている妹に対してとっていい態度じゃないんだからね?

(いや、そもそも他国の王族に対して礼を失している段階でアウトだわ)

いくら自分の国の王女が一番だっていっても、それを自分から貶(おとし)めるような真似をして何が楽しいんだか……私にはさっぱり理解できません。また、理解したいとも思いません。

とりあえず、第一印象は最悪。

私たちの初顔合わせは、そのように幕を開けたのでした。

その後、フィライラさまはユナさんを下がらせて、プリメラさまをお引き留めになりました。

ユナさんはかなり不満そうでしたが、そこはフィライラさまが譲らず……というか一瞥もくれず、早く退室するように告げたのです。

フィライラさまは食い下がるユナさんに二度目の言葉も発さず手を振ることで退出を促され、ユナさんはそれにショックを受けたのかすっかりしょげた様子で出て行きました。

それを見てプリメラさまは少し躊躇ったようですが、残ることを決められたのです。

ユナさんの姿が見えなくなって、ようやく落ち着いた雰囲気を取り戻したところでフィライラさまがプリメラさまにソファを勧め、そして再び頭を下げました。

それはもう、深々と。

いいのか？　王女さま同士とはいえそこまで頭を下げて……ってくらい下げていました。

「第一王女たるプリメラさまに、我が国の者が大変失礼をいたしました。マリンナル王国の王女として、幾重にもお詫びさせていただきたく思います」

どうやら姫君ご自身は部下を御せないだとか、物事の判断が甘いお嬢さんってわけではなさそうです。そういえば商才豊かな女性という話でしたね。

「……あの、フィライラさま」

プリメラさまが困惑したように頭を下げたままのフィライラさまにお声をかけられて、改めてお二人は対面するようにして座りました。

天使な美少女とオリエンタルな雰囲気の美少女。なんと美しい空間でしょう……。

「……不躾な質問で申し訳ありませんが、フィライラさまはわたしたちを歓迎していないというわけではありませんのね？」

「勿論です。確かにあのような振る舞いをする者を傍に置いているわたくしが言っても、説得力がないとは思いますが……」

困ったように微笑むフィライラさまと、彼女の侍女であろうお年を召した女性が……多分彼女が先ほど名前の出たルネさんなんだと思います。

「兄君であられるアラルバートさまから、こちらの事情はある程度お耳に？」

「少しだけですが」

「そうですか」

んんん、やっぱり王太子殿下はいろいろと事情を知っているな？

しかもフィライラさまの、この仰りようだと……事前に王太子殿下は姫君から相談を受けていたんじゃないでしょうかね！

それについて王子宮筆頭が私に教えてくれなかったことは仕方ない。

彼女が口止めされていたと考えるなら決して外には漏らさないはず。

私だってプリメラさまに秘密だって言われたら絶対秘密にしますからね。侍女としてそのくらいは当然のことです。

しかし、事前にこちらでも詳しく知っておきたかったなあっていう気持ちもあります。

だってわかっていたらあんなに腹を立てずに済んだんじゃないかなと思うとね……。

「確かに彼女のことは乳姉妹として、実の姉と同様に慕っていた時期もありました。今でもその気持ちがないとは言い切れません」

フィライラさまによると、こうだ。

ユナさんは乳姉妹として幼い頃から彼女の傍におり、上の兄や姉と少し年齢が離れていたこともあって、一つしか年齢の変わらない彼女のことを当時は本当の姉のように慕い、仲良くしていた。

成長するにつれ、身分差というものをフィライラさまは自覚したが、私的な部分での関係としては支えてくれる良き姉と思っていたらしい。

フィライラさまもある程度の年齢になれば、当然ながら王女としての教育が始まる。

乳姉妹ではあってもユナさんの身分は乳母の娘にしか過ぎず、同じ教育を受けることは当然できるはずもなく……そこで彼女は王立の学校に通い優秀な成績を収め、文官として戻ってきた。

とまあ、ここまではこちらでも知っている話であり、とても良いことだと思いますよね。

「ですが……ユナはなんというか、わたくしたちと考え方が随分とずれていて……」

ほうっとため息を吐いたフィライラさまは、なんだかとてもお疲れのようです。

ううん？　あれれ、おっかしいなー？

天真爛漫な姫君って聞いていたのに、どうにも苦労人に見えるのは何故でしょうか……。

「彼女は確かに文官としては優秀で、与えられた仕事は期待以上の結果を出してくれます。ですが、わたくしを妹として可愛がるあまりに、時としてその立場を越えた発言をしてしまうようで……先ほどのように」

「ああ……」

困ったようにプリメラさまも相槌を打たれました。

あれですね、『ディイの方が』ってやつですね。

「失礼ですが、ディイとはフィライラさまの愛称ですの？」

「ええ。とはいってもその呼び方をするのはもうユナだけですわ」

幼い頃はディルネが言えなくて、ディイと呼んでいたんだとか。

それだけ聞くと可愛らしいエピソードなのになあ！

「彼女は自分が乳母の娘であることをきちんと理解しているはずなのです。それなのに、時折ですが……他の者よりも己が上の立場であるような錯覚をしているようで……長くわたくしたち王族と共にあった弊害かもしれません」

いやいや、それは……教育をきちんと受けて育った以上、弊害なんて言葉では許されないんじゃないかなあと私は思います。

咄嗟にそう発言しそうになるのをぐっと堪えて、私は何も聞いていないという態度を貫きました。

「何度も注意をしておりますし、わたくしの傍を離れさせることも考えました。ですがそうしようとすると、どこからか聞きつけて騒ぐものですから……乳母が責任を感じるあまり憔悴していく姿を見てしまうと、わたくしたちも非情になりきれなくて」

そりゃまあ、越権行為……ってほどではないにしろ、小さい積み重ねの罪だけで大きく裁くこともできないでしょう。結果、とりあえず左遷させようかなってなるのもわかります。

（その親が責任を感じるのもまあ、わかるっちゃわかるし、親だけが悪いとは思えないしなあってなるよね……）

ユナさん本人が自分で周囲に迷惑をかけちゃっていることに気づいて反省してくれるのが一番なんですけどね……なかなか難しそうです。

「今回も、本当は彼女は置いてくるつもりでしたの。ご迷惑をお掛けすると思って」

「まあ、そうでしたの？」

「そうしたら、アラルバートさまが連れてきてはどうかとご提案くださって……」

「……お兄さまが？」

ですよねー‼

内心で大きく頷いてしまいましたよ。話の途中から気づいておりました。

こんな感じの文官を連れて行くのは、普通に考えてあちらの国からしたら問題を起こす可能性大です。連れて行きたくないはず。

私があちらの国の立場でしたら絶対に、多少無茶な方法でもユナさんを同行させないようにしたと思いますよ‼

それなのに連れてくるのには何かしら意味があると思ったんですよ。

それを連れてきたらどうだと提案したってことは、なにかしらの意図が王太子殿下にはあるってことなんだと思いますが……。何も考えなしってことはさすがにないでしょう。

「これまで目に余ったとはいえ、決定的なものではなかったのであれば……今回の同行でユナがクーラウムの方々に対してどのような言動を取るか見てはどうかと提案されたのですわ」

「まあ！」

プリメラさまが驚いてしまいましたが、私も驚きましたよ……。

いやいやいや王太子殿下、プリメラさまの初公務でついでに面倒な相手を排除できたらいいなとか……なんでそんなこと企ててらっしゃるんですか！

勿論これからのことを考えたり、婚約者であるフィライラさまのお気持ちを考えれば、ユナさんが穏便に退場してくれたら一番だってのはわかりますけども。わかりますけども‼

（何事にも適したタイミングってもんがあるでしょーよ⁉）

それは今じゃなくてもいいと思うんだよね！

きっと、こう思ったのは私だけではないと思います……。

多分ですが、プリメラさまもケイトリンさんもそう感じているんじゃないでしょうか。

「今回はプリメラさまの初めてのご公務とわたくしも伺っております。ですので一度はお断りしたのですが……その、わたくしが至らないばかりに……」

王太子殿下よりもフィライラさまの方がよほど常識人ではないですか！

困ったような表情からも申し訳ないというお気持ちは十分伝わりましたが、相手はなんといってもあの王太子殿下ですからね……きっとあれやこれやと説得されて、負けてしまったのでしょう。

その図が容易に想像できてしまいました。可哀想に……。

「本当に申し訳ありませんでした。プリメラさまに嫌な思いをさせてしまって……」

「いえ、そういうことでしたら……お兄さまが、いけないんですわ」

「プリメラさま……」

「わたしも、フィライラさまとお話をしたいと思っておりました。ですから、序列を見せつけるようなことをされて拗ねてしまったのです。わたしの方こそ、まるで幼い子供のするような振る舞いをお目にかけてしまって……恥ずかしいですわ」

（プリメラさまったら本当に立派に成長なされて……）

にこりと笑ってフィライラさまの謝罪を受け入れ、自分も悪かったのだと示すプリメラさまのこの大人の対応よ……‼

思わず私は感動してしまいました。うちの姫さまが可愛いしかっこいい。

「でもこれで、ユナを国に戻す口実もできましたし、わたくしが嫁いだ後も連れてこないで済む算段が立ちました。代償はそれなりにありましたが」

「代償ですか？」

「……本当にアラルバートさまったら、プリメラさまに何もお伝えしておられませんのね？」

ぱちぱちと目を瞬かせたフィライラさまは、この場にいない王太子殿下に対して呆れたようなため息を吐いたかと思うと、にっこりと笑ったのです。

その笑顔はそれまでの貴婦人然としたものではなく、どことなくヒゲ殿下を思わせました。

「わたくし、実はこれでも民に交じり商人として海運業を営んでおりましたの。そこで手にしているとある船の設計図を差し上げたのですわ。それも最新式のものを」

「船、ですか？」

「はい。すでにご存じかもしれませんが、我が国は開かれた王室と諸外国にも呼ばれるほど、民衆と距離が近いのが特徴です」

フィライラさまが説明してくださったことによると、マリンナル王国は今のところ海産物と豊富な金属資源、そして海運業での輸出入がメインで成り立っているのだそうです。

うん、それは本で読んだとおりですね！

そんな中、王族は国民のため、より良い未来を繋いでいくにはどうしたらいいかを考える日々なのだとか。その関係で近年は諸外国との繋がりに重きを置いているらしく、そのため政略結婚なども積極的に行われているのだそうです。今回の婚約もその一つ。

それに対して思うところはないそうですが、フィライラさまはなんというか……ご自身でもご理解なさっているようですが……。

つまるところ、天真爛漫なだけでなく〝お転婆〟なのだとか！

「わたくし、幼少の頃は政略結婚で姉がよそに嫁いで行くことが本当に嫌でしたの。もっと国が豊かになれば、変わらず近くにいらしてくれたのに……なんて思ったのです」

成長した今となっては、たとえ国が豊かになろうがなんだろうが王族として、政略的な意味合いの結婚は必要不可欠だと考えを改められたそうですが……。

それはともかく。

民衆との距離が近かったこともあり、フィライラさまは幼い頃からよく町に降りられては人々の話に耳を傾け、船大工たちの作業を間近で見学し、お年寄りたちから昔話を聞いたりと過ごしているうちに商売に興味を持たれたのだとか。

そして、最初は小さな小物を行商人から買って、それを露店で出してと……そんな可愛らしいところからスタートして商会を設立するまでになったんだそうです。

えっ⁉　それはもう商才があるとかそういうレベルではないような……。

「お恥ずかしい話ですわ。今となっては周囲の方々が幼いわたくしを見守り、手助けしてくれた結果だと承知しておりますけれど……」

「それでもとてもすごいことだと思います！」

照れるフィライラさまですが、いやほんとプリメラさまも仰っていますがいくら手助けがあったとはいえ、とんでもなくすごいことですからね……？

とにかく、商人の真似事から始まって、お金の仕組みを学び、王宮で学んだ経済学を生かしてあれこれチャレンジしてみた結果、商会頭の一人としてそれなりの発言権を得るまでに至ったのだぞうです。有能すぎないかな⁉

クーラウム王国が今後、一気に発展しそうです。

あの王太子殿下だもの、有能な人はよく働けって感じがビシバシとですね……フィライラさまもなんだか楽しく働いてしまいそうですし。

「それで、わたくしの商会も海運業を営んでおります。当然、わたくしが他国に嫁ぐとなれば、国にとって今後も役立つであろう商会は、誰か信頼できる相手に譲りたいと考えております」

故国のために。そこは譲ることができない。

そう強い意思を見せつつも、フィライラさまは微笑みました。

「クーラウム王国は山々に囲まれ、海が遠いお国柄。船についてなどと笑われるかと思いましたが、わたくしが商会の利権以外でお譲りできるものはそれしかございませんでした」

「……けれど、お兄さまはそれを欲されたのですね？」

「そうです。最新式の、魔力を用いた帆船(はんせん)。ごく僅かな魔力を使うだけで良い船です。小さな風で従来の帆船よりも遙かに効率よく動かせるその船を、アラルバートさまは私財で造り、わたくしの商会に貸し出す契約をいたしました」

「まあ！」

つまり、フィライラさまの商会から貸し出しの分を差し引いた利益を、王太子殿下はクーラウムにいながら手にすることができると……⁉

いや、手間賃や維持費、そのほか諸々を差し引いたら利益そのものは大して出ない可能性もあるわけですが……どれほどの効果があるのかを貸し主だから包み隠さず知ることもできるし、あちらの国に行けば乗ることもできるし。借りている手前、メンテナンスは商会がやるだろうし……。

フィライラさまに恩も売れて、厄介な女性文官さんを遠ざける口実にもなって、クーラウムにはない技術を手に入れることもできる。利益に関しては副産物ってところでしょうか。

（さすが王太子殿下、上手いことやるわあ……）

性能が良ければそれをどう活かすか、今後については運用情報を見てから考えるってところでしょうか？　なるほど、メリットだらけですね。

しかしプリメラさまを筆頭に、こちらを巻き込んだことを忘れてはいけません‼

まあ実害があったのかと問われると、ちょっぴり腹が立ったってだけですけど……。

ユナさんへの処分はフィライラさまが下すでしょうし、私たちがそれ以上を求めるのは行き過ぎとも言えるので、不満は呑み込むのが最善なのでしょう。

（いや、でもやっぱりそこは事前に話をしておいてほしかった！）

プリメラさまとフィライラさまのお話を聞きながら、何も聞いていませんって感じで今も無表情は貫いておりますが……実は内心、心配でしょうがありません。

だって今回の件で咎めるにしても、ユナさんだけを今すぐ帰らせるってわけにはいきません。

こちらは公務の最中ですし、フィライラさまも外交の一端を担っておられるわけですし。

町長にも姫君の存在は知られている以上、これでおしまいというわけにはいかないのです。

「今回のことを踏まえ、ユナには謹慎を言い渡し、騎士をつけ部屋に残るよう手配します」

「……そうですか」

フィライラさまの仰ったことに、プリメラさまも困ったように頷きました。

でもそれが無難ですよね。

ですが、そうなると当たり前ですがユナさんはこの公務の間中、挽回しようと必死になってしまうのではと思うんですよ。

そして私の経験則から申し上げて、そういった手合いの方ってのはこういうパターンでは大体マイナス方向に振り切った行動力を発揮すると思うのです！

「お話はわかりました。……今後、彼女の処遇はどうなさるおつもりですか？」

「母国に戻った後はわたくし付きから外し、文官としての地位も……降格することとなっております。残念ですが……それだけのことをしたのだと、彼女にも思ってもらえたら……」

どうやらユナさんがここでどのような態度を取るかで、すでに処遇は事前に決めていたようです。

優秀な成績を収め、文官となった王女の乳姉妹。

それだけで終わったならば、どれだけ良かったことでしょう。

ただその環境を当たり前に感じすぎて、彼女は勘違いしてしまった……のかもしれません。

「ご迷惑をおかけいたしましたが、今回の件でユナに関してはみなさまの前に出さないようこちらでも十二分に気をつけるつもりです。護衛の兵士たちにも通達はいたしますので、万が一、何かお気づきな点がありましたらいつなりとこちらにお知らせくださいい」

そう言うとフィライラさまは再び頭を下げました。

この方、お会いしたばかりですが……ユナさんのために何度頭を下げられているのでしょうか。

臣下の身からすると、とても痛々しくてたまりません。

プリメラさまが私のために何度も頭を下げるだなんて光景、絶対見たくありませんもの。

（大切だ、大事だと言いながら傷つけているのにどうして気づかないのかしら）

だからユナさんの考えることがこれっぽっちも理解できませんし、する気も起きません。

なるべく『私は置物……』という気持ちで平静を装ってはおりますが、気を抜いたらしかめっ面になってしまいそうです。

プリメラさまも驚かれたようですが、それ以上何も仰いませんでした。

困惑しつつもフィライラさまと挨拶を交わし、また後でゆっくりと今度こそ穏やかに話しましょうと約束をしていました。

うん……今度こそ、穏やかになんの心配事もなく友誼を深めていただきたいものです……。


「まあ、どうなさったのです？　先ほどお目にかかったばかりかと……」

「申し訳ございません……」

フィライラさまとの交流を終えてプリメラさまもお部屋に戻り寛いでいると、私を訪ねてルネさんがやってきました。

つい先ほど会ったばかりなのに、どうしたのでしょうか。

フィライラさまからの託けかと私が首を傾げると、ルネさんが困ったように周囲を見回してからちょうど扉の前で立ち番をしていたケイトリンさんの顔をジッと見つめて意を決したように口を開いたのです。

「……実は、ユナ・ユディタのことで、クーラウム王国の王女宮筆頭さまのお耳に入れておきたいことがあるのです。どうか少しだけ、お時間をいただけませんでしょうか？　そちらの騎士さまもご一緒していただけるとありがたいのですが……」

そう言われて、私とケイトリンさんは顔を見合わせました。

どうやら、大事な話のようです。

私とケイトリンさんは頷いてそれぞれ上司に了解を取るため、ルネさんに少しだけお待ちいただいたのでした。

そしてそれぞれ許可を得てから別室に移動したところで、ルネさんは深々と頭を下げました。

「改めてご挨拶いたします、わたくしはフィライラ・ディルネさま付きの侍女でルネと申します」

ケイトリンさんはドアの傍に立ち、誰かが盗み聞きなどしないように警戒してくれています。

ルネさんは私たちに対して先ほども丁寧な態度でしたし、何よりとても真剣な表情でしたので話を聞くに値すると判断しましたが……内容によってはプリメラさまの公務スケジュールを考え直さなければならないかもしれません。

「フィライラさまが先ほど、王女殿下にご説明なさったことを補足する形になりますが……実を申しますと、あれが全てではございません」

「……と、言いますと？」

「これは誓って申し上げますが、フィライラさまは隠そうとしたというお気持ちなどなく、また、あの方は病などを患っていないとどうか信じていただけませんでしょうか」

「……それは……」

いきなりそんなことを言われても、内容によっては私もそう簡単に頷ける話ではないっていうか。

病ってなんのこっちゃと思わず面食らっていると、ルネさんもちょっと急(せ)いてしまったと気づいたのでしょう。ばつが悪そうな顔をして俯いてしまいました。

「申し訳ございません……突然のことで、無理ばかりを……ユナの件でご迷惑をおかけしているというのに」

「いえ……」

「ですが、どうかお聞きくださいませ。わたくしには、このままユナが引き下がるとはどうしても思えないのでございます」

ルネさんいわく。

マリンナル王家の人々は大変仲睦まじく、勿論フィライラさまもご家族に愛されて育ち、その頃はユナさんもまとめて、それこそ国民との壁なく王家は存在する……その理想的な形で周囲の人々も笑顔だったそうです。

「ですが、フィライラさまがある日を境に夢に悩まされるようになって……」

「夢……ですか?」

「はい。ただそれだけでしたら、わたくしたちも幼子(おさなご)が怖い夢を見て恐れているのだと慰めもできましたが……その内容があまりにも具体的で」

「内容を伺っても?」

「……誰も知らぬ世界で、仕事をしているのだそうです。勿論、当時まだ幼かったフィライラさまの言葉は拙く、わたくしたちが解釈した範囲でになりますが」

「誰も知らぬ世界……？　仕事……？」

その言葉に私は『まさか』と思いました。

決めつけてかかるわけにもいかず、私はルネさんの言葉を待ちました。

彼女は昔を思い出すように目を細めて、ほうっと切なげにため息を吐いたのです。

それは懐かしむというよりは、苦しそうな息の吐き方でした。

「フィライラさまは夢を見た翌日は、必ずと言って不思議なことを語るのです。その中には、わたくしたちも知らぬような知識も……。そしてそれがなんであるか問われても、ご自身ではよくわからず、泣かれたものです」

別に咎めたわけではなく、ただの疑問として『今なんと言ったのか』と問われても、フィライラさま自身がよくわかっていなくて答えられなかったといいます。

私はルネさんに気がつかれない程度に息を呑みました。

「あの方は、当時それをとても怖いと仰いました。自分がまるで別の自分のようで、自分の中に誰かがいて、気がついたら呑み込まれて、己が消えてしまいそうで恐ろしいと……」

「そんな……」

「幼子が悪夢で泣くのはよくあることでございますが、それは不思議なことに数年にわたって続いたのでございます」

「まあ……」

「国王陛下やご兄弟方もとても心配なさいましたし、心の病を疑われました。しかし、医師によればフィライラさまは至って健康であると診断されるばかり」

私は思いついたそれが、正しいと確信しました。

そう……フィライラさまは、転生者です。記憶を幼少時代に取り戻したのでしょう。

前世を夢として見て、彼女はそのすりあわせができないままに知らず知らずその知識を口にしたのでしょう。けれどもはっきりと記憶を取り戻すわけでもなく、今世の自分との齟齬が生じ、そのせいで恐ろしいと感じたに違いありません。

(私はすぐにそれを受け入れたけど、それはまあ、赤ん坊だったし……そういえばミュリエッタさんはどうだったのかしら?)

ふとそんなことを思い出しましたが、今ここにいない彼女に聞けるはずもなく。

いいえ、いても聞けませんね。絶対。

「……今も、フィライラさまはその夢に悩まされておられるのですか?」

「ご安心くださいませ。フィライラさまはもうその夢をご覧になっておられません。夢で自分と話をしたのだと仰ってから……その、それについてはわたくしには理解ができておらず」

とにかくその日を境にフィライラさまは夢を見なくなって、今のように落ち着かれたそうです。

それ以降、その話題は触れられたくない話題となったそうですが、夢の中でその相手……つまり、私が予想するに前世の自分ですね。

その人に別れを告げたから出なくなったのだろうと零したことがあったのだそうです。

ルネさんも意味がわからなくて困ったそうですが、まあとにかくそれでフィライラさまの悪夢事件は終わりを告げたということでご家族や周囲の方々も安心したそうなのですが……。

　ただ一人だけ、それを良しとしなかったのがユナさんだったんですって。

「フィライラさまが商売に関して興味を持たれたのは、確かに市井での、民たちとの触れ合いがきっかけにございましょう。ただ、あの悪夢に悩まされておられた当時……あの方が商人たちを相手にまるで成人の、それも交渉事に手慣れた熟練者のような行動をしたことがあったのです。ご本人も戸惑うことは多かったのですが……体が動いていた、と」

（なるほど、彼女の前世はそういう系統の職業だったんですかね？）

　交渉事に長けていたとなると、営業でバリバリ働いていたのかもしれません。

　それとも経営者側の人だったとか？

　万年平社員の事務職系ＯＬだった私とはえらい違いだなあなんてこっそり思ったのは内緒です。

「悪夢を見なくなったのは、商会を立ち上げてしばらく経った頃でしょうか。それまでまるで経験者かのように常に力強くあられたフィライラさまに初心者らしいミスが増え、人が変わったように……いえ、元通りになられて。そのことで落ち込むご様子も見受けられましたが……でも、前よりもより生き生きとなさっておいででした」

　初めこそ、それまで求心力のある経営者についてきていた人々からは不満の声があがったそうですが、徐々にそれも雰囲気が変わったのだとか。

　自分が他の誰でもない自分の力で挑戦し、失敗して挫けたり……フィライラさまは己を取り戻したのだと言わんばかりに精力的に活動されたそうです。

　そして、そうやって楽しんでいる姿に周囲はただ付き従うのではなく、一緒に商会を盛り立てようと意識も変わってきたのだとか。

「全てが、上手く回り始めたかのように思えました」

けれどそう感じるルネさんとは真逆に、ユナさんはフィライラさまを叱咤するようになったそうです。新しいフィライラさまを受け入れられないとばかりに。

どうして、今まででき（ヽ）て（ヽ）い（ヽ）たのに。

どうして、以前のようにできないのか。

どうして、どうして、どうして。

初めの頃は申し訳ないと頭を下げていたフィライラさまも、次第に彼女が自分ではなく自分を通して、夢の中にいたフィライラさまを見ているのだと気づいたのだそうです。

そしてそれを正そうとしたらしく、衝突が絶えない日々が始まった……というわけですね。

「ユナは……何と申しますか、その別人のようなフィライラさまに、神を見出していたのです」

「なんですって……⁉」

唐突な神さま発言に動揺を隠せません。だって予想外すぎるじゃありませんか！

そんな私に、ルネさんは複雑な表情で頷きました。

「そういった反応になるのも無理はございません。わたくしもおかしなことを言っていると思いますもの……でも、だからこそユナが諦めるとは思えないのです」

ユナさんにとってフィライラさまは特別。

だからこそ、その傍を離れるなんて彼女にとって許せない話だというのです。

なんてはた迷惑なのでしょうか‼

「フィライラさまはユナに傷ついてほしいわけではないのです。今まではユナとの関係性を考えて穏便に済ませようと、言葉を尽くしておいででしたが……今回のことで物理的な距離ができたことにより、ユナが冷静になってくれることを期待しておられると思います」

しかしルネさんの考えは違うのでしょう。

だって、私にこんな話をわざわざ伝えに来たのですから。

「……主の秘密を話してでも、わたくしはフィライラさまをお守りしたい。きっとユナは、フィライラさまの期待を悪い意味で裏切る……そうわたくしは考えているのです」

ユナさんは、フィライラさまの傍にいれば最低限指示も聞くし、大人しかったといいます。

だからこそユナさんのことを近くに置かざるを得なかったとも言えるのですが……。

母国にいる間はそれでも良かったのでしょうが、フィライラさまが他国に嫁がれるとなると状況が変わったことで対応も変えなければいけません。

これまでは許されたことも、許されなくなるのですから。

(だからって特別悪いことをしているわけでもなければ、与えられた仕事はまっとうするし、乳母は良い人だしで切り捨てる方が難しい状況ではありますね……)

まあプリメラさまにとっていい態度ではなかったので、私的には速攻アウトですが。

しかし、この婚約を機にユナさんを母国へと戻せばあるいは……という淡い期待が元々あったのですから、結果オーライというやつなのかもしれません。

それでもルネさんは、無事に母国に戻ってユナさんが裁かれるまでは安心できないのでしょう。

「ユナがこの事実に気がついた時、あの子が暴走するのではないかと……それが怖いのです」

まあね、ここで暴走でもされた日にはフィライラさまの婚約だって危険視されるかもしれません。

他国の王太子との縁談が、マリンナル王国側の有責だった……なんてことになれば、国にとってもフィライラさまにとっても不名誉極まりない話になってしまうわけですし。

使用人一人御せない、そういう王女のいる国だと思われることにも繋がりますから。

「しかし何故……私にその話をなさったのですか?」

ユナさんについての事情は朧気ながらわかりました。

といっても、いろいろな方々から見たもの、聞いたものを又聞きしている状況なのでこう……トータルではふわっとしかわかっていないっていうか、そんな感じではありますが。

それでもまあ、表面上の話しか知らなかった身としては、大きな発見もあるというものです。

フィライラさまが転生者だったかもしれない、とかね！

とはいえ、です。

(わざわざ王女が言わなかったことを明かしてまで警戒するようルネさんが私に伝える意図はなんだろうか?)

王太子殿下ならわかるんですよ、この婚約を継続させるためにも協力してくれってね。

それとも、私を通じプリメラさまから王太子殿下に働きかけてほしいってことでしょうか?

基本的に今回のプリメラさまの公務には、マリンナル王国のお家事情など関係ありません。

ですから私がマリンナル王国の事情について知っておく理由はなく、そのため事前に調べることはありませんでした。

まあ、家族構成とかくらいは確認いたしましたが……。

プリメラさまのご家族となる方の人間関係を知っておくに越したことはありませんからね！　ただそれが、幼少の頃に他人の人生を見たり体感したり、生活面で支障が出るレベルだったとかそういうのまでは知らなかっただけで。

（でも、ルネさんの言い方だと大がかりに医者を集めてフィライラさまを診せたようだから、きっとうちの国の上層部では知っている人もいるのでは……？）

本格的に隠して医者に診せていたなら、それこそルネさんが独断で話すなんて処罰されることを覚悟の上でしょうし。

今回だってフィライラさまが罰を与えると仰ればそうなるでしょうが、この内容が王家によって秘匿されているものなのか、それとも多くの人が知っているけれどただ言わなかったのかで秘密の度合いは大きく異なってきますから。

いくつか考えられることとしては……そうですねえ、フィライラさまを心配するように装って、婚約を破談に持って行きたいパターン？

それともフィライラさまがご存じないだけで、ユナ・ユディタという人物がとんでもない危険人物で、それこそ国家間の問題になるような人だから、とか？

（……いやまあ、将来的に乳姉妹の義理の妹になるからって他国の王族にあんだけ無礼を働いているんだから、ある意味、危険人物に間違いはないか……）

無知とか無謀とかそういう類（たぐい）の意味合いでの危険人物だということは間違いないと思います。

そして、これはあまり考えたくはないことですが……。

（私がこれらの状況でどんな対応を取るかで、私を通してプリメラさまを測ろうとしている……と

いう可能性も捨てきれないのよねえ)

そういう腹の探り合いみたいのはごめんなんですけどね……得意じゃないんで！

だからといって好き勝手される気もありませんから、私としては毅然とした態度で臨むだけです。

ところがルネさんは一層困った顔を私に見せたかと思うと、口元を何度かモゴモゴとさせて、本当に、本当に申し訳なさそうな顔をしたのです。しかも今にも泣きそうな感じです。

(……あれ？　深読みしすぎた……？)

いやでもほら！

そういう可能性もあるって筆頭侍女としては考えるじゃありませんか‼

だからってルネさんに対して睨み付けたとか冷たい態度とか取っていないんですけどなんでそんな泣きそうな顔してらっしゃるんですかエッこれ私が虐めたみたいな図になっていませんかいやいやそんなまさか知らず知らず負けるまいとか思っていたのが顔に出ていた……⁉

「実は、ユナが今回いつも以上に張り切っていたのは、クーラウム王国のプリメラ王女殿下とその筆頭侍女である貴女さまの仲睦まじい様子を、外交官たちから耳にしたからなのです。負けられないと張り切ってしまったのが原因でして……」

「は……はい？」

プリメラさまと私が、なんだって？

いや言われた内容はわかりますが、理解が追いつかないっていうか。

「母子とも、姉妹とも見えるクーラウム王国の王女殿下とその侍女は信頼関係も優れており、とても素晴らしいと外交官が褒めていたのです。それを耳にしたユナは、自分とフィライラさまの方が優れていると怒ってしまって。比べるものではないと周囲に諭され一度は大人しくなったものの、諦めていない様子でした」

ルネさんの言葉に私は目を瞬かせるしかできません。

つまり何か？　彼女は対抗心であんな態度を取ったと？

（いやいやそれはあまりにもお粗末な……え？　本当に？）

思わずどんな表情をしていいかわからず、困惑した顔をルネさんに向けてしまったことは自覚しておりますが……え、いやそんな話を聞かされても。

私にどうしろと？　どうしろっていうんです？

仲睦まじい様子っていうか確かに私たちは仲良しです、ええ、それは胸を張って言えます。

いや公言はしませんが。そこは私も身分を弁えた行動を取りますよ。ＴＰＯは大事です。

だからってね？　どうしろっていうんですか！

「ユナは確かに頭脳面において優秀です」

「……」

「フィライラさまが仰ったように、学問的な意味合いでの頭の良さは持っておりますので、そういった類を任せるに足りる人物だと多くの者が認めるでしょう。ただ、あの子を幼い頃から知る人間からすると、人間関係に難があるのです。こう、機微に疎いと申しますか……」

あー、うん。

勉強はできるけど、それだけってタイプでしょうか？

前世でもいましたね、いい大学を出ているのに使えない……なんて言われてしまう社員。

私はあまり関わり合いがなかったですが、先輩方が愚痴を言いたいだけって可能性もあったので話半分くらいで聞いていましたが、ネットとかでもちょいちょい見かけましたしね。

（そういう人がこちらの世界でいてもおかしくはない、のかな……？）

「だからこそ王家の方々は、〝乳母の娘〟であるユナを、彼女のことを知る人々の近くで働かせる方がユナにとっても生きやすいだろうとお考えになったのです。それもあって学業の道を勧め、文官への道を示したのですが……」

なるほど、目の届く範囲ならフォローできるだろうっていう親心的なやつだったんですかね。

乳母の娘が人間関係でドロップアウトしないよう、守ってあげたわけですか。

（でもそれだと本人のためにならないのでは？）

私がそう思ったことはルネさんにも伝わったのでしょう。

彼女も苦い顔をしながら頷きました。

「……そういったことが彼女の悪い部分を助長してしまったのだと、王家の方々は反省しておいでです。ですからフィライラさまも物理的に距離を取って、ユナがまだ生きやすいマリンナル王国で暮らしてくれたらと願っているのですが……」

当の本人は何も感じていないと。まあ、そんな感じなんでしょうね。

ルネさんが言葉を濁してもバレバレですよ‼

「フィライラさま関連になるとユナは暴走すると思われておりますが、あの性格を考えると……あの子がおとなしくしているとは到底思えないのです。フィライラさまは、ご婚約者さまのお言葉に甘えてことが丸く収まるならばと、ご自身が大切にしてきた商会の一部を差し出す覚悟でございますが……そのお覚悟でさえ、ユナは理解を示さないと思います」

ルネさんの言葉に私はちょっと引っかかりを覚えました。

(商会の一部？)

先ほどは、船の設計図だと仰っていましたよね。造船して、レンタル云々……とかそういう話だったはずですが、これはもっと複雑な事情がありそう？

プリメラさまの公務に差し支えなければ、首を突っ込むこともありませんが……。

(この件については後ほどセバスチャンさんに相談してみる必要があるかな)

それにしても、きっと今日のこの日に至るまで、ユナさんは大勢に言葉を尽くした説得をされてきたんじゃないでしょうか。どれ一つとして、彼女の心に響かなかったのでしょうか。

そこで留まってくれたら大勢が安心できる結果を迎えたでしょうに。

「わたくしが心配するのは、王女宮筆頭さま、貴女さまにユナの矛先(ほこさき)が向かうことです」

「……」

「ユナは自分たちの方が優れている、絆が強いのだと多くの方に認めてもらいたいと考えています。フィライラさまのお気持ちよりも自身の正しさを証明するためだけに、好敵手(ライバル)として貴女さまに直接挑戦しにいくのではないか……とそれが心配なのです」

身内としてはそれでもと思うでしょうが、他者が関わるならなんとかしてくれよと思ってしまうのは私が彼女たちと親しくないからでしょうか。

大変だとは思うけど。

大変だとは思うけど！

こっちにそのしわ寄せが来るのは、ノーセンキュー‼
なんだ好敵手(ライバル)って！　在りし日の脳筋公子かっていうんですよ‼

第七章　特別な人

頭が痛くなるような、っていうか実際に頭が痛くなりましたが、とにかくルネさんとのお話を終えた後、本日の予定は全て滞りなく終わりました。

町長との晩餐は大変穏やかなもので、プリメラさまも最初こそ緊張しておいででしたが最後はリラックスした様子でこの町について質問もなさっておいででした。

楽しかったのであればなによりです‼

本日の公務を終えたプリメラさまにはしっかりお休みいただくとして、私はルネさんの話をセバスチャンさんと共有しました。

こちらでの対処について決めてからスカーレットに話した方がいいと判断したので、彼女にはまた後ほど話そうと思います。あの子はまだまだ顔に出すところがありますから、諸々決まってから説明する方が彼女にとっても対応しやすいんじゃないでしょうか。

ちなみにあの時同席していたケイトリンさんには、ユナさんの話題のみ護衛騎士たちの間で情報を共有してもらうことにしました。

フィライラさまの幼い頃に関しては、ご本人があまり知られたくないとお思いかもしれませんし……ただ、とにかくユナさんが依存的であるという点から、諦めないで行動を起こすかもしれないという点について共有してもらうべきだと判断いたしました。

まあその矛先は私に向かっているという大変不可解な状況ではありますが！

「プリメラさまにはどうご説明するべきだと思いますか」

「ユリアさんはどのようにお考えで？」

「……ありのまま、全てを申し上げるべきかと思いますが、セバスチャンさんは？」

「私もそのように思いますな」

「それにしても、王太子殿下は何をお考えなのかしら。プリメラさまの初公務だというのに……」

いろいろと厄介な人員整理ができて、そこそこ稼ぎのある商会に船が持てるという利点はあるものの……妹の初公務でしょ？　緊張していたのも見ていたでしょ？　ってなるじゃないですか。

確かに王族としてあれこれを考えたりすることもあるのでしょうが、それでも何もこのタイミングじゃなくても……と思ってしまうのは私が甘いのでしょうか。

そんな気持ちでいると、あごを撫でるようにして思案してセバスチャンさんが言いました。

「この件については、プリメラさまと王太子殿下の間で話し合いが必要かと思いますな」

「……ですよね……。ところで、ニコラス殿の姿が見えませんけれど」

「ちゃんとおりましたよ。あれはあれで王太子殿下の指示に従っているようで……後で挨拶に来るやもしれませんが、追い返してもかまいませんぞ？」

「さすがにそれはちょっと」

会いたいわけじゃないけど、追い返すのはどうなのか。

なんにせよ、プリメラさまにお話をした上でどうなさるか、その意思を確認せねばなりません。ただでさえ公務のことでいっぱいいっぱいな女の子にこれ以上の面倒ごとを押しつけてほしくはありませんが、王太子殿下が引く気もないとなるなら我々の方で対処を考えなければ。

それこそ、方法は問わず……かもしれませんが、それについてはまたその時に考えましょう。

私とセバスチャンさんは頷き合ってそれぞれ部屋に戻りました。

「プリメラさま、お休みのところ申し訳ありません。ユリアでございます。少々お時間をいただいてもよろしいですか？」

「あら、ユリア。どうしたの？　何かあったの？」

「……スカーレット、悪いのだけれど廊下周りをセバスチャンさんと一緒に様子を見てきてくれるかしら。今はどなたも入れないようにしてほしいの。護衛騎士たちにもそれを伝えてくれる？」

「かしこまりましたわ！」

少しだけ怪訝そうな顔をしつつも従ってくれたスカーレットとセバスチャンさんが出て行くのを見て、私は小さく深呼吸。

「……実は、フィライラさまの所から戻った後に、共に来たあちらの侍女と話をいたしましたところ、気になる点が出てまいりました」

「まあ」

「フィライラさまは、過去にまるで神がかったかのような行動をとったことにより商会を立ち上げるに至った経緯がおありだそうです。そして、それが理由でユナ・ユディタはフィライラさまに神性を見出したとのことでした」

「えっ……？　ええと、神性？　そ、それは、なんていうか……」

かなり端折った説明ですが、まあ必要なポイントは押さえて最低限で良いと思ってのことです。

なにせ、問題なのはそこから先ですから。

とはいえ、プリメラさまが困惑した表情を浮かべているのも理解できるっていうか……。

まあ、普通はそういう反応ですよね！　わかる‼

「その辺りの真偽については少々調べる必要があるかとは思いますが、ユナ・ユディタがかの姫君に対し執着に近いものを持っているというのは事実かと」

「……ええ、そうね」

「これらのことについて、王太子殿下より今後どうなさるのか……そのようなお話は、聞いておいでてでしょうか……？」

晩餐の際に王太子殿下とプリメラさまが私たちを遠ざけて少し話をなさっていました。

このようなことがなければ、フィライラさまについて未来の姉妹となるプリメラさまに王太子殿下がお言葉をかけておられるのだと微笑ましくもなったでしょうが……今は、そう思えません。

「いいえ、お兄さまからは何も。お兄さまにはわたしの方でお時間をいただけないか聞いたの。ユリアが忙しそうだったから、落ち着いたら話そうと思っていたのだけれどちょうど良かったわ」

「プリメラさま……」

「さすがにお兄さまに一言くらい文句を言いたいもの！　晩餐の場では他の方の目もあったし、公務だから我慢したけれど……」

ああー！　プリメラさまご立派です‼

初めての公務でちゃんとそこまでの心配り！　本当に立派になられて。

感動で胸が熱くなります。

プリメラさまに対して私も、少しばかり盲目的だな？

ユナさんのことをどうこう言えない気がしてきましたが……いえ、気のせいです。

私は確かにプリメラさまに対してかなり溺愛と尊敬と敬愛の感情を向けていますが、お互いの話をちゃんと聞いて自重することもできる大人だと自負しております。

決してユナさんみたいに困らせていることはない！　……はず。

自信はあるのに、なんだかドキドキしちゃうじゃないですか。

ええ、ええ、人の振り見て我が振り直せと言いますし、これからも気をつけましょう。

「明日の午前中は公務がないでしょう？　だからそこで話をするってお約束したの。ユリア、ついてきてくれる……？」

「勿論でございます」

「うん！　ユリアが傍にいてくれたら、わたし、頑張れると思うの。お兄さまはとても優しいけれど……王太子としてのお立場もあるし、きっと厳しいお言葉もあるんじゃないかと思うと、ちょっとだけ怖くって。でも……かあさまがいてくれたら、わたし、きっと負けないわ！」

「んんっ……か、かしこまりました。微力ながら、私もプリメラさまの支えになれるよう尽力いたします。いくらでも、頼ってくださいませ」

可愛いかよ！　可愛いよね、知ってた‼

って言っても王太子殿下との話し合いで私が役に立つのかって問われると、難しい問題ではありますが……。普段みたいに、事前に情報があってそれに対して準備をしているってわけじゃないですからね……ただ、冷静ではいたいと思います。

ある意味、これはこれで王太子殿下に私たちがどう動くのか、初めて公務に出られたプリメラさまの下につく者として適切な行動がとれているかテストされているのではなかろうか……なんて考えちゃいますし。

(それに、その話し合いの時にはニコラスさんもきっといるんでしょう?)

ある程度のネタばらしがあるのか、それともこれからなのか。

さすがにプリメラさま相手に、王太子殿下も腹の探り合いのような会話を仕掛けたりはしないでしょう。普段は溺愛してるって知ってますからね!

(あーあ……)

公務の間に隙を見て町に行く予定でしたが、今日は無理そうです。

クリストファもちらりと見た感じ、なんだか忙しい様子でしたし。

王太后さまから頼まれたインクも手に入れたいですから、諦めることはありませんが……。

(しょうがない、ここは気合いです!)

決して自ら話しかけたくはないですが、ニコラスさんとも話をするべきなのでしょう。

プリメラさまをお支えする、それが私の役目なのですから‼

翌日、王太子殿下は約束通り、朝食の後すぐにお時間を作ってくださいました。

というか、びっくりしたことにプリメラさまにだけでなく、私にまで謝罪の言葉をくださったのです！　その時はきちんと淑女の礼を取ってただただそのお言葉を受け止めましたけれど、心の中は『この王太子殿下、本物か⁉』ってなりましたよ。ええ。

ニコラスさんが後ろに控えていたので、本物だと思いますけど。

そこから謝罪と共に経緯の説明をしていただくことができました。

ユナ・ユディタという女性は婚約者とその家族にとって大切な家族同然の存在だが、同時に厄介なモンスターに成長してしまった存在でもあると王太子殿下は認識したわけですね。

婚約者の心情を慮ると単純に切り捨てるわけにもいかず、かといって結婚と同時に連れて来られてもクーラウム側としてはデメリットしか感じないですしね。

それを告げられてもユナさん本人は納得できず、自分こそがフィライラさまのことを思って行動しているとそればかり。最終的には自国の王族に対する不敬など、強硬手段に及ばざるを得ないかもしれないとまでフィライラさまもお考えになっていたそうで……。

（そこまで……）

そんな心を痛める婚約者を見て、さすがに王太子殿下も気の毒になったのだとか。

そこで理由を作るために、今回の公務を利用することにしたのだそうです。

王太子殿下の前で何かやらかしたのを理由に叱責して控えさせ、フィライラさまが輿入れの際はユナさんのことはクーラウムに出入り禁止とする通達を送る計画だったんだとか。

（商会の利権とか、船とかはまあ副産物であって、何も受け取らないとフィライラさまの立場がなくなるから……って。そんな優しさを持ち合わせていたんですね……）

若干失礼なことを考えてしまいましたが、顔にも態度にも出さなかったのでオッケーでしょう。オッケーですよね？

ところがまあ、王太子殿下のその計画はユナさんが思いの外（ほか）とんでもない人だったもんだから、狂ってしまったわけです。まさか遭遇初日からやらかすとは想定外だった模様。

プリメラさまと私の仲睦まじい様子に対抗して何かするだろうとは思っていたけれど、それはきっと『自分たちの方が仲が良い』というところを王太子殿下に見せつけるようにしてくると予想していたらまさかのもっと手前で行動してきたっていうね。

（そうよね……うん、まあ、あれはなかった……）

というわけで、王太子殿下にとっても想定外のことで、プリメラさまと私に早い段階から迷惑をかけてしまったと、そう詫びてくださったのでした。

いやまあ、王太子殿下の性格が思っていたよりも悪くなくて良かった……って思うべきなのでしょうか、決していいとも言えませんが。

まあなんにせよ、イイ性格してるよなって話ですけど！

とにかく、そういった説明をされてプリメラさまは面食らったご様子でしたが、きちんと王太子殿下に意見もしておいででした。

『お兄さまが心配してくださるのはわかりますが、わたしももう守ってもらうだけの小さな子供ではありません。事前にこの件を教えてくださっていたならば、もっと対処のしようもあったでしょうし、フィライラさまを責めるような言葉を口にしないで済んだはずです』

『……すまない。お前は初めての公務だ。このようなことに巻き込むにあたり、こちらで全て片付けるつもりだったんだ』

『お兄さまのお気持ちはわかりました。フィライラさまのこと、わたしのこと、双方を思いやってくださったことも。ですが覚えておいてくださいませ。プリメラもお兄さまのお役に立ちたいのです。できないことは、無理にいたしません。ですから、これからは相談してください』

『……わかった、必ず約束しよう』

お兄さまを思って許した上に役に立って見せますよ宣言のプリメラさま、大変可愛らしゅうございました‼

アレには王太子殿下もニッコリです。

(まあ結局の所、ユナさんという人物を見誤ったってことなんだろうけど……王太子殿下も他国では彼女も振る舞いについて考えるだろうと思っていたんでしょうね。さすがに今回の暴挙は想定できるものじゃないだろうし……)

ため息ものですよ、ホント。

でも王太子殿下がプリメラさまを単純に利用しようとかそういう考えでなくて良かった!

ただ、次はないからな？　そういう意味を込めて私も王子宮筆頭に『次はよろしくお願いしますね？』って微笑みかけておきました。

王子宮筆頭も苦笑して頷いていたので、きちんと意味は伝わったことでしょう。

意訳すると『この王子が暴走しないようよろしく』になります。ビバ、侍女マジック。

ってなわけでいろいろなことが解決しきってはいないけれど、まあそれなりに解決したところで公務は順調です。順調なんですったら。

ちなみに今日は町の見学でした！

とはいえ、王女殿下の尊い身で市場などを直接見て回るわけにはいきませんから、町の中を馬車で回ったり大きな教会を慰問したり、そのほか組合のお偉いさんたちと会食したり……っていうのがメインのお仕事になります。さすがに警備上の都合ね。

それでもプリメラさまにとってはとても大変な業務だったのでしょう。

移動も多く、ずっと笑顔で物腰穏やかに対応しなくてはいけないわけですから。

そのせいか、夜はもう早々に寝てしまわれたのでした。

一緒に行動をしていた私もクタクタではありますが、先ほどセバスチャンさん経由でクリストファから連絡をもらったと聞きました。

作業が落ち着いたら時間がある時に町に行こうとのことで、まずは今夜私が抜けても大丈夫か確認してから護衛騎士たちに相談しなくては！

そう思って部屋の外に出ると、なんと廊下に思わぬ人が立っているじゃありませんか。

「……何故こちらにいらっしゃるのでしょうか？」

「いやはや、実は大変なことがおきまして。王太子殿下が貴女の身を案じてボクに行くよう指示なさったのですよ」

胡散臭い笑顔は相変わらずで、お元気そうですねニコラスさん！

いやちょっと待って。王太子殿下がなんだって？

「ユナ・ユディタが軟禁されていた部屋から逃亡したようです」

にっこり笑ったままのニコラスさんのその言葉に、思わず眉間に皺が……。

ニコラスさんが派遣されたってことは、彼女がこちらに現れる可能性を考えて、というかその可能性が高いと王太子殿下が判断したからに違いありません。

その場合、騒ぎになる前に王太子殿下が内密に捕らえ、フィライラさまのところに引き渡すのが一番穏便ということになるのではあるだろうけど……。

「……少しお待ちください。スカーレット、悪いのだけれど頼まれてくれる？」

「はい、ユリアさま。どうかなさいまして？」

今回は公務先ですからね、私とスカーレットは同室です。

眠る仕度をしていた彼女に声をかけると、すぐに応じてくれました。

「あら、貴方は王太子殿下の専属執事ではなかったかしら？」

「ニコラスと申します、お嬢さん」

「挨拶はそこまで。スカーレット、私は少しこの場を離れますが、プリメラさまのお部屋の隣室で待機を。護衛騎士たちにも声をかけますが、決して彼女たち以外の言葉で扉を開けないよう」

「かしこまりました。……何かありましたの？」

大きめな旅亭では尊い方が利用するような部屋には大抵、使用人が待機できる小部屋が設けられています。今回、王太子殿下やプリメラさまが宿泊するお部屋もその造りとなっています。

何があるかわからない以上、スカーレットも一人にしておくことはできません。

夜間の待機などで私たちも利用いたしますが、本日そちらの待機部屋にいるのはセバスチャンさんです。そちらに行かせれば、いろいろと安全でしょう。

「事情は後で説明しますが、少々問題が起きました。注意するに越したことはありません」

慌ただしく仕度を始めるスカーレットを見て、私はそのまま護衛騎士たちの部屋に向かい説明を行い、くれぐれも気をつけてほしい旨お願いしました。

セバスチャンさんには護衛騎士たちから伝言してもらうことにいたしました。

（……クリストファに連絡をしている暇もないけれど、あの子は聡いからきっと雰囲気がおかしいことに気がついてくれると思うし。ああ、でもちゃんと顔を見てごめんねって言っておきたい）

一通りの指示を終え、ニコラスさんを見上げれば……彼はにっこりと微笑んでいるではありませんか。なんとも楽しそうな笑顔です。

「……それで、こちらは対処が終わりましたけれど？」

「そうですねえ、ですがユリアさまはこれからどこかへお出かけだったのでは？　なんでしたら、お供いたしますが」

「結構です、貴方も王太子殿下のお傍を長く離れるわけにはいかないでしょう」

「つれないお言葉で」

とっとと帰れ。そう言外に告げるものの、やはりニコラスさんは引かない。

これ以上厄介なことに巻き込まれたくないので、再度お断りの言葉を紡ごうとした私よりも先に、ニコラスさんが口を開きました。

「でも王女殿下のために彼女をおびき出す役をしてくださる方がいると、とても助かるんですよ。この夜の間に万事穏やかに解決できれば、みなさま揃って良い朝を迎えられるじゃありませんか」

その言葉に私は口を噤むしかありません。

先に発言を許した私の失態です。

（ああ、だから嫌だったんだよ）

王女殿下の……プリメラさまのために、厄介な人が行方知れずになった……なんてこと、当たり前ですが早く解決できた方がいいに決まっているのだから！

「……わかりました、囮（おとり）になればよろしいのね？」

「さすがユリアさま！　ご英断です」

にこにこ笑うニコラスさんに、私は苦い思いでなんとか笑みを浮かべたのでした。

さて、結論から言うと……無事に町に行って買い物ができました。

あの後ニコラスさんから『案内役にあのボウヤを連れて行くんでしょう？』って言われて、クリストファに会いに行ったんですよね。

そうしたら無表情は無表情なんだけど、雰囲気だけはものすごく嫌そうなクリストファっていう……大変、レアなものを見てしまいました。

（うんうん、わかる……ニコラスさんがついてくるなんて思ってなかったよね……ごめん……！）

ただまあ事情を話したところ、幸い時間もあるしってことで買い物行くことになったんですよね。

ほら、囮になる以上はある程度目立った行動をした方がいいわけですし。

そのついでにユナさんが私に突撃してきてくれたら、ニコラスさんが捕獲、そして王太子殿下経由で、警告を突きつけてマリンナル側に引き渡す、というね。

はっきり言って大変ざっくばらんな作戦でした‼

なお、これに関しては王太子殿下はご存じない、ニコラスさんによる独断計画だそうです。

元来の指示は私の護衛ってことらしいんですが。

おぉん？　護衛とはなんだったかな⁉　辞書を引き直してこい‼

『殿下は例のお嬢さんで困った人間の行動を理解したおつもりのご様子ですが、ああいった手合いの人間はどう行動するかなんてわかりゃしませんよ。獣の方がまだマシだとボクは思いますので、早々に片付けることを考えたまでです。そう、主のために……ね』

胡散臭いことこの上ありませんし、主の判断を無視して独断で行動だなんて……と思いましたが、必要とあれば私だってある程度のことは〝専属侍女〟として彼と同じような行動を取るのでしょう。

だからあえて何も言いませんでした。

最終的に何かあっても王太子殿下に土下座するのはニコラスさんですしね‼

ちなみに護衛騎士は連れておりません。

警戒されるってニコラスさんが言い張るもんだから……。

ええ、ええ、決して言いくるめられたわけではないんですよ？

クリストファにもそうした方がいいって言われてしまったのですよね。

護衛騎士たちにも相談したし、セバスチャンさんまで巻き込んで協議しましたよ！

結果としてクリストファとニコラスさんが守ってくれるならいいだろうってことになりました。

……なんでだ？

(まあ、それはともかく)

で、結論に戻りますが買い物はできました。そのまま旅亭に戻って来ちゃいましたよ。

それはもう、とっても、スムーズに。

つまりそれは、突撃されなかったってことで……では、ユナ・ユディタはどこに行ったのか?

その答えは私の目の前にあります。現在進行形で。

「……その状況を、説明していただけますか。ルネさん」

「え、ええと……そうしたいのは山々なんですが、さすがにこのままというわけには……」

心底困った表情を浮かべるルネさん。

そしてこの高級な旅亭の裏口近くにある、大時計と壁の隙間にうずくまって泣くユナさん。

どういうことだ！　さっぱりわかりません‼

「……いやはや、予想外にもほどがありますよ……」

さすがのニコラスさんもこれには困惑を隠せないご様子。

まあそりゃそうでしょう。問題児って警戒している相手がまさかの脱走で物理的暴力の気配を察知……なんて思ったら柱の間に隠れて泣いているだけって！

いや、確かに指摘されなかったらスルーするくらいフィットしちゃってて、困惑しながら説得しているルネさんがいなかったら私も見落としそうな状況です。

(警備的に問題な隙間じゃないのか、これ)

後で護衛騎士たちに話しておかなければいけませんね。

というか、協議した上で買い物に出て戻ってきたんだから、相当時間が経っているんですが。

……その間ユナさんずっとここで泣いていたのでしょうか……？

えっ、脱走までして……？　そんなことあるの……ってあるからここにいるんですよね！

「……クリストファ、とりあえず人を呼んできてちょうだい」

「うん。わかった……でも、マリンナル王国の人は、少ない。どこの人にする？」

「でしたら、王子宮筆頭に伝えてくれれば良いように取り計らってくれるはずです。王太子殿下もきっと気にしてらっしゃるでしょうし」

それが妥当なところじゃないでしょうか。

今回はあくまでお忍び旅。マリンナル王国の騎士達は最低限の人数しかいません。

基本的には王太子殿下が婚約者をお守りしてお世話をすることが前提でしたからね。

だからこそ、王子宮から人数はそれなりに連れて来ているのです。

ルネさんがこちらにいらっしゃるので、マリンナル側の人に偽者が混じるということはないとは思いますが……それにフィライラさまの警護が手薄になっては困りますし。

しかしユナさんを捜索している人たちもいるはずなので、誰でもいいからとっとと連れてきてくれたらなと思うんですよ！

「……王子宮筆頭さまのところなら、ニコラスが行けばいいのに」

「そこはほら、ボクのような男手が必要なこともあるでしょう？」

「……胡散臭い」

「酷いなあ！」

それなのに何故かニコラスさんとクリストファは睨み合うようにしていて、どちらが行くかかを無言で揉め始めるではありませんか。私はため息が出ました。

「いい加減にしなさい！　クリストファはセバスチャンさんに声をかけて護衛騎士を一人こちらに寄越すよう伝えてください。それからマリンナル王国側へ行き、あちらの護衛騎士を通じてフィライラさまへ伝達。それから王子宮筆頭にそれまでの流れを説明して、温かい飲み物を準備しておいてくださいと伝えて。お願いできるかしら？」

「……わかった」

「ルネさんはこちらに待機してください。失礼ですが、ユナさんを手引きしたのが貴女ではないという証明ができませんから、彼女を連れて立ち去ることは私の立場上、許可できません」

「し、承知いたしました……」

よし、これで全部に話がいくことでしょう。

指示を受けてクリストファが軽やかに走って行く後ろ姿を見送ってから、私はニコラスさんを睨み付けました。

「まったく、こんなところで余計な時間をとるのはよくないこととわかっているでしょう」

「まあ、確かに。人目につくとあまりよろしくない状況ですからねえ」

「それもありますが、彼女をどこかの部屋に連れて行けるようにしなければ。こんな薄着でずっとここにいたのなら凍えてしまっているに違いないわ」

ユナさんは軟禁状態になっていたためか、初めて会った時とは服装が違っています。

マリンナル王国での私服なのでしょうか？

私から見るとやや薄着のそれは、この国の季節的には少し寒いと思うのです。

いつからここで泣いていたのか知りませんが、薄着で床に座って泣いていたとなると、相当体温が低下しているのではと心配になりました。王子宮筆頭が早くお茶を持って来てくれないかな。

そんな私の言葉に、ニコラスさんは呆れたようにため息を一つ。

「……お人好しですねえ」

「まだ何かされたわけではありませんし、彼女は客人の一人です」

ニコラスさんの呆れたような声に、私はきっぱりと否定してみせました。

お人好しなんかじゃあないんですよ。

確かにプリメラさまに対して無礼だったと憤りを感じましたし、良い印象なんて少しも持ち合わせておりませんとも。だからって、ざまあみろとかそういう感情を持つほど嫌いなのかと問われたら、そんなことはないのです。

あえて言葉にするなら、困った人だなあという感情が最も適しているでしょうか？

まあ、率先して関わり合いたいかと聞かれたらお断りするレベルですけどね！

「……彼女が体調を崩せば、フィライラさまはお心を痛めることでしょう。そうなれば、王太子殿下もプリメラさまも心穏やかではいられません」

「そうなりますかねえ。……わかりました、そういうことにしておきます」

「ただ、落ち着いた後は王太子殿下にお任せしたいと思います。私の領分ではないでしょうから」

そこはきっぱりハッキリさせておかないと。また巻き込まれてはたまりませんからね！

宣言した私にニコラスさんは肩を竦めましたが、穏やかに微笑んで頷いてくれました。

おやおや？　これはこれでクリストファのレア表情に加えて、ニコラスさんのレア表情ゲットですかね……？

うん、不思議とこれっぽっちも嬉しくないですけど。

そんなことを話していると、下から声がしました。

「……どうして……」

「ユナ！　ああ、良かった、落ち着いたのね。ほら、他の方にご迷惑をお掛けしては……ねえ、手を貸すから立って……ユナ、ユナ？」

ぽつりと聞こえた声にルネさんが安堵したのか笑顔を見せました。

そして手を差し伸べるものの、反応がありません。

ユナさんはどうしたのかと私たちも顔を見合わせてから視線を向けると、とてもゆっくりとした動作で彼女が顔を上げるのが見えました。

そして、その視線は私とニコラスさんをはっきりと捉えたかと思うと、泣き顔が恐ろしい形相に変化したのです。

こっわ！

思わずそう声が出そうになったのをぐっと呑み込んだ私、偉い。素晴らしい。

「貴女たちより、ディイと私たちの方がずっと……！」

（いや、そんなこと知らんがな！）

そう言えてしまえばどんなに楽なのでしょう。

私は彼女の気分を逆撫でるとわかっていても、ため息を止めることができませんでした。

何が悲しゅうて楽しい（？）買い物から帰ってきたら隙間で泣いているような人に喧嘩を吹っ掛

けられなきゃいけないのでしょうか。

そもそもフィライラさまとユナさんの関係はお二人のものであって、プリメラさまと私の関係は私たちのもの。比べる方が間違いです。

なんだかよくわかりませんが、私に、というか私たち主従よりも自分たち主従の方が絆がどーたらこーたらと張り合っておられるようなのですが……。

比べてどうするのかって話なので、こちらしてはとても迷惑な話でしかありません。

ええ、迷惑千万とはまさにこのこと！

(とはいえ)

ここでそれらを説いたところで、今の彼女が聞き入れるはずもなく……というか、そもそもそれで聞き入れるくらいだったら、とっくの昔に更生していることでしょう。

おそらくは何を言っても無駄なのだと思います。

「ユナ、もういい加減にして！　貴女は部屋で待機しているよう、フィライラさまから言われていたのに……どうして……！」

ルネさんが必死に彼女に部屋に戻るよう訴えていますが、ぴくりとも動かないのがその証拠です。

動かない、というか、私をただただ睨み付けているだけですけども。

ニコラスさんも困ったように苦笑して、どうしたものかと思案しているようです。

そりゃまあそうでしょうね。

一応、問題行動を起こし謹慎中の身であるとはいえ、彼女は他国からのお客人なのですから。

フィライラさまのオマケという扱いであろうとも、お客人はお客人。

そういう意味では扱いが大変難しい存在なのです。

「ユナ！」

「フィ、フィライラさま⁉」

当たり前ですが彼女を置いて我々だけ去るというわけにもいかず、クリストファの連絡を受けてマリンナル王国の騎士が早くきてくれることをただ待っていた私たちのところに、予想外にもフィライラさまがやってきました。

勿論、護衛の騎士も連れてですよ！

そして王子宮筆頭がお茶の載ったワゴンをものすごい勢いで押してやってきたことには、思わず噎せるかと思いました。

（なんでワゴン⁉　確かにお茶をここに持ってきてくれるのは嬉しいけど‼）

私の視線を受けた王子宮筆頭は苦笑すると私に歩み寄って、小声で教えてくれました。

先にフィライラさまに連絡がいったなら彼女は迷わずそちらに向かうはずだと。だから茶を持っていってやってほしいと王太子殿下が仰ったのだとか。

それと、本当はこの場に王太子殿下も来たかったそうなのですが、必要以上に大事になってはいけないから王子宮筆頭に託した……ということです。

だとしてもあの勢いでワゴン押してくるとかこっちがびっくりするんで止めてください先輩。

「フィライラさま、お茶の準備は済んでおります。ラウンジの人払いも済んでおります、そちらにまずは移動してはいかがかと……」

「……ええ」

フィライラさまは王子宮筆頭の声に、そう返事はしましたが……とても厳しい表情で、ユナさんのことを見つめています。

ユナさんの方はそんなフィライラさまが見えているはずなのに、まるで救いの女神が来たとでも思っているかのような表情をしているではありませんか。

なんだかその噛み合わなさにゾッとしましたね。

なんて温度差でしょう……どこまでも噛み合っていない主従なんだなあ、本当に。

「ユリア！」

「……プリメラさま」

そして遅れてプリメラさまとレジーナさんが現れて、この場が一気に賑やかになりました。

寝ていたのに起きてしまったのですね、なんてことでしょう！

「申し訳ございません、お休みのところを起こしてしまいましたか」

「ううん、いいのよ。セバスが連絡を受けたのを聞いて……つい、心配で来ちゃった」

「プリメラさま……ありがとうございます。ですが、私に問題はございませんのでご安心ください。さ、お部屋にお戻りください。ここは寒うございますので」

ああー、なんて可愛いんでしょう。

私の身を案じてくれて来てくれるだなんて！

レジーナさんも言葉や態度には出していませんが、私が無事で安心したようです。

いや、待って？　ユナさんがそんな凶行に走りそうって騎士団の方では思っていたわけ？

（じゃあ、もし彼女がそんな人だったと仮定して……この男……）

思わず視線だけゆっくりと向ければ、ニコラスさんが今日一番のスマイルを見せました。

わかっていたね？　わかっていて囮になってくれって言ったのね？

ただ突撃してくるっていうから、私もきちんと確認せず『文句を言いに来る』ものだとばかり勘違いしていたとはいえ……危険がありそうなら事前に言え！

（いや、勘違いした私が悪いんだな、この場合）

侍女としての危機管理問題か。

これはニコラスさんだけに問題があったとは言えないので、私は口を噤むしかありません。

後でセバスチャンさんにお説教される気がしますが、それら全部を見越してニコラスさんは私を誘ったに違いありません。なんてヤツだ！

（……まあ、実際、必要があれば危険だったとしても応じたでしょうしね）

主のためになるならば、ある程度の裁量を持って行動をする。

侍女ってのはそういうものなのですから。

勿論、それが迷惑になる可能性もあるのでそこんとこは考慮しますよ！

今回のことは予想外すぎましたがね‼

「ディイ、私はあなたの『特別』だわ。そうでしょう？」

「……ユナ……」

「お願い、クーラウムの王女殿下とあの侍女殿にも負けることはない、私たちは特別な絆を持っているんだって言ってよ、貴女の口から！」

その必死に縋るような言葉に、私はなんとも言えない気持ちになります。

プリメラさまを庇うように、そして守るように思わず寄り添えば、プリメラさまは目を丸くしたままユナさんを見つつ私にしがみついてきました。

「外交官が言っていた、『まるで姉妹のように、あるいは母子のように寄り添うその姿は信頼関係がまるで目に見えるようだ』なんて！　ねえディイ、私たちは本当の姉妹だものね？　それなのに周りが私たちを引き裂こうと――」

「姉妹じゃないわ」

答えてくれないフィライラさまに痺れを切らしたように言葉を続けるユナさん。

ですが、そんな彼女に冷たい答えが向けられました。

その言葉は端的で、そしてなんの感情も含まれていないようなもので、私たちもひやりとしたものを感じたのですから……向けられたユナさんはより一層それを感じたのではないでしょうか。

すっかり顔色をなくしている彼女を見れば一目瞭然。アレは強烈ですね……！

（えっ、私たちこの場にいる必要ありますかね？）

できたらプリメラさまにはこういう現場を見ていただきたくないし、なんだったら夜はまだまだ寒いので早めにベッドにお戻りいただきたいんですけども。

成長期のこの大事な時期に、質の良い睡眠は健やかな成長に必要なんですよ？

プリメラさまにはしっかりお休みしていただきたいんですけど‼

「……では、マリンナル王国の方々がお迎えに来てくださいましたし、後のことは王子宮筆頭とニコラス殿にお任せして我々は部屋に戻らせていただきましょう」

私はあえてにこやかに声を発して王子宮筆頭を見ました。

彼女もそれで問題ないと言うように頷いてみせてくれたので、私も心の中で安堵しつつフィライラさまに向かってお辞儀(カーテシー)をしました。

「なんで⁉　なんでそんなことを言うの、ディイ！　ねえ、貴女もそう思うでしょ？　貴女はただの侍女だけど、私とディイは乳姉妹なの、それって『特別』でしょう⁉」

（なんでこっちに振るかな⁉）

とっととこの場を後にしよう、そう思ったのに何故かユナさんは私に向かって話題を振ってきたじゃありませんか。

（これがなりふり構わない人間ってヤツか……‼）

なんて迷惑なんだ。

それに対して答えればいろいろと角が立つような気がして、私は無視を決め込んでこの場を後にすべきだと判断しましたが…。

それはできませんでした。

何故なら、プリメラさまがユナさんに向かって一歩踏み出したからです。

「プリメラさま……？」

自分たちの関係を話題にされて、苛立ったのでしょうか。

そう思いましたが、どうも様子が違うようです。

プリメラさまはとても穏やかな表情のままフィライラさまに視線を向けたかと思うと、ユナさんに視線を向けました。そして、優しく微笑んだのです。

「ユリア」

「はい」

プリメラさまは、ユナさんを見つめたまま静かに私の名前を呼びました。

何を求められているのかこの状況ではわかりませんが、私を必要としてくださっている。

私には、それだけわかっていれば十分です。

プリメラさまは振り向くことなく、ユナさんをただ見つめていました。

彼女はどうして良いのかわからないのでしょう、驚いた顔のままプリメラさまを見上げています。

そして、そんな彼女たちのことを、フィライラさまも静かに見ておられました。

(プリメラさま、何をなさるおつもりなのかしら……)

たとえどんな状況になろうとも、私はプリメラさまのなさることを応援しますけどね！

あ、勿論ですが誤ったことをなさるようならお止めしますよ。それが専属侍女ってものです。

「ユリア、貴女は自分が何者か言えて？」

「プリメラさまの専属侍女であり、クーラウム王国の王女宮筆頭です」

問われて私はそう答え、ふと子爵令嬢であることも付け加えるべきだったかと少し反省しつつもプリメラさまを見つめました。

私の回答にこちらを向いたかと思うと、プリメラさまはとても満足そうに、満面の笑みを見せてくださいました。そしてまたユナさんに視線を向けると、言葉を続けました。

「ええ、そうよね。ユリアは誰よりも一番傍にいてくれる、わたしの、大切な侍女だわ」

それは一つ一つ、ハッキリと区切るような言い方でした。

視線はユナさんに向けられているから、彼女に向けての言葉なのでしょう。

「誰よりもわたしの傍でわたしを支え、それでいて己を弁えるユリアがいてくれるからこそ、わたしは立派な王女でいようと考えております。ねえ、そうでしょう？　フィライラさま」

「えっ？」

視線を向けられることなくそう突然問われて、フィライラさまが驚きました。

ですが、プリメラさまはそんなフィライラさまを気にすることなく言葉を続けます。

「フィライラさまのことは兄より伺っております。朗らかで、そして意志の強い女性であられると。その上、商会も立ち上げられ、苦労も厭わず大きくしてこられた手腕をお持ちだとか……わたしのように未だ公務も初めての子供からすると、大変ご立派だと思います」

「あ、ありがとうございます……」

戸惑うフィライラさまはそれでもなんとか笑顔を返しておられました。

この場の空気は、もうプリメラさまが主導権を握っていると言っても過言ではないでしょう。

ああープリメラさま、かっこいい！

「わたし、そんな立派な方がお義姉さまになってくださると聞いて嬉しいです。是非、マリンナル王国の町中のこともお伺いしたいわ！」

「プリメラさま……」

「もしよろしければ、明日にでもお茶会をいたしましょう。今日はあれこれとございましたし、是非、兄を抜きにして女同士のお話がしたいですわ。特別なケーキも準備してあるんですよ」

ユナさんに向けて放つその言葉は、割と辛辣だ。

穏やかに、優しく、決して彼女だけに向けての言葉ではありませんが……プリメラさまの言葉は私にはこう聞こえました。

役割を忘れて溺れた者は、特別になんてなれない。

あなたがいなくても、フィライラさまは困らない。

そう、聞こえたのは気のせいでしょうか？

（フィライラさまは自分の力で商会を切り盛りしていた。その苦労があの方の努力の賜物（たまもの））

ユナさんが声高に叫び、フィライラさまに縋って並べる言葉は……どれもこれも、独り善（よ）がりなものだと、私も聞いていてそう思う。

（……でも、それはたまたま、なのかな）

フィライラさまが本当に転生者で……記憶を拒むことなく受け入れた未来があったなら、彼女が知識無双をして、ユナさんの思い描く理想の世界になったかもしれません。

ただ、それをフィライラさまは拒んだ。それが現実です。

ユナさんは現実を受け入れるべきだったのでしょうが……それができなかった。

特別という言葉に拘（こだわ）るその姿は、私には理解できません。

だけど、私も彼女も王女の傍に近く在り、家族同然だという点は同じです。

ユナさんは、道を違えた私なのかもしれない。そう思いました。

「どうして……」

愕然（がくぜん）とした様子のユナさんは、もう何かを言う気力もないのでしょう。

力なくうなだれて、もうその表情は見えませんでした。

「行きましょう、ユリア。明日も忙しいものね」

「……かしこまりました」

「ニコラスも、お兄さまがお待ちよ？」

「……教えていただき、ありがとうございます。王女殿下」

そうだよ、ニコラスさんは王太子殿下に叱られるといいよ！

プリメラさまが歩き出し、私もニコラスさんもそれに続きました。

王子宮筆頭が後は任せろとハンドサインをしてくれましたので、私も会釈だけしておきます。

プリメラさまがユナさんを振り返ることは、もうありませんでした。

この後のことは王子宮筆頭が取り仕切ってくれることでしょう。

ユナさんが再び軟禁されるのか、あるいはマリンナル王国の騎士たちによって一足早く国元へ戻されるのか……その辺りについてはわかりません。

「それではボクはここで失礼いたします。おやすみなさいませ、王女殿下」

「ええ」

プリメラさまのお部屋の前でニコラスさんが一礼し去って、護衛騎士たちによってドアを開けてもらってプリメラさまと私は室内に入りました。

そこにスカーレットとセバスチャンさんの姿はなく、プリメラさまはふうーっと大きなため息を吐いて伸びを一つ。

「セバスにはね、ユリアと戻ってくるから大丈夫って言っちゃった」

ぺろりと舌を出してウィンクするとか可愛すぎか‼

変な声が出そうになるのを呑み込んで、私は抱きついてきたプリメラさまをそっと抱きしめ返し

ます。んんん、やっぱり可愛すぎか‼

プリメラさまの可愛さが留まることを知りません。尊い。

「わたし、かあさまがお出かけしてたなんて知らなかったわ。んもう、ずるい！」

「申し訳ございません、王太后さまより頼まれた品がございまして……」

「おばあさまの？　ううん……じゃあ、しょうがないわね。でも、さっきはびっくりしたね！」

コロコロと笑うプリメラさまでしたが、すぐに真面目な顔になって私に抱きついたまま小首を傾げました。

「わたしね、フィライラさまは嫌いじゃないわ。きっと好きになれると思うの」

「……プリメラさま？」

「でも、あのユナって人はだめ。絶対に。明日になったら、フィライラさまにあの人を国元に送り返してもらわなくっちゃ」

ぷっと頬を膨らませたプリメラさまは大変可愛らしいですが、言っている内容はかなり横暴です。いえ、ユナさんは大変な問題行動を起こしてばかりいるので、正当な訴えではあるのですが……。その前後がなかったら、ただの好き嫌いで横暴な発言をしていると取られかねません。

一応、苦言を呈するべきかと思いましたが、プリメラさまは言葉を続けました。

「あの人は、フィライラさまのために……ひいてはお兄さまのためにならないわ。この国の王女として、あの人が言う『特別』はおかしいってはっきり言わなくちゃと思ったの。でも直接あのユナって人に言ったら、角が立つでしょう？」

「はい」

「ユリアはプリメラのかあさまだけど、侍女だわ。侍女であり続けてくれる、それがどのくらいすごいことなのか……プリメラはちゃんとわかってるの」

「プリメラさま……」

「あの人も、文官とか、侍女とか……そういう自分の立場を忘れないでいたら、フィライラさまにとって助けになったのかしら」

「……それはわかりません」

そうです。もし、なんて仮定を考えても、今現在が変わるわけではありません。

ましてや私たちがどう考えたところで、ユナさん自身がそこに気がつかなければ、何も変わらないのだと思います。

私の言葉に、プリメラさまは少しだけ悲しそうなお顔をなさいました。

ですがすぐに笑顔になって……それから不満そうな顔を見せました。

おや？　そう思った私に、プリメラさまがまた勢いよく抱きついてきました。

「ねえ、町での話を聞かせて？　お買い物は楽しかった？」

「そうですねえ、夜でしたのであまりお店は開いていなかったのですが……」

買い物に出た先の店での話ですとか、道中ニコラスさんが何を話していたのかとか……プリメラさまからするとニコラスさんは割と話し上手の好青年なんですよね。

私からすると胡散臭くて腹立たしい男なんですが。

今頃あんな飄々（ひょうひょう）とした男が王太子殿下に叱られて困った表情をしているのかなと思うとちょっとだけスカッとした気分です！

まあ、私も自分の判断で彼の提案に乗った以上、きちんと反省はしております。ええ。

「ねえ、ユリア。あの子、ええと……公爵家の使用人の中にいた、プリメラと同じくらいの男の子と一緒だったんでしょう？　あの子が知らせに来たんだし、そうよね？」

「……クリストファのことでしょうか？」

「そう！　その子‼」

プリメラさまは少しだけ拗ねた様子で私のことを見ました。

おやおや？　これはどうしたことか……そう思ったところで、ふと私は気がついたのです。

「クリストファは、この町について詳しいということで道案内をしてくれたのですが」

「でも！　プリメラは一緒に行けなかったのに……‼」

ああ、ああ、なんて可愛らしいことでしょう！

これってもしかしなくても、あれですよ……プリメラさまの拗ねていらっしゃる理由が、自分と同い年くらいの少年であるクリストファが私と同行してお出かけしたってことにヤキモチを……⁉

やだー！　なにそれ、可愛いー‼

「プリメラさま……」

「ずるいんだもの……こんなプリメラ、幻滅しちゃう？」

「いいえ、いいえ！　そんなことはございません。一緒にいたいと思ってくださるそのお気持ち、とても嬉しゅうございます。ご一緒できればよろしかったのですが……」

「……ううん。本当はね、わかってるの。プリメラは王女だもの、立場の問題があるから……仕方ないのよね。あの男の子が、クリストファだったかしら？　あの子が羨ましかっただけなの」

ぷっと膨れる仕草を見せた後にすぐしょげてしまう辺りはまだまだ子供。

なんて可愛らしいのでしょう。そんなにヤキモチやいてくれるほど好かれていると思うと、知ってはいてもやはり嬉しいものではありませんか。

「プリメラさまにもお土産があるんですよ」

「え？」

「王太后さまから頼まれていた品はインクなのです」

「インク……？」

「はい、こちらの品なのですが……」

紙袋の中にあるインク壺を一つテーブルの上に置くと、プリメラさまはとても興味津々といった表情になりました。

そう、見た目はただのインクです。

けれど、王太后さまが仰っておられたように『特別なインク』なのだと店主が説明してくださったので間違いありません。

製造方法は秘密だそうですが、なんと宝石を砕いてインクに混ぜてあるんですって。

それに加えて『祝福の花』も使用しているのだそうです。新年にばらまく、あの花です。

書く際にインクに自身の魔力を込めると、それが願った相手に対して何かしらの効力を発揮するそうなのですが、大丈夫なのかそれって若干不安になりましたね。

まあ実際のところは魔力を受けてキラキラと光るだけらしいのですが……。

でもそれがすごく綺麗だから、うっとりして幸せな気分になる……という効果らしいです。

（私もその場で少し試させていただきましたが、確かになんとなくキラキラしたかも……って感じだけでしたけどね……）

想う相手に向けてのものではないから、そんなものなのだと店主は笑っていましたが。

想いを込めたものはもっとキラキラするんですって。

それらをプリメラさまに説明すると、とても喜んでくださいました。

「贈った相手に幸せが訪れるというお話ですから、プリメラさまにも是非と思って」

「わあ！　嬉しい……‼　ディーンさまにお手紙を書かなくっちゃ！」

喜んでくれるかなあ、なんて頰を染めて言うお姿。ああもう。可愛いなあ！

ディーンさまならプリメラさまからお手紙が来るだけで大喜びすると思いますよ‼

「それにしても、ユリアはいつからあの子……クリストファと仲が良くなったの？」

「ええと……クリストファと出会ったのは、プリメラさまがビアンカさまに師事なされてからしばらくしてのことでしょうか」

「ああ、なるほど。ビアンカ先生が連れて歩いていたから」

「はい、さようにございます」

まあ正確には少し違うんだけど。

ちょいちょい顔を合わせるようになったのは、その時期くらいじゃないかなと思うんですよね。

「あの子も、セバスと同じで〝影〟の出身なのね……ビアンカ先生は彼らのような人に支えられることもある、必要悪だと教えてくださったけれど。その役目を果たさないで済むようにできる方法を考えるのも、領主とその妻の役目だと教えてくださったわ」

「んんん⁉」

感慨深げにそう仰るプリメラさまですが、今、なんか聞き捨てならない単語が。

なんだって⁉　影？　影ってあの〝影〟ですか⁉

「ユリア？」

「い、いいえ。なんでもございません。少し喉が詰まりまして」

「そ、そう？　大丈夫？」

「はい、勿論でございます」

プリメラさまの手前、にっこりなんでもないように笑って振る舞いましたが……。

今言った〝影〟って、後ろ暗いお仕事ですとか、情報収集ですとか……そういう、表立ってできない部分を担う暗部の人のことですよね⁉

立場上、彼らの存在については知っておりますし、なんだったら陛下の執事だったセバスチャンさんもそうなのかなって前々から思っていたので正直そこは驚かないんですけど。

えっ、クリストファ⁉　……いや、あれ、待てよ？

(私が【ゲーム】で攻略していなかった暗殺者、あれってどこぞの貴族に雇われているとかそんな設定が……えええ、えええええ⁉)

も、もしかして。いやそんな、まさか。

しかしこの話を元に考えると、かっちりとピースが嵌まるではありませんか……‼

(クリストファが、攻略対象だった……⁉)

なんだ私、鈍感オブ鈍感か‼

いやまあ、そもそも暗殺者ルートだと確かプリメラさま関係ないしな……。

じゃあ、やっぱり問題はないか。驚いたけれど一安心です。ものすんごい驚いたけど。

「ビアンカ先生は誰とは言わなかったけれど、幼い頃からそういう道を歩ませることのないよう、少しずつ変えていこうと試みているのだって仰っていたの。きっとあの子がそうだわ」

「……さようでしたか……」

「わたしには、まだわからない。必要悪っていうものは、頭ではわかるけど……わたしも、領主夫人になったなら、それを理解した上で人を使わなければいけない日が来るのかしら」

「……私にはわかりかねます」

ユナさんのことを問われた時と同じように『わからない』としか私には答えられません。

ですが、私は言葉を続けました。

「それでも、そのような日が来ないことを……ユリアは祈っております」

本当に、心の底から。

貴族として、領主の娘として、侍女として……前世も含めて、大人の一員として、社会を見てきた一人の人間として。

私も、綺麗ごとだけでは世の中やっていけないということを知っています。

プリメラさまがバウム家に嫁ぎ、領主夫人となるならば……古くから国を支える家を支える女主人となるならば、避けて通れない道だと思います。

それでも願わずにはいられないのです。

（この優しい女の子が、苦しい思いをしないで済みますように）

勿論それは、私のエゴでしかありません。

プリメラさまは私が手を引いていなければ転んでしまうような幼子でもなければ、むしろ私を守ったり、人を諭したりできるほど立派な淑女(レディ)なのです。

「……ありがとう、ユリア。ううん、かあさま」

照れたように笑うプリメラさまに、私も少しだけホッとして笑顔を返しました。

クリストファのことは……まあ、うん。

今更態度を変えるとか、距離を置くとかは考えていませんし、ビアンカさまがいろいろと考えて行動していたということであれば、ね。

やはりゲームとは違う方向に向かっているのだと考えていいのだと思いますし、あまり深く考えてもいいことはありませんよね！

私はこのことを覚えておくだけに留め、考えることを放棄するのでした。


その後はまあなんていうか、公務は呆気ないほど恙(つつが)なく終わりました。

フィライラさまもいろいろと吹っ切れたらしく、表情が柔らかくなられていましたね。

複雑なお気持ちはあるのでしょうが、これからはユナさんに対して乳姉妹としてではなく、王女として毅然とした態度で接したいとお考えだそうです。

で、そのユナさんですが。

フィライラさまとの間にどのような話し合いがあったのかはわかりませんが、お別れの際に見た姿は、かなりやつれていてですね……。

何故そんなことを私が知っているのかというと、ちょっとこれが驚きの展開なんですよ！

なんと、フィライラさまはユナさんをこのお忍び旅が終わるよりも前に送還するおつもりだったそうで、その手段として選んだのが商会繋がりでまさかのタルボットだったのです！

いや、まあ、国内外と繋がりのあるリジル商会がやはり一番強いですが、タルボット商会も宝石を中心に輸入物産を扱っているので、その辺りでフィライラさまの商会とも繋がりがあるのだと説明されれば『なるほど？』って納得なわけなんですけども。

（だからって、ねえ……）

人員を多く割けないので、商会同士のツテを使ってユナさんを送還するという計画だそうですが、タルボット商会にその協力を求めたところ、なんとこの町に来ていた会頭のタルボットさんが直接現れたのです。

しかも、なぜかリジル商会のご子息、リードさまが一緒っていうね！

そう、ゲームの〝攻略対象者〟である、リード・マルク・リジルさまですよ。

王太子殿下のご友人でもあり、リジル商会の一人息子。

設定では金に物を言わす系な典型的成金ぼっちゃんで、貴族を真似た二つ名を持っているせいで陰口を言われたり、笑われたりした過去がある少年です。

貴族社会に対しても、友人である王太子殿下に対してコンプレックスを抱いている少年……っていう設定だったはずなんですけど。

（あんな感じだったっけな……？）

最近、特に前世の記憶が薄れているとはいえ……それでも随分と印象が違うように思います。

なんていうか、しっかり者というか、とても落ち着いている雰囲気で……ゲームの中であったような、他者を見下すような態度や傲慢さなんてこれっぽっちもありませんでした。

あの場は王族が中心だったのでよそ行きの顔をしていたのだとは思いますが、それでも私や他の侍女たちに対してもとても友好的だったような……。

（まあ、あの【ゲーム】とは別物なんだから、違ったっておかしくないか……王太子殿下だって結構違うわけだし……）

プリメラさまが素敵な天使に成長したように、王太子殿下も厳しいところはありますが周囲を拒絶する孤高の王子……っていうゲーム設定とは違います。

ディーンさまも勿論ドMじゃありませんし！　プリメラさま大好きですしね!!

ちなみに、このリードさまのエンディング。

表向きは美女を侍らす女好きで退廃的な生活を送る彼を、ヒロインであるミュリエッタは叱り飛ばして更生させようとする。

真っ向から向き合ってくれる彼女との出会いに、コンプレックスまみれのリードは肩肘を張った生活が馬鹿らしくなり、商人として、平民として、しっかり地に足を着けていくことを決めて共にその道を歩んでほしいとミュリエッタに告白するのだ。

二人で手を取り合い、苦労も喜びも分かち合いながら頑張るという可愛らしいエンディングだ。

そして裏エンディングではなんと女好きという設定はそのままに、本当はふくよかな女性が好きだったという性癖を暴露してくる。

彼はミュリエッタの性格を愛しく思う反面、その体系に不満だったと述べて毎日毎日お菓子を食べさせ、ふっくらさせていくコトに悦びを覚えるという……マニアックなものでした。

うん、最後のスチルにヒロインが映らないでふっくらした手を恍惚とした顔で握るリードさまっていうね！　ただのホラーじゃん。ただのホラーじゃん‼

（あれはあれで、当時ファンの間でいろいろと物議を醸していたような……）

まあそれはともかく。

どんな話し合いがあったかまではわかりませんが、何故かリジル商会でユナさんのことを雇うという話にまとまったのです！　そのため、送り帰すことはなくなりました。

なんでも、ユナさんはフィライラさまの乳姉妹としてこれまで右腕ポジションでいたのだから、お互い立場を変えてみる良い機会なのでは……ということに落ち着いたんだとか。

正直『どうしてそうなった』としか私には思えません。

そもそもフィライラさまにとって、ユナさんが起こした今回の行動は、今までのように軽く咎める程度では済まない失態なのです。他国の王族に対しての無礼は当然、不敬ですからね。

お忍びなので表沙汰にはできませんが、国家間の関係にはよろしくないわけですし。

それに、これまでも言葉や態度を尽くしてもユナさんが理解しなかったからこその今回の措置だったわけでしょう？

（それなのになんでこうなったのかしら）

話を聞いた王太子殿下も怪訝そうな顔をしてらっしゃったので、どうも複数の、複雑に絡み合った思惑が交差しているのではないかと思いました。

とはいえ、ユナさんはリジル商会が預かると言ってもこの町のリジル商会で、客人待遇ではなく新人として厳しく扱っていく……とのことでした。

なので、今後は私と彼女が顔を合わせることもないでしょう。

（……フィライラさまは納得していないという顔だったけれど……ここまでスムーズに話が進んでいる辺り、フィライラさまが知らないところでマリンナル王国との話がついていたのかな）

リジル商会ならば勿論、他国との取り引きがあったっておかしくないわけですし。

タルボット商会と付き合いがあったのはあくまでフィライラさまの商会ってことなので、ああ、なんだか複雑すぎてよくわかりません！

（……結局コレって、商人たちが最終的に利益を得たってことでいいのかしらね？）

だってそうでしょう？

フィライラさまは距離を置くだけでなく厳しく処断を望むつもりが、いつの間にか母国から彼女の処遇についてリジル商会預かりと聞かされて不完全燃焼。

王太子殿下は婚約者にいいところを見せようとして結果、惜敗。

それに対して商人たちですよ、商人たち！

タルボット商会はおそらくユナさんを預ける先を見つけたことでマリンナル王国との約束を守り、リジル商会という大手に対してはおそらく向こうが横槍を入れてきたので、それに対して恩を売った形で国内での関係性改善。直接的な益はなくても、十分でしょう。

リジル商会はユナさんという大きな面倒を抱えたわけだけど、大きな目で見るとマリンナル王家に恩を売ることができたわけですね。あと王太子殿下に対しても、かな。

ただし、何故リジル商会がそこまでして……っていう疑問は拭えません。跡取り息子が出張ってくるほどマリンナル王国との縁が重要とは思えませんが、そこは殿下との友情の賜物でしょうか？

これが後々、厄介事に繋がったりなんかしなければいいんですが……。

（プリメラさまと私に関してはまあ……ただ巻き込まれただけですね！）

なんだか知らないところでまた物事が動いている気がしないでもないですが、とりあえず私たちに関係のないことだったらいいです。

もしかしたら未来の王妃さまとその母国関連であれこれ動きがあるのかもしれませんが、それは正直、王女宮にはあまり関係のない話ですからね……！

いずれはプリメラさまが嫁いで、王女宮はひっそりとまた静けさを取り戻すのでしょう。

私たちも降嫁先のバウム家についていくか、それとも王城で侍女を続けるか、実家に戻るか……。

（それか、どこかに嫁ぐか）

そんなことを考えて、私はアルダールの顔を思い浮かべました。

（……公務が終わったら）

次のお休みは、もう少し先だけれど。

そこで一緒に泊まりがけで出かけて、今まで話せなかったことを聞かせてくれる、はずです。

信じているけれど、どんな話なのかを考えると不安になるのはどうしてでしょう。


いいえ、何が起ころうとも大丈夫！

これまで培(つちか)ってきた侍女スキルがあればきっとね!!

番外編　気づかない

私は、ディイにとって特別。

ディイにとって私は、特別。

それが、当然だと思っていた。第三王女フィライラ・ディルネと、その乳姉妹で文官として仕えるユナ・ユディタは『特別』な関係である、と。

だって、私と彼女は幼い頃から――それこそ、物心つく頃から共にいるのだから。

私が三歳になった時、妹が生まれた。だけど、その妹はいなくなってしまった。

当時の私はそれがどういう意味か理解できなかったけれど、とにかく母も家族も、誰もが悲しんでいた。私も妹ができたと喜んでいたから、いなくなって悲しくなったことを鮮明に覚えている。

泣く母の傍を、私は離れなかった。私が傍にいてあげなくてはと幼心に思ったのだ。

そんな母に連れられて、私は王宮に行ってディイに出会った。

大人になった今なら、母が招かれた理由なんて乳母に選ばれた、ってことくらいわかる。

だけど、そうじゃない。きっとこれは、運命だったのだ。

あの時、私にとってディイが『特別』になった瞬間だった。

（ディイは妹じゃなくて王女、私が仕えるべきお姫さま。だけど妹みたいに愛している）

乳母の娘に過ぎない私を、まるで家族のように受け入れ、可愛がってくださった王家の方々。慕ってくれる、可愛い可愛い私のディイ。

ああ、なんて幸せな空間なのだろう！

好奇心旺盛なディイと一緒に町に出る日々。町の人が笑顔で出迎えてくれる中、侍女のルネさんがいつも私たちの後ろを困ったように笑いながら追ってくる。

当たり前の日々が、どれほど愛しいものか。他人は知りようもないだろう。

（私が、私だけが知っていればいい。この『特別な日々』を）

そんな日々の中、ディイがおかしな夢を見るようになった。

誰かもわからない女性の視点で、大勢を相手に難しい話をしている……そんな夢だという。

小さな子供の言うことだったから、内容についてはよくわからなかった。

だけどそれが何日も続いた。ディイは怖がって、泣いていた。

町に行った時に目にした、大人たちが商売をしている姿に感化されたのかもしれないとルネさんが言った。そういうこともあるのだろうかと私も、頷いた。

ところが、ある日のことだった。ディイが笑顔で私たちに、言ったのだ。

「ねえ、あたしも露店やってみたい！」

「露店？　でも何を売るの？」

「ええ？　ええとね、ええと……」

始まりはきっと、ちょっとした興味だったんだと思う。

マリンナル王国は、基本的に平和な国だ。

国民性も穏やかで、朗らかな気質の人々が集う国だからなのだろう。治安はとてもいい方だ。

特に城下町の治安は、どこの国より優れていると思う。

それはこの国が、小さな子供はすべからく愛し守るべきという考えを昔から持っているから。

だからディイも私も特別扱いだったわけではなく、普通に町の人たちに大事にしてもらっていた。

そういう理由もあって、町中で開かれる蚤の市に出展者側で出てみたいというディイの発言に反対する人はいなかった。

ああじゃない、こうじゃない。そんな風にやりとりをする姿が可愛らしい。

だけど、そう、ふとした瞬間だった。

きっと悪戯心だったんだろう。

一人の大人が意地の悪い質問をディイに投げかけて、私だけじゃなくディイの隣にいたルネさんでさえも上手い切り返しが思いつかない、そんな時があった。

でも、ディイはその瞬間、面白いものを見つけたような笑顔を見せたのだ。

（あれは、誰なの？　私の可愛いディイなの？）

普段の可愛らしい女の子の顔ではなく、それこそ百戦錬磨のつわものがごとく。

思えば、あの時から私はディイを『特別』だと改めて理解したのだと思う。

それなのに、ディイはそんな自分を恐れた。こんなに素晴らしいことなのに。

「ディイ！　どうして!?」

「もう、嫌なの！　どうしてわかってくれないの？」

「いいえ、わかっていないのは貴女だわ！　貴女は特別なのよ、どうしてそれを怖がるの!?　ディイ、特別なことを恐れる必要はないのよ、私たちがついているでしょう?」
「そうじゃない、そうじゃないのよ、ユナ……どうして、わかってくれないの……?」

大人よりも大人びた、まるで老練な手管を見せる交渉技術。

あどけない可愛らしさを持つ第三王女のフィライラ・ディルネは天性の才を持つ商人である。

そんな風に巷で囁かれるほどに、ディイの優秀さは誰もが認めるところだった。

商会を作り上げ、近隣の商会と切磋琢磨し、少しずつ商売権を広げていくその姿はまさしく天が彼女に才能を与えたからだと私も鼻高々だったというのに!

ディイは、それら全てに恐れを感じていたのだ。自分ではない、と。

(どうして……どうしてわからないの。あの辣腕を振るう姿こそ本来の貴女なのに!)

そしてある日、ディイは『本来の自分を取り戻した』と私に告げてきたのだ。

ディイは晴れやかだったけれど、失敗する日々が始まった。

彼女が鮮やかな手腕を振るい、並み居る古参の商人たちと渡り合う、そんな姿に憧れてやってきた人々の困惑する目を、落胆する顔を見て、ディイだって気づいていたはずなのに!

私には、理解できない。何故神から与えられた才能を失って、そうも笑っているのか。

(ディイは、特別なのに)

私の『特別』な存在であるディイは、世界にとっても『特別』なのに。

ディイの『特別』である私の言葉をどうして彼女は信じてくれないのだろう?

勿論、そんなことで私の彼女への気持ちが揺らぐことはないし、彼女を支えていきたいと思う気持ちも変わらない。

私がいくら説得しても、ディイは頑なに『特別』であることを受け入れず、とうとう自分の力だけで前へと進むようになってしまった。

　そのことで当然ながら離れていく人もいたし、それが痛手になったこともあったけれど……頑張る彼女を応援する意味で多くの人が助けてくれた。

　私もこのままではいけないと、文官の資格を得るためにちょっぴり不満を覚えつつもディイの傍を離れ、学校に通い、優秀な成績を収めて試験に合格した。

　当然よ、私はディイの特別な存在なのだから！

（可愛い私のディイ。貴女は怖がりだから、きっと『特別』であることを認めてしまったら周りと距離ができてしまうと思ってしまったのよね？）

　そんなことはないのに。

　私が傍にいる限りディイのことは絶対に守ってあげるんだから、安心していいのに。

　最近ではルネさんにまでやり過ぎだって注意されたけど……ディイは特別なんだもの。

　選ばれた存在である彼女のためになることをしているのだから、あまり文句を言わないでほしい。

　ディイの気持ちを尊重しろと周りは言うけれど、私は誰よりも彼女を理解しているのよ！

（彼女はただ、怯えているだけなのに。私はその憂いを払っているだけなのに）

　私のディイは特別な存在。素晴らしい天賦の才を神から与えられているというのに！

　神の子を支える巫女の役目を担うために、きっと私は生まれたのだ。

　人々が理解しなくても、私は彼女の傍にいて、理解して、支えなくては。

　今はまだ、受け止めきれないのだろう。それなら、時間が解決してくれるのをただじっと待とう。

ディイは私の特別。彼女が結婚するとしても、ついていく。

「聞いた？　フィライラさまのお相手、クーラウム王国の王太子殿下にはそれはもう可愛らしい妹姫さまがいらっしゃるそうよ」

「まあ！　素敵ねえ」

「フィライラさまもそれはもう、お目にかかる日を楽しみにしていらっしゃるようで……そういえば、その妹姫さまにはとても優秀な侍女がついているって話よ。あちらの国に行った外交官殿が大層褒めていらしたとか……なんでもあちらで開かれた園遊会で、堂々とした行動で王族の方からお褒めの言葉をもらったとかなんとか」

「ああ、私も聞いたことがあるわ！　外交官殿が見たお二人は、それはもう誰が見ても素敵な信頼関係を築いているんですって！」

「うちの王族の方々も素晴らしいけれど、他国にまでそれが噂されることってあるのかしらねえ」

「さあ、どうかしら」

王宮内の侍女たちが噂話に花を咲かせているいつもの光景に、私は足を止める。

ディイの嫁ぎ先、クーラウム王国。お相手が王太子殿下だということは、まあ妥当だろう。

なんたって私のディイは特別なのだ。

将来どこかの王妃に望まれたって何もおかしな話ではない。

だけど今、気にするべきはそこじゃない。

（なによあの侍女！　『さあ、どうかしら』ですって？　ディイと私が！　いるじゃないの‼）

その妹姫がどうかなんて話は知らない。

あちらの国に行ってきた外交官が何を見て聞いて誰に話したかも知らない。

だけど、気に入らない。

特別なのは、ディイと私だけでいい。

フィライラ・ディルネとユナ・ユディタの関係こそ『特別』なのだと――思い知らさねば。

(そう思ったからこそ、私はディイのことを思ったからこそ行動したのに)

それなのに、どうしてこうなったのだろう。

どうして、ディイは理解してくれないのだろう。私と貴女は、特別なのに。

「どうして」

八つ当たりのようなものだって知っているわ。しかし言わずにはいられなかった。

呆れた目で私を見下ろす貴女には、わからないでしょうね。

ユリア・フォン・ファンディッド。

私は、特別なのよ。

ディイは特別で、そのディイの特別な私。その関係は、貴女になんか負けないのに！

どうして私がうずくまっていて、どうして貴女が私を見下ろしているの。

その理由が私には、どうしてもわからなかった。

番外編　決別

ユナを連れて談話室で少し時間を過ごし、自分の部屋に戻った。

しかしどうしても休む気分にはなれなかった。

これで正しかったのか、いつから、どこから、何をどうすれば。

そんな考えが、ぐるぐると頭の中を巡るのだ。答えは見つからないとわかっていても、だ。

談話室を後にする時、ユナが泣いていたのは聞こえていた。

けれど、わたくしは……振り返ることができなかった。

胸が痛むけれど、それでもそうせざるを得なかった。だって、わたくしは王女だから。

「フィライラさま、そろそろお休みになりませんと……」

ルネが心配そうに声をかけてくれる。

ああ、彼女に心配させるような事態になったのも、全てはわたくしのせいなのだろう。

ユナが、ああなってしまったのも。きっと。

だからこそ、それを正すのもわたくしでなければと思った。

今回のことが正しいかどうかもわからないけれど、それでも……。

「ねえ、ルネ。わたくしは、これまで……ずっと間違えていたのかもしれないわ」

「……姫さま？」

「心を砕いて説得すれば、ユナはいつかわかってくれる。そう信じていたわ。……でも、それがそ

もその間違いだったのではないかしら。わたくしも、家族も」

「……それは」

わたくしの言葉に、ルネが困ったような顔をしているのが振り向かなくてもわかった。

それでも、わたくしは自分の発言を取り消すつもりはない。

冷たい人間のように思われただろうか。ルネはわたくしとユナが幼い頃から、常に一緒にいてくれた人だから……ユナに対しても、優しく接してくれていた人だから。

それでも、わたくしは間違っていたと自分を顧みる。顧みなければならない。

「わたくしは、王女だもの」

興味を持って始めた商売。女である現実、王族としての責務。

ただ嫁がされるのが嫌で、役に立つ人間だと示して見せたかった幼い自分。

夢に現れた、自分ではない自分。

今にして思えば、なかなか面倒くさいことばかり選んでいたのだと自分でも笑ってしまう。

だけれど、後悔しているわけではない。

(いいえ、やはり後悔はしているわね)

ユナが言うように、わたくしにとって彼女は〝特別〟だった。

いいえ。特別とか、そういった言葉にできるようなものではなかった。

わたくしにとって彼女は家族の一員で、もう一人の姉だったのだ。

一緒に笑って、泣いて、あちこち走り回って。

あの日々が、わたくしにとってはとても、とても大切だった。今も大切な思い出だ。

（だけど、それは……そうね、決して同じ熱量ではなかったのだわ）

ユナはいつから、わたくしを『妹』として見なくなったのかしら。

それともわたくしを『妹』として見ているから、おかしくなってしまったのかしら。

「……わからないわね」

いくら考えても、答えは出そうにない。

だけれど、わたくしの中での答えは出てしまったのだ。

「わたくしは、王族。ユナは、臣下。そうよね」

同じ王女であるプリメラさまが示した態度こそ、正しかったのだと思う。

彼女と、彼女の侍女との間には、主従を越えた絆があるのだとわたくしの目にも見て取れた。

だけれど彼女たちはハッキリと示したのだ。自分たちは主従である、と。

（主従として、守るべき境界を理解し、弁え、その上で心を寄り添い合えていたならば）

もし彼女たちのようにできたなら……わたくしたちも幼い頃のまま、ユナの言うような『特別』な関係で今もいられたのだろうか。

きっとわたくしたちは、お互いに中途半端だったのだ。

お互いに、お互いを何者か答えられない立ち位置のままでいたから、誰もが曖昧なままどうして良いのかわからない状態が続いてしまった。

いずれはわかるだろうからと、時間が解決するだろうと甘い考えが招いた結果だ。

成長すれば。大人になれば。

そんな言葉で誤魔化して、勝手に理解してくれるとお互いに思い込んで。

（言葉で伝えていれば、わかってくれるって）

何もせずそう思っていたわけじゃない。

だけれど、わたくしたちの間には決定的に足りないものがあった。

自覚。ただ、それだけ。

「……ルネ、わたくしは、マリンナル王国の第三王女として……いずれクーラウム王国の王太子に嫁ぎ、両国の友好を築く人間として、自覚が足りなかったのだと思うわ」

「姫さま」

深呼吸を、一つ。やることは、定まった。

わたくしは、王女。ユナは、いくら親しかろうと臣下。

乳姉妹だからと彼女の行動に対し甘くしていたわたくしは、今日でおしまい。

（いいえ、いいえ、本当はわかっていたのかもしれない）

わたくしは、彼女に対して悪者になりたくなかった。

だから、他の誰かが彼女を咎め、遠ざけてくれることを願っていたのかもしれない。

そしてそれは、きっと誰もが一緒の思いだったのだと思う。

彼女にとって、優しい人間でありたかった。それだけだ。

結果として、余計に傷つけることになってしまっただなんて、とても皮肉なことだけれど。

（……誰かにお願いしてはいけない。これは、わたくしと、ユナのことだったのだから）

嫁ぐ以外に何ができるのか模索した時と同じように、わたくしはこれから己を厳しく律し、そして王女として恥ずかしくない生き方をしよう。

わたくしを未来の姉として見ていると、態度で示して反省する機会を与えてくれたプリメラさまを見習おう。

（ユナが、もしも……）

プリメラさまを支えているあの侍女殿のように、自分の立場を理解した上で寄り添ってくれていたなら、わたくしはどのようになっていたのだろう？

（……きっと、今と変わらないわね）

失敗しなければ学べない、わたくしたちはそんなどこにでもいる子供だった。

ただの子供だったなら、それできっと良かったんだろう。

無茶な子だって、笑って済ませてもらえたのだろうから。

だけど、わたくしは王女で、ユナは……乳母の娘に過ぎない。

女の身で、そして王女でありながら商売を始め、その上、商会まで興したわたくしは風変わりな人間として周辺諸国から奇異の目で見られていることを知っている。

商会の財力を目当てに縁談が来ることもあったけれど、わたくしはそれを突っぱねた。

今思えば、王であるお父さまがお許しくださっていたことも、随分甘いことだと理解している。

でも、当時は……まだ、強がる子供だったのだ。言い訳にしかならないけれど。

王族として国の役に立ちたい。だけれどただ政略の駒として嫁がされたくない。

商会の主として牽引（けんいん）していかなくては。

ただ認められたかった。それだけだったと思う。

「ルネ、明日の朝一番で騎士をタルボット商会に向かわせて。これ以上護衛の騎士を割くわけにはいかないけれど、ユナはできる限り早く国元に戻さなくては」

「かしこまりました」

「……あまりあの商会に借りは作りたくなかったのだけれど、仕方ないわね」

クーラウム王国の方々には迷惑をかけすぎた。これ以上はお願いする方が失礼というものだろう。

ユナが仕出かしたことは、総じて主であるわたくしが責任を負うべきもの。

今更ながら、それを強く感じる。

ああ、わたくしは大人になったつもりだったけれど、どこまでも家族に甘やかされて育った子供でしかなかったのね。

（……恥ずかしいことばかりだけれど、自覚ができたのであればそれに甘んじず前を向けばいい。それだけだわ）

タルボット商会には商売の関係で、ツテがある。

リジル商会とはこれまであまり縁がなかったので難しいけれど、タルボット商会ならば今までの商売で培った関係もあるし、ユナを丁重に送ってくれるようお願いできるだろう。

少々、商売としては痛い出費が生じるかもしれないが……これも必要なことと割り切るべきだ。

「ルネ」

「はい」

「ユナの出立が決まっても、わたくしは見送りません。……だけれど、貴女は見送ってあげてね。勿論、国元の両親には、今回の件を報告しないわけにはいきませんから、処罰は免れないでしょうが……それも彼女にとっては必要なことなのです」

「フィライラさま」

「わたくしは、王女です。王女だったのです。……ユナの、妹ではないの」

「……かしこまりました」

「もう、休みます。貴女も下がって良いわ」

ルネが頭を下げて出て行ったのを見届けてから、わたくしはベッドにうつ伏せた。

涙が零れる今日という日を、決して忘れまいと思った。

あの日、わたくしではないわたくしに、お別れを告げた時と同じように。

369　転生しまして、現在は侍女でございます。　10

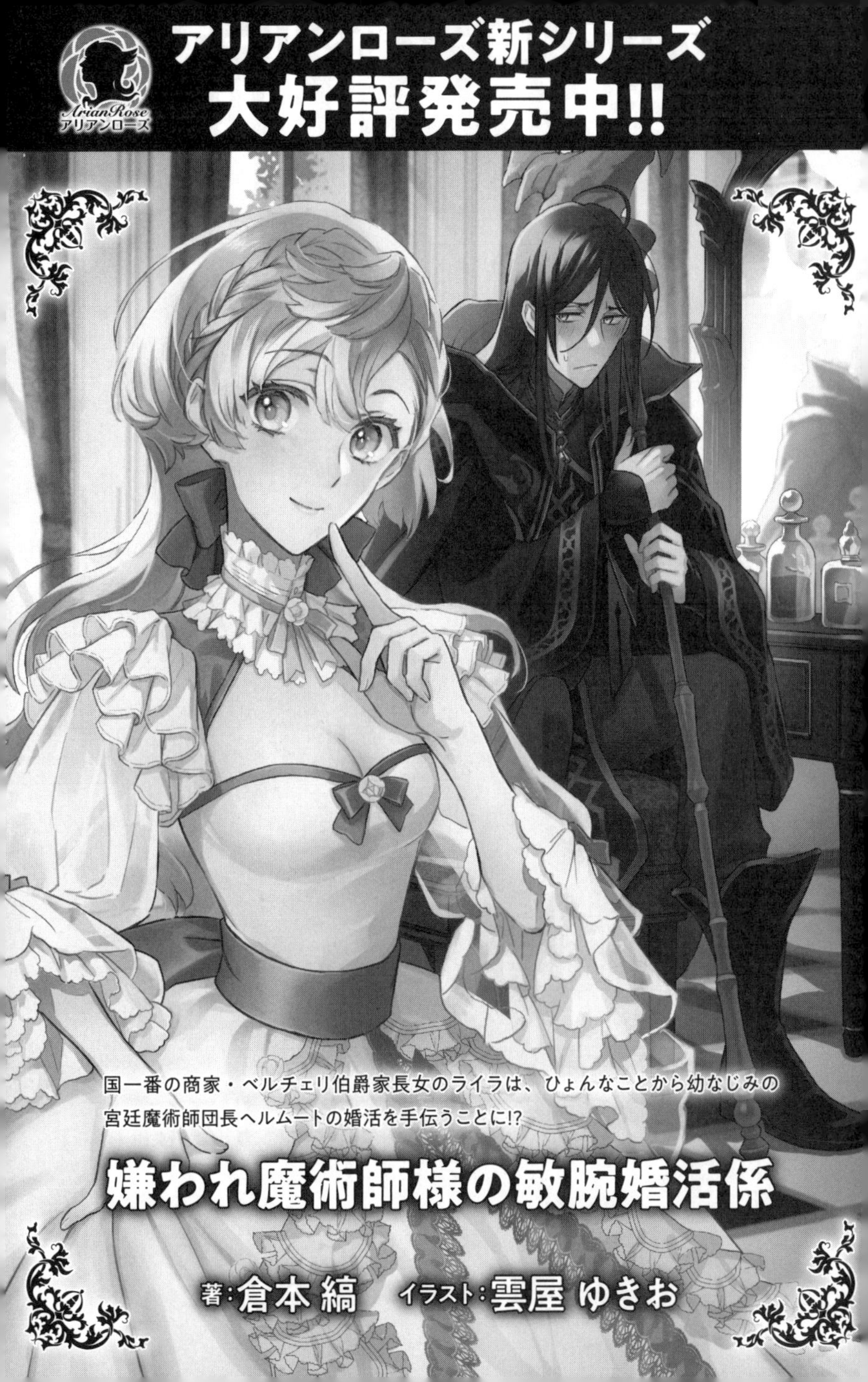

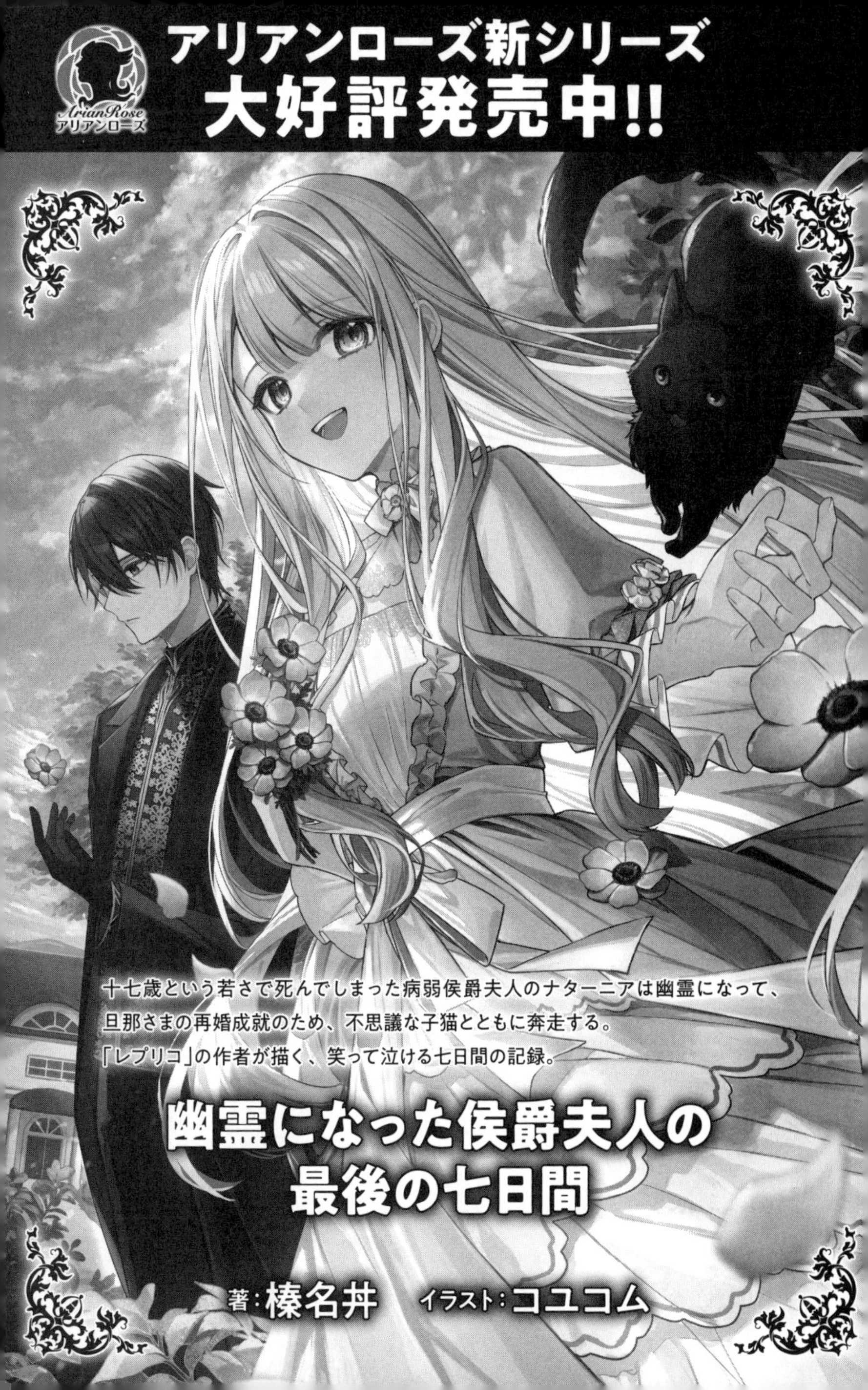
ArianRose
アリアンローズ
アリアンローズ新シリーズ
大好評発売中!!
十七歳という若さで死んでしまった病弱侯爵夫人のナターニアは幽霊になって、
旦那さまの再婚成就のため、不思議な子猫とともに奔走する。
「レプリコ」の作者が描く、笑って泣ける七日間の記録。
幽霊になった侯爵夫人の
最後の七日間
著：榛名丼　イラスト：コユコム

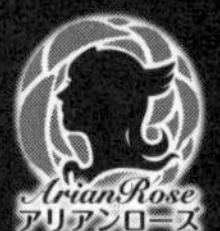

アリアンローズ既刊好評発売中!!

最新刊行作品

公爵令嬢は我が道を場当たり的に行く ①〜②
著／ぽよ子　イラスト／にもし

ニセモノ聖女が本物に担ぎ上げられるまでのその過程
著／エイ　イラスト／春が野かおる

忙しすぎる文官令嬢ですが無能殿下に気に入られて仕事だけが増えてます ①
著／ミダ ワタル　イラスト／天領寺 セナ

味噌汁令嬢と腹ぺこ貴族のおいしい日々 ①
著／一ノ谷 鈴　イラスト／nima

ぶたぶたこぶたの令嬢物語
～幽閉生活目指しますので、断罪してください殿下！～
著／杜間とまと　イラスト／キャナリーヌ

幽霊になった侯爵夫人の最後の七日間
著／榛名井　イラスト／コユコム

じゃない方聖女と言われたので落ちこぼれ騎士団を最強に育てます
著／シロヒ　イラスト／三登いつき

嫌われ魔術師様の敏腕婚活係
著／倉本 縞　イラスト／雲屋 ゆきお

コミカライズ作品

目指す地位は縁の下。
著／ビス　イラスト／あおいあり

悪役令嬢後宮物語 全8巻
著／涼風　イラスト／鈴ノ助

誰かこの状況を説明してください！ ①〜⑨
著／徒然花　イラスト／萩原 凛

魔導師は平凡を望む ①〜㉛
著／広瀬 煉　イラスト／⑪

転生王女は今日も旗を叩き折る ①〜⑧
著／ビス　イラスト／雪子

侯爵令嬢は手駒を演じる 全4巻
著／橘 千秋　イラスト／蒼崎 律

復讐を誓った白猫は竜王の膝の上で惰眠をむさぼる ①〜⑦
著／クレハ　イラスト／ヤミーゴ

婚約破棄の次は偽装婚約。さて、その次は……。全3巻
著／瑞本千紗　イラスト／阿久田ミチ

平和的ダンジョン生活。全3巻
著／広瀬 煉　イラスト／⑪

転生しまして、現在は侍女でございます。①〜⑨
著／玉響なつめ　イラスト／仁藤あかね

魔法世界の受付嬢になりたいです ①〜④
著／まこ　イラスト／まろ

どうも、悪役にされた令嬢ですけれど 全2巻
著／佐槻奏多　イラスト／八美☆わん

脇役令嬢に転生しましたがシナリオ通りにはいかせません！ 全2巻
著／柏てん　イラスト／朝日川日和

騎士団の金庫番 全3巻
～元経理OLの私、騎士団のお財布を握ることになりました～
著／飛野 猶　イラスト／風ことら

王子様なんて、こっちから願い下げですわ！ 全2巻
～追放された元悪役令嬢、魔法の力で見返します～
著／柏てん　イラスト／御子柴リョウ

婚約破棄をした令嬢は我慢を止めました ①〜③
著／棗　イラスト／萩原 凛

裏切られた黒猫は幸せな魔法具ライフを目指したい ①〜②
著／クレハ　イラスト／ヤミーゴ

明日、結婚式なんですけど!? 全2巻
～婚約者に浮気されたので過去に戻って人生やりなおします～
著／星見うさぎ　イラスト／三湊かおり

Twitter
「アリアンローズ／アリアンローズコミックス」
@info_arianrose

TikTok
「異世界ファンタジー【AR/ARC/FWC/FWCA】」
@ararcfwcfwca_official

その他のアリアンローズ作品は https://arianrose.jp/

転生しまして、現在は侍女でございます。 10

*本作は「小説家になろう」(https://syosetu.com/)に掲載されていた作品を、大幅に加筆修正したものとなります。
*この作品はフィクションです。実在の人物・団体・事件・地名・名称等とは一切関係ありません。

2023年9月20日　第一刷発行

著者 …… 玉響なつめ

イラスト …… 仁藤あかね
発行者 …… 辻 政英
発行所 …… 株式会社フロンティアワークス
〒170-0013　東京都豊島区東池袋3-22-17
東池袋セントラルプレイス5F
営業　TEL 03-5957-1030　FAX 03-5957-1533
アリアンローズ公式サイト　https://arianrose.jp/
フォーマットデザイン …… ウエダデザイン室
装丁デザイン …… 鈴木 勉(BELL'S GRAPHICS)
印刷所 …… シナノ書籍印刷株式会社

二次元コードまたはURLより本書に関するアンケートにご協力ください

https://arianrose.jp/questionnaire/

● PC・スマートフォンに対応しております(一部対応していない機種もございます)。
●サイトにアクセスする際にかかる通信費はご負担ください。